KB097231

바람의 언덕

바람의 언덕

1

동여름 장편소설

고즈넉 이엔티
GOZKNOCK ENT

바람의 언덕 1

초판 1쇄 발행 2018년 4월 15일

지은이 동여름
펴낸이 배선아
펴낸곳 (주)고즈넉이엔티

출판등록 2017년 3월 13일 제2017-000022호
주소 서울시 강서구 공항대로 649 제성빌딩 303호
대표전화 02-6269-8166 **팩스** 02-6166-9199
이메일 gozknock@naver.com

ISBN 979-11-88504-71-8 04810
979-11-88504-70-1 (세트)

차례

1
귀향

"홍세원! 너 진짜 내려갔어? 미쳤어?"

절친 도연의 새된 목소리가 핸드폰 너머로 들려왔다.

예상했던 대로였다.

세원은 도연이 외출한 사이 야반도주하듯 짐을 꾸려 시골집으로 내려가는 길이었다. 도연이 있으면 절대 떠나지 못하게 할 것 같아서였다.

"너처럼 창창한 애가 그런 시골에 가서 뭐해! 남자도 못 만나고 연애도 못 하고 그대로 늙어죽을 거 무섭지도 않아?"

"…말이 심하다, 너."

"내 말 진짜 명심해. 사십 오십 먹은 노총각들이 눈에 불을 켜고 너 잡아가려고 할 걸? 아이고, 내가 진짜 너 땜에 못 산다."

도연의 서슬 퍼런 말에 세원은 새삼 겁이 났다. 고향이긴 해도 거의 4년 만에 내려가는 길이었다. 어떻게 변해 있을지, 정말 아직도 시골 어촌마을 그대로일지 세원도 알 수 없었다.

세원은 기어들어가는 목소리로 말했다.

"그럼 어떡해, 엄마가 아프신데…."

"늬 오빠는! 새언니는! 돈도 많이 벌면서, 전문 요양병원에 보내드리는 게 훨씬 낫지!"

도연은 빼액 소리를 질렀다. 세원은 자신도 모르게 핸드폰을 살짝 귀에서 떼었다.

"그리고 너 어렸을 때 너네 어머니가 얼마나 차별했어, 너랑 오빠랑! 사랑 못 받은 자식이 더 헌신한다더니 네가 지금 딱 그런 꼴이라고!"

세원은 아무 대답도 하지 못한 채 입을 삐죽 내밀었다. 도연의 팩트 폭력이 끝나기를 기다리는 수밖에 없었다. 하지만 여기서 끝날 김도연이 아니었다.

"…잠깐만."

그 말을 듣자마자 세원은 전화를 끊어야 한다는 것을 직감했다. 재빨리 마무리 멘트를 날려야 할 시점이었다. 세원은 마치 랩을 하듯 말을 쏟아냈다.

"도연아, 지금까지 집에 저렴하게 살게 해줘서 정말 고맙고, 나 너무 걱정하지 말고, 자주 연락할게. 그럼 끊는다!"

하지만 도연은 끊을 틈을 주지 않고 치고 들어왔다.

"너 건태 선배 때문이구나?"

"…."

결국 우려했던 이름이 나오고 말았다. 세원은 아무 말도 할 수가 없었다.

"…맞네, 맞아. 하…."

주룩.

의식할 새도 없이 세원의 눈에서 눈물이 흘러내렸다.

잠시 둘 사이에 적막이 흘렀다.

"…울어?"

"아니… 안 울어."

하지만 말과 달리 세원은 펑펑, 눈물을 쏟아내고 있었다.

고건태. 떠올리기만 해도 눈물이 나는 그 이름은, 세원의 첫사랑이었다. 그리고 이제는 그 이름을 대한민국 사람들 대부분이 알고 있었다.

세원보다 한 학년 위인 건태는 열여덟 살에 서울의 한 예고로 전학을 갔다. 본격적인 아이돌 데뷔 준비를 위해서였다.

건태가 떠나기 전날만 생각하면 세원은 아직도 그렇게 눈물이 났다. 그날 밤, 꽤 늦은 시각. 두 사람은 세원의 집 앞에 서 있었다.

집이 가까워서 건태는 종종 세원을 바래다주곤 했다. 건태와 함께 골목길을 걷는 시간은 세원의 학창시절 중 가장 소중한 시간이었다. 세원은 그 시간이 사라진다는 것을 받아들이기 힘들었다.

"그럼, 갈게."

머쓱하게 서 있던 건태가 먼저 입을 열었다.

세원은 건태 뒤로 뜬 달이 원망스러웠다. 역광을 받아 건태의 표정이 잘 보이지 않았기 때문이다. 그저 예쁘게 넓고 각진 어깨만 선명하게 보였다.

“선배….”

세원도 뭔가 인사를 하려 일단 입을 열었지만 뭐라고 해야 할지 알 수 없었다. 하고 싶은 말은 딱 하나였다.

가지 마요.

하지만 차마 그 말은 할 수가 없었다. 그래서 세원은 이렇게 말했다.

“…힘내요.”

뜬금없는 말이었지만 건태는 그 말에 살짝 웃은 것 같았다. 그리고 세원 쪽으로 손을 뻗었다.

두근, 세원은 건태의 갑작스런 행동에 심장이 요동쳐 당장에라도 쓰러질 것 같았다. 세원의 얼굴 쪽으로 뻗어온 건태의 손은 잠시 망설였다. 둘 사이에 짧지만 강렬한 긴장감이 흘렀다. 세원은 눈을 꼭 감았다.

하지만 건태는 결국 손을 세원의 얼굴에서 거두고 머리로 올리더니 머리칼을 장난스럽게 헝클었다.

“…?”

얼굴이 빨개진 채 세원은 눈을 떴다. 건태는 그런 세원을 귀엽다는 듯 내려다보고 말했다.

“서울에서 기다릴게.”

그리고 건태는 떠났다.

그날 밤, 세원은 이불을 뒤집어쓰고 해가 뜰 때까지 울었다. 로스쿨에 다니던 친오빠 지원의 시험 기간이었기 때문에 오빠와 엄마가 번갈아가며 나무랐지만 세원은 울음을 그칠 수가 없었다. 오히려 그럴수록 세원은 빨리 학교를 졸업해서 이 집을 떠나야겠다고 생각했다.

지긋지긋한 가족들 대신 건태 선배와 함께 서울에서 새로운 인생을 살 거라고, 다짐하고 또 다짐했다.

'그땐 서울만 가면 될 줄 알았지.'

무거운 캐리어를 끌고 골목길을 오르며 세원은 생각했다. 아직 쌀쌀한 초봄인데도 오르막길을 걷다 보니 슬슬 땀이 나는 기분이었다.

서울 생활은 생각처럼 녹록치 않았다. 기대했던 것처럼 건태도 만날 수 없었다. 잘 되지는 않았지만 어쨌든 건태는 아이돌 가수였고, 우연히 마주치기에 서울은 너무 넓었다.

그래도 세원은 건태를 만날 희망을 버리지 않았다. 그런데 건태가 몇몇 예능 프로그램에 나와서 얼굴을 알리더니 배우 활동을 시작한 것이다. 그걸 계기로 단번에 성공 가도를 달려 지금은 각종 영화와 드라마에서 주연 자리를 꿰차고 있었다. 게다가, 오늘 아침.

고건태, 소속사 후배 은설과 열애… '한솥밥 먹으며 사랑에 빠졌어요'

이런 기사들이 포털 사이트를 온통 뒤덮어서 세원은 단번에 고향행 버스를 탄 것이다.

'기다린다고 했으면서….'

세원은 원망 섞인 마음으로 은설의 사진을 열심히 찾아보았다. 이제 갓 스물, 걸그룹의 센터 은설은 청량하고 풋풋하게 예뻤다.

그에 비하면 세원은 서울에서 회사를 다니며 아저씨들 틈에서 생기를 잃은 지 오래였다.

세원은 다시 울컥 눈물이 나려고 해서 입술을 앙다물었다.

모든 것을 다시 시작하고 싶었다. 보통 남들이 스무 살에 하는 걸 – 대학도 가고 연애도 하고- 조금 늦었지만 다시 해보고 싶었다.

걷다 보니 어느새 지긋지긋하면서도 그리운 집 앞이었다. 훅 끼쳐오는 바다 내음을 맡으며 세원은 심호흡을 하고 작은 대문을 끼익 밀었다.

그런데 툇마루에 낯선 남자가 앉아 있었다.

"…?"

처음 보는 얼굴이었다. 기껏해야 30대 초반으로 보이는 남자는 수트를 입고 있었다. 전혀 그을리지 않은 흰 피부를 보니 이 동네 사람은 아닌 것 같았다.

멀끔한 외모는 방문 판매 사원 같기도 했지만 그렇다고 보기엔 수트가 너무 비싸 보였다. 주민 센터에서 나온 사람의 차림새는 더더욱 아니었다.

'여기… 우리 집이 아닌가?'

세원은 잠시 멍해 있다가 그대로 열었던 대문을 닫고 나왔다.

천천히 주변을 둘러보았다. 제대로 찾아온 것이 확실했다. 아무리 오랜만에 왔어도 집을 잊었을 리 없었다.

'집주인이 바뀌었나?'

그것도 말이 되지 않았다. 빨리 고향 집에 내려가라고 하루가 멀다 하고 전화하는 오빠가 그런 말을 안 해줬을 리 없다.

어떻게 해야 할지 몰라 세원이 고민할 때, 대문이 안쪽에서 끼익, 하고 열렸다.

이번에는 남자가 문을 열고 자신을 내다보았다.

가까이서 보니 남자는 훨씬 더 훤칠했다. 키가 크고 다리도 굉장히 길었다. 피부는 수염자국조차 없이 하얗고 고왔다. 눈 밑에는 점이 찍혀 있어서 그의 표정을 새쭉하게 만들었다.

잠시 세원을 보다가 남자는 입을 열었다.

"…홍세원?"

낯선 남자의 입에서 나온 제 이름에 세원은 놀랄 수밖에 없었다.

세원의 놀란 표정을 보더니 남자가 씨익 웃었다. 냉담해 보였던 얼굴이 반달 눈 때문에 순간 인상이 확 바뀌었다.

"생각보다 예쁘네, 내 동생."

"…?"

세원은 그 말에 더더욱 기겁했다. 동생이라고? 말도 안 돼.

세원의 오빠는 저렇게 키가 크지도 않고, 좋은 향이 나지도 않으며 친절하게 말하지도 않는다.

세원은 자신도 모르게 주춤, 뒤로 한 발을 물러났다. 하지만 남자는 천연덕스럽게 세원의 캐리어 손잡이를 잡고 말했다.

"진짜 올 줄은 몰랐네. 어쨌든 들어가자."

황당함에 입을 다물지 못하는데, 방에서 나오는 엄마가 보였다.

"엄마!"

다급한 마음에 세원은 엄마를 큰 소리로 불렀지만 엄마는 아무렇지도 않게 말했다.

"어, 들어와서 식혜 마셔라. 지원아, 여기 얼른 마셔."

남자는 세원의 캐리어를 평상 옆에 두고 툇마루로 가서 식혜를 받아마셨다. 아직 대문 밖에 서 있는 세원을 향해 눈웃음을 날리며.

'엄마의 치매가 생각보다 심각한 게 분명해.'

세원은 작은 입을 앙다물고 남자를 노려보았다.

세원이 그러거나 말거나 남자는 편하게 앉아 식혜를 마셨다.

'도대체 누가 진짜 이 집 자식인지 모르겠네.'

세원은 몇 년 만에 온 집이 데면데면했다.

그동안은 명절 때마다 엄마가 찾아왔다. 오빠에게 줄 음식을 바리바리 싸들고.

오빠는 바쁘다는 이유로 단 한 번도-결혼할 여자를 인사시킬 때조차-고향에 내려오지 않았다. 그래서 엄마가 저 낯선 남자에게 넘어갔는지도 모를 일이었다.

시원하게 식혜를 다 들이킨 남자는 엄마를 향해 말했다.

"근데 나랑 약속한 거, 찾았어?"

그 말에 엄마는 아차 싶은 표정을 지었다. 남자는 예상했다는 듯 고개를 끄덕이더니 말했다.

"동생이랑 얘기해보지 뭐. 오늘은 그럼 가봐야겠다."

"밥 안 먹고 가게?"

엄마는 아주 아쉬운 표정이었다.

남자는 씩 눈웃음을 지으며 대답했다.

"내일 같이 먹어요."

그리고 자리에서 일어나며 세원을 바라보았다. 같이 얘기 좀 하자는 듯 눈썹을 씰룩이는 남자를 보고 세원은 벌떡 일어나 그를 따라 나갔다.

"도대체 남의 집에서 뭐 하는 거예요?"

혹시라도 엄마가 들을까 봐 세원은 목소리를 한껏 낮추고 말했다.

하지만 남자는 여유 만만한 표정으로 대답했다.

"남이라고 하면 서운한데…. 두 달 됐나, 석 달 됐나? 이 집에 매일같이 왔거든. 아무도 찾아오지 않는 이 집에 말이야."

순간적으로 세원은 말문이 막혔다. 도대체 정체를 알 수 없는 남자였다.

"…왜죠? 원하는 게 뭐예요?"

그 말에 남자는 또다시 싱긋 웃었다. 수상하다는 걸 알면서도 눈웃음 앞에서 세원의 심장이 반사적으로 덜컹, 흔들렸다.

"도장."

"…?"

도저히 무슨 말인지 모르겠다는 표정을 짓자 남자는 품에서 명함을 꺼냈다. 명함에는 '공남건설 재개발 조합 실장 공도운'이라고 적혀 있었다.

"재개발…?"

"몰랐어? 우리가 현수막도 달아놓고 전단지도 많이 가져다 놨는데."

도운은 주변을 둘러보더니 바로 근처 전봇대에 꽂혀 있던 전단지를 가지고 왔다.

그러고 보니 골목이 이상하게 한산하고 어수선했던 기억이 났다. 건태 선배를 생각하느라 눈여겨볼 겨를은 없었지만.

"이런 시골을 왜…."

전단지를 훑어보며 세원은 혼잣말처럼 물었다.

"뷰가 워낙 좋아서, 땅도 넓고. 고급 타운하우스 짓기엔 진짜 좋은 곳이지."

"말도 안 돼…."

타운하우스라니. 단어조차 생소했다.

"거의 다 동의를 받았어. 세원 씨네 집만 도장 찍으면 돼. 어머니도 동의하셨는데, 도장을 어디에 놔뒀는지 전혀 기억이 안 나신다고 해서 말이야."

막상 집도, 동네도 전부 다 없어진다고 생각하니 세원은 덜컥 겁이 났다.

"그러면 다들 어디로 가요?"

"뭐, 어딘가 더 좋은 곳으로?"

그 막연한 대답에 세원은 마음이 답답해져 괜히 명함을 한 번 더 읽었다.

재개발 조합 실장 공도운.

"섭섭하지 않게 챙겨 줄게. 물 들어올 때 노 저어. 이런 집은 누가 산다고 할 때 팔아야 돼."

도운은 설득력 있는 목소리로 말을 이어 나갔지만 세원은 선뜻 대답할 수가 없었다. 어차피 자신에게 선택권이 있는 것도 아니었다.

"아, 그리고 초면에 반말해서 미안."

뜬금없는 사과였다. 세원은 고개를 들고 다시 도운을 바라보았다. 도운은 악의 하나 없는 얼굴로 물끄러미 세원을 보았다. 딱히 의식하지 못했지만 그러고 보니 도운은 계속 반말이었다.

"어머니가 나를 진짜 세원 씨 오빠로 생각하고 있어서. 그래서 그랬어."

세원은 말도 안 된다고 생각했다. 치매라는 병이 그렇게 급격하게 진행되는 병이던가.

"…그쪽이 사기 친 거 아니구요?"

도운은 풉, 하고 웃었다. 차가워 보이는 평소 얼굴이 웃을 때면 완전 사라져버리는 게 정말 신기했다.

"이 사업이 나한테 정말 중요한 건 맞지만, 사기 쳐서 이루고 싶진 않아."

도운은 진지했다. 그렇다면 도운이 지원 행세를 하는 것은 오빠가 집에 오길 너무나 바랐던 엄마의 착각 때문이었을까. 세원은 또 가슴이 답답해지는 것 같았다.

"그럼 잘 자고 내일 봅시다."

도운은 다정하게 웃음 지으며 인사하고 언덕길을 내려갔다.

양쪽 바지 주머니에 손을 찔러 넣어 수트 상의가 팔락거렸다. 아무리 봐도 이 허름한 동네엔 어울리지 않는 사람이었다. 그리고 아무리 봐도, 세원의 오빠라기엔 너무나 멋있는 사람이었다.

그를 계속 보고 있다가는 당장이라도 집문서를 넘겨주고 길거리에 나앉을 것 같아서 세원은 눈길을 거뒀다. 그리고는 괜스레 마음을 다잡으며 명함을 주머니에 넣고 마당으로 들어섰다.

"아, 깜짝이야! 엄마!"

세원의 엄마는 마당과 가까운 쪽 평상에 앉아 있었다.

'다 듣고 있었던 건 아니겠지?'

세원은 다소 우려스러웠지만 엄마는 평온한 표정으로 가까이 와보라고 손짓했다.

조심스레 다가가 세원은 엄마 옆에 앉았다.

엄마는 세원의 손을 가져가더니 뭔가를 쥐어주었다.

"…?"

바스락거리는 종이에 쌓인 작은 물건이었다.

"잘 가지고 있어, 잃어버리지 말고."

엄마는 누가 들을세라 작은 목소리로 덧붙였다.

뭐지? 엄마를 빤히 바라봤지만 엄마는 더 설명 없이 자리에서 일어나 부엌으로 향했다.

엄마의 뒷모습을 잠시 보고 있다 세원은 조심스럽게 종이를 펼쳐보았다. 물건은 아주 중요한 것인 듯 여러 장으로 겹겹이 싸여 있었다. 그리고 겨우 그 물건이 모습을 드러냈을 때 세원은 놀랄 수밖에 없었다.

그것은 어디에 뒀는지 엄마가 전혀 기억해내지 못한다던, 도장이었다.

***

세원은 뜬눈으로 밤을 지새웠다.

오랜만에 온 집도 낯설었고 희미하게 들려오는 파도소리도 어색했지만, 무엇보다 귀향 첫 날부터 겪은 여러 일들 때문에 도무지 잠을 이룰 수 없었다.

세원은 일단 집에 도착하면 마음 편히 며칠 푹 쉴 요량이었다. 그 후에 엄마와 함께 병원도 가보고 주민 센터도 가보고 할 일들을 처리할 생각이었다. 하지만….

세원은 자리에 누운 채 낡은 책상 서랍을 노려보았다.

거기엔 낯선 남자-그것도 이런 시골에서는 절대 마주칠 일 없을 거라 생각했던 스타일의-공도윤의 명함과 어제 엄마가 손에 쥐어준 도장이 함께 들어 있었다.

도윤도 상당히 미스터리했지만 엄마의 상태도 세원에겐 수수께끼였다.

"끙…."

더 심란해질 것 같아서 세원은 결국 무거운 몸을 일으켜 부엌으로 향했다.

부엌은 방보다 더 낯설었다. 엄마는 부엌을 깨끗하게 쓰는 것을 중요시했는데 지금은 엉망진창이었다. 그릇이 놓여 있는 것도 뒤죽박죽이고 구석진 곳에는 먼지가 잔뜩 쌓여 있었다.

'…그래도 청소하다 보면 기분이 나아질 거야.'

마음을 다잡고 팔을 걷어붙이는 세원이었다.

도운도 이른 아침부터 분주하게 움직이고 있었다.

"최 팀장, 계약 서류 다 됐으면 갖다 줘. 바로 나갈 거야."

다급하게 내선 전화를 끊고 수트 상의를 챙겨 입으려다 상황판을 보았다.

상황판에 적힌 미계약 세대는 단 셋이었다. 해외여행 중인 김 할머니, 서울 사는 송 사장 그리고 강 여사-홍세원의 집이었다.

김 할머니는 미국에서 곧 돌아올 예정이었고, 송 사장에게도 확답을 받아놓은 상태였다. 은근히 골치 아팠던 곳이 세원의 집이었는데 드디어 해결하게 된 것이다.

뿌듯한 표정이 도운의 얼굴에 차올랐다.

공남그룹의 숨겨진 후계자 공도운. 혼외자식인 도운이 그룹에서 살아남는 건 쉬운 일이 아니었다. 실장까지 단 것도 아버지의 전폭적인 지지가 있었기에 가능한 일이었다.

하지만 이제 겨우 실장 직함을 달았을 뿐인데 형제들 쪽 견제가 극심해지기 시작했다. 아버지도 더 이상 무작정 지지해줄 수 없는 상황이었다.

'바람의 언덕' 재개발 사업은 도운에게 주어진 마지막 희망이었다.

공남건설은 이 사업에 꽤 많은 돈을 투자했지만 수년 동안 지지부진해서 포기하려던 차였다. 그런데 형제들과 경쟁사 모두 실패하고 나가떨어진 이 사업에 도운이 출사표를 던졌다.

모두가 도운을 비웃었고 실패를 장담했지만, 도운은 이를 악물고 사업에 직접 발로 뛰어들었다. 특유의 친화력과 서글서글함으로 조합을 설득하는 데 성공했고, 조합 외의 세대도 거의 다 계약을 따냈다. 온실 속의 화초처럼 자란 다른 형제들에겐 없는 능력이었다.

똑똑.

노크 소리가 다 끝나기도 전에 도윤은 벌컥 문을 열었다. 최 팀장이었다.

"드디어 계약이네요."

세원의 집 계약 소식에 최 팀장도 다소 상기되어 있는 것 같았다.

"송 사장한테 연락할 준비해둬."

계약서를 챙기며 도윤은 다시 한 번 체크했다.

"알겠습니다. 그리고… 계약 기념 회식 준비도 해놓을까요?"

눈치 빠르게 치고 들어오는 최 팀장. 도윤은 그런 최 팀장이 싫지만은 않았다.

"좋은 생각이네. 이따 보자고."

특히 오늘은 아주 기분 좋은 날이니까 도윤도 웃으며 대답했다.

도윤은 터미널까지 가서 새로 생긴 도넛 가게에 들렀다. 작고 동글동글하고 달콤한 도넛이 모녀의 입맛에 잘 맞을 것 같았다.

센스 있게 따뜻한 커피까지 세트로 챙겨들고 도윤은 다시 차에 올랐다.

이 사업을 성공시키면 형제들도 후계자로서 도윤을 인정하지 않을 수 없을 것이다. 게다가 은근히 자신에게 관심을 드러내는 재벌가 막내딸, 소희도 바로 넘어올 것 같았다. 일사천리로 펼쳐질 미래가 눈앞에 있었다.

향기로운 커피 향을 맡으며, 도윤은 콧노래가 절로 나올 것 같왔다.

'…도장 못 찾았어요'라는 세원의 말을 듣기 전까지는.

세원은 부엌 청소를 하고 있었는지 질끈 머리를 동여매고 앞치마를 두르고 있었다.

고무장갑에 장화까지 챙겨 신으니 영락없이 귀여운 시골 아가씨였다.

하지만 지금 도운의 눈에 세원이 귀여워 보일 리 없었다. 도운에게 세원은 그저 창창한 앞길을 망치러 온 여자일 뿐이었다.

도운은 최대한 감정을 자제하고 얕게 한숨을 쉬며 평상에 도넛과 커피를 내려놓았다.

세원은 고무장갑 낀 두 손을 모은 채 어쩔 줄 몰라 했다.

언덕을 올라오느라 숨이 찬 것도 있어 도운은 일단 평상에 앉았다. 멀리 보이는 바다는 무심하게 찰싹찰싹 파도를 보내고 있었다.

"저… 우리 집 빼고 하면 안 돼요?"

미안한 표정으로 잠시 도운을 보던 세원이 먼저 말을 꺼냈다.

"뭐?"

예상치 못한 말에 도운의 대답이 날카롭게 나갔다.

"재개발… 우리 집 빼고 하세요."

"그게 무슨 소리야, 여기를 어떻게 빼? 여기가 지금 완전히 한가운데잖아."

그건 그랬다. 세원의 집을 빙 둘러 모든 집이 계약을 마친 상태였다.

세원은 바닥만 볼 뿐, 더 말이 없었다.

"홍세원, 아니 홍세원 씨!"

다급해진 마음에 도운은 세원을 향해 자세를 고쳐 앉았다.

"얘기 다 끝났어. 세원 씨는 도장만 찍으면 되는데 왜 이러는 거야?"

"엄마가 아프시잖아요, 그래서… 그 동의가 진짜 동의라고 할 수 있을까요?"

"하…."

도운은 눈앞이 캄캄해지는 기분이었다.

두 달 넘게 공을 들였는데 모든 것이 원점으로 돌아간 상황이었으니 무리도 아니었다.

세원은 세원대로 답답했다. 엄마한테 직접 설명하라 하고 싶었다. 도장이 어디 있는지 뻔히 알면서 숨긴 것은 분명 계약할 의지가 없다는 뜻이었다. 그런데 해명은 자신이 해야 했다. 엄마가 약장수에게 속아 산 건강용품을 환불받아야 할 때가 바로 이런 기분일까.

"봐봐, 좋아. 그러면 세원 씨가 생각할 시간이 필요한 건가? 괜찮아, 내가 처음부터 다시 다 설명해줄 수 있어."

도운은 스스로를 타이르려는 것처럼 침착하게 말을 이어갔다.

"본 사업은 이 일대에 고급 타운하우스 단지를 조성하는 것으로, 현재 기초 설계가 끝나 있는 상태이며…."

"그게 아니라…."

세원은 도운을 말리려 했지만 도운은 멈추지 않았다.

"…철거가 진행되는 동안 이주비도 지급이 될 거고 나중에 이

익도 충분히 보장될 거야."

"아니, 저희는 여기 있어야 돼요."

결국 세원은 단호하게 말했다.

"우리 엄마, 언제 죽을지 모른단 말이에요."

그 말에 도운은 현기증이 날 정도였다. 그러나 도운은 꾹 참고 다시 미소를 지으며 달랬다.

"홍세원 씨, 치매라는 게 그렇게 빨리 죽는 병이 아니야."

"몸이 죽는 거 말고, 기억이 죽는 거."

세원은 진심 어린 표정으로 말했다.

"잠깐 기억이 돌아왔는데 처음 보는 집에 있으면 그거 너무 슬프잖아요."

도운은 할 말을 잊었다. 세원도 잠시 말없이 서 있었다.

뚝뚝.

세원의 고무장갑에서 바닥으로 떨어지는 물방울 소리만 적막을 채웠다.

"미안해요. 그쪽한테는 정말…."

세원은 꾸벅 인사를 하더니 뒤돌아 부엌으로 들어가려 했다.

"왜 이러는 건데?"

도운의 말에 세원은 걸음을 멈췄다.

"홍세원 씨, 사실은 재개발 얘기 듣고 내려온 거지? 돈 욕심 나서."

세원은 미간을 찌푸리고 도운을 돌아보았다.

"뭐라구요?"

"그게 아니면 설명이 안 돼. 갑자기 왜 내려왔어?"

"그거야 엄마가…."

"어머니 핑계 대지 마. 어머니 때문이면 진작 내려왔어야지."

이번엔 세원이 할 말이 없어졌다. 세원은 입을 앙다물고 뾰로통한 표정을 지었다.

"그러는 그쪽, 공 실장님이야말로 왜 맨날 우리 집에 온 거예요? 진짜 도장 때문이에요?"

의외의 질문에 도운은 살짝 당황한 눈치였다.

"그게 아니면 뭐! 이 집에 뭐가 있다고."

"그래도 이런 언덕길을 맨날…."

올라오기엔 너무 말끔한 사람이라고 말할 수는 없어 세원은 말끝을 흐렸다.

벌컥.

그때였다. 갑자기 강 여사가 방문을 열어 두 사람 다 당황한 채 입을 다물어야 했다.

"엄마…."

엄마는 아무렇지도 않게 웃으며 총총걸음으로 부엌을 향해 달려갔다.

세원은 살짝 비켜서서 길을 터주었다. 엄마도 나왔으니 도운이 돌아가 주었으면 했다. 이 상황이 빨리 종결되었으면 좋겠다는 생각뿐이었다.

도운도 같은 마음이었는지 작게 한숨을 내쉬더니 자리를 털고 일어났다.

대신 챙겨온 계약서 봉투에서 브로슈어를 꺼내 세원에게 건넸다.

"시간 있으니까 천천히 읽어봐."

하지만 세원은 고개를 숙인 채 보려고 조차하지 않았다. 어쩔 수 없이 도운은 평상 위에 올려놓고 돌아섰다.

그때 후다닥, 부엌으로 들어갔던 엄마가 뛰어나왔다. 시원한 식혜를 컵에 가득 담아서.

그런 엄마를 보는 세원의 마음이 조마조마했다. 도운이 당장이라도 화를 낼 것 같았기 때문이다.

그러나 도운은 엄마를 돌아보더니 힘없이 웃으며 컵을 받아들었다.

엄마는 꿀꺽꿀꺽 식혜를 마시는 도운을 뿌듯한 얼굴로 지켜보았다.

"…또 올게. 밥은 내일."

식혜를 남김없이 마신 도운은 빈 컵을 엄마에게 주었다.

엄마는 기분 좋게 웃었다.

허리를 굽혀 큰 키로 대문을 빠져나가는 뒷모습을 보며 세원은 울컥하는 기분이 들었다. 이제 조금 알 것 같았다. 엄마가 챙겨주는 식혜를 군말 없이, 아주 맛있게 먹는 도운의 모습은 엄마가 한평생 아들에게 바란 모습이었다. 엄마는 집도, 아들도 포기할 수 없었던 것이다. 그것이 바로 엄마의 행복이었으니까.

그래서 세원은 엄마를 보기가 두려웠다. 하염없이 도운이 사라진 쪽을 보고 있는 엄마가 울고 있을 것만 같았다.

'너무 착하잖아. 진짜 아들도 아니면서 우리 엄마한테 왜 그렇게 잘해준 거야….'

세원도 눈물이 날 것만 같았다.

도망치듯 골목길을 내려가는 도운도 착잡한 심경이었다.

계약을 위해 어렵게 설득한 세대들은 이 집 말고도 수두룩했다. 하지만 이렇게 복잡한 마음이 드는 집은 없었다.

사실 두 달 넘게 이 집에 드나들며 도운도 강 여사에게 많은 정이 들었다. 엄마 없이 자란 도운에게 집에서 '엄마'가 자신을 맞이한다는 건 너무나 신선하고 달콤한 느낌이었다.

물론 언제까지나 지속될 수 없다는 것은 자신도 알고 있었다. 하지만 이런 식으로 깨어지는 것은 원치 않았다. 모든 것이 잘 될 수 있었는데….

언덕길 입구 바로 앞에 대놓은 차에 올라타자마자 도운은 최 팀장에게 전화를 걸었다.

눈치가 빠른 최 팀장은 도운의 목소리를 듣자마자 계약이 뜻대로 되지 않았다는 걸 단번에 알아챘다.

"조사 좀 해줘야겠어. 강 여사 집 딸."

"네, 알겠습니다. 혹시 더 알고 계신 정보는 없으신가요?"

도운은 잠시 생각해보았다. 세원에 대해 알고 있는 것.

"…이름 홍세원. 그리고… 이 동네서만 살았어. 고등학교 졸업하고 나서 서울로 올라갔었고. 여기 좁으니까 그 정도면 나오지?"

"충분합니다."

"고등학교 생활부터 서울 생활, 친구 관계, 남자관계, 재산 상태 샅샅이 다 뒤져서 전부 다 보고해."

"…알겠습니다. 그리고 회식은 제가 알아서 잘 둘러대겠습니다."

"그대로 진행해. 어차피 이 계약 금방 해결할 거야."

결의 넘치는 도운의 말에 최 팀장은 순간 놀란 것 같았지만 이내 순순히 대답했다.

"네, 그럼 준비하겠습니다."

전화를 끊고 도운은 잠시 머리를 기대고 눈을 감았다.

홍세원이 어떤 사람인지는 몰라도, 아무리 착하고 순한 얼굴을 하고 있어도 조사하면 약점 하나쯤은 있을 게 분명했다.

'결국 도장 찍게 될 거야, 홍세원.'

도운의 얼굴에 다시 자신만만한 미소가 피어올랐다.

***

"으…."

다음날 아침이었다. 도운은 지끈지끈 머리가 아파와 사무실 소파에 아무렇게나 누웠다. 어제 저녁 회식의 여파였다.

계약이 깔끔하게 마무리된 줄로만 아는 직원들은 축제 분위기였다. 도운도 그 흥을 깰 수 없어 부어라 마셔라 장단을 맞췄다. 그럴수록 속은 답답해졌고 결국 탈이 난 것이다.

약이라도 먹고 정신을 차려야 할 텐데, 최 팀장은 세원에 대한 조사를 하러 서울로 올라갔다. 다른 직원들도 부탁하면 약을 사다 주겠지만 도운은 조금 불편한 마음이 있었다. 혹여나 후계자라고 거들먹거린다는 소문이 날까 하는 우려 때문이었다. 그리고 그런 소문 뒤에는 '서자 주제에'라는 말이 쌍둥이처럼 붙어 다녔다.

결국 도운은 무거운 몸을 억지로 일으켰다. 약국에 가서 오천 원짜리 숙취 해소 앰플을 먹으면 싹 나을 것 같았다.

하지만 읍내 약국에 도착하자마자 도운은 사라졌던 두통이 다시 도지는 것 같았다. 약국 안에 예상치 못한 인물이 있었기 때문이다. 동네가 좁아 어제 만난 얼굴을 오늘 또 만나는 것이 시골 마을의 장점이자 단점이었다.

"어… 안녕하세요."

세원은 미안함이 깃든 얼굴로 도운에게 인사했다.

도운은 대답할 힘이 없어 인사를 생략한 채 바로 약사에게 말을 건넸다.

"이것 좀 먹을게요."

바로 앞에 진열된 숙취해소 앰플을 꺼내들었다.

"알약도 같이 먹어야 돼요."

친절한 얼굴의 중년 약사는 알약도 두 개 챙겨주었다.

도운은 지폐를 건네고 알약을 받아 앰플과 함께 꿀꺽꿀꺽 삼켰다. 그리고 지친 얼굴로 털썩, 긴 나무 의자에 앉았다.

세원은 말없이 그런 도운을 지켜보았다.

"근데 둘이 구면인가 보네? 언제 인사했대?"

약사는 오지랖 넓은 아줌마의 본색을 드러내며 두 사람을 흥미롭게 바라보았다.

"…잠깐 만났어요, 재개발 때문에."

세원이 공손한 태도로 말했다.

"실장님, 우리 세원이가 진짜 효녀야. 서울 갔다가 여기 다시 내려오기가 정말 쉽지 않은데."

뜬금없는 약사의 칭찬에 세원은 당황한 눈치였다.

"저 그럼 가볼게요."

"그래, 다음엔 어머니 꼭 모시고 가. 안부 전해드리고."

세원은 얼렁뚱땅 목례를 하고 도망치듯 약국을 나가버렸다.

도운은 말없이 눈으로만 그런 세원을 쫓았다.

세원이 나가자 묻지도 않았는데 약사가 말을 보탰다.

"병원까지 갔다가 허탕치고 왔대요. 친딸인데도 진료 기록을 볼 수가 없다네? 쯧쯧."

무슨 말이냐는 표정에 약사가 말을 이었다.

"정보… 보호 뭐시기 때문에 그렇대. 근데, 실장님 어제 술 많이 먹었나 봐?"

"약 먹으니까 이제 좀 살 것 같네요."

약사의 말에 좋은 생각이 났는지 도운의 표정에 웃음이 돌았다.

'생각보다 손쉽게 해결할 수 있겠어.'

후다닥 약국을 나가 차에 시동을 거는 도운이었다.

세원은 힘없이 읍내 거리를 걷고 있었다. 아침부터 병원에 가지 않겠다는 엄마와 실랑이를 하는 통에 온몸에 기운이 없었다.

나이 들면 고집만 남는다더니, 세원은 두 손 두 발 다 들고 혼자 병원에 가보았지만 아무 얘기도 듣지 못했다. 개인정보보호법 때문이라고 했다.

"하…."

한숨이 절로 나왔다. 가족관계증명서라도 떼서 가볼까, 세원은 이리저리 머리를 굴려보았다.

빵빵.

시골 마을엔 어울리지 않는 경적 소리가 들려 세원은 자신도 모르게 미간을 찌푸렸다.

옆으로 비켜서며 슬쩍 돌아보니 꽤 비싸 보이는 검은 차였다. 이 동네에 이런 차를 탈 만한 사람은….

"내가 같이 가줄까?"

역시 운전석에 앉은 것은 도운이었다.

"어디를요?"

세원은 잠시 멈춰 서서 말했다.

"병원 말이야. 같이 가줄 수 있는데."

무슨 꿍꿍이인지 알 수 없어 세원은 눈을 깜빡였다.

"거기 안 갑니까?"

뒤에서 경적소리 대신 굵직한 아저씨의 목소리가 들려왔다.

"일단 타. 설명해줄 테니까."

순간적으로 세원의 얼굴에 경계심이 돌았지만 고민은 길지 않았다.

세원은 어느새 도운의 차에 올라타고 있었다.

'낯선 사람은 아니니까 타도 될 거야. 아니, 아직 낯선 사람인가.'

긴장감에 다소 굳은 세원을 보니 도운은 공연히 놀려주고 싶어졌다.

"맞아, 낯선 사람 차는 타면 안 돼. 근데 그거 알아? 면식범이 더 위험하다는 거."

순간 세원은 놀란 토끼눈을 하고 도운을 돌아보았다. 도운은 결국 웃음을 터뜨렸다.

"저기요, 홍세원 씨. 저는 그런 쪽에는 관심이 없습니다. 안전벨트나 매주시겠어요?"

빨개진 얼굴로 안전벨트를 매며 세원은 말을 돌렸다.

"병원 가려면 엄마 모시고 가야 돼요."

하지만 도운이 향하는 방향은 세원의 집과는 반대쪽이었다.

"일단 호칭부터 연습해볼까? 지금부터 완벽하게 내 동생인 척해야 되거든."

"네?"

"내가 어머니 모시고 병원에 간 적이 있어. 그러니까 나랑 같이 가면 의사 얘기를 들을 수 있을 거야."

"…."

이 남자가 엄마를 병원까지 모시고 갔었다니. 미안함과 무안함이 섞인 묘한 감정에 세원은 잠시 입을 다물었다.

대답이 없는 세원을 향해 도운은 말을 이어나갔다.

"병원에서는 내가 아들이라고 알고 있으니까, 홍세원 씨도 나를 오빠라고 불러야 돼."

"네… 에?"

그 말에 화들짝 놀란 세원이 입을 떡 벌렸다.

"왜? 싫어?"

짓궂게 웃으며 도운은 말했다.

"아니 그게… 좀…."

"오빠라서 오빠라고 부르는 건데 뭐가 어때서."

도운은 대수롭지 않게 말했지만 세원의 얼굴은 심각했다.

"저는 오빠를… 오빠라고 안 부르는데."

"그럼 뭐라고 부르는데?"

"음… 홍지원?"

순한 얼굴로 오빠, 하며 뒤를 졸졸 따를 것처럼 생겼는데 의외였다.

"워낙 살가운 사이가 아니어서. 나이 차이도 좀 나구요."

"좋아, 그럼… 남자친구 부르는 느낌으로 가지."

"네에에에?"

또다시 격한 반응을 보이는 세원이었다. 도운은 세원을 놀리는 데 점점 더 재미를 붙였다.

"그건…."

"왜, 그것도 불러본 적 없어?"

세원은 얼굴이 빨개진 채로 난감하다는 표정을 지었다.

"네…."

"그럼 남자친구 뭐라고 부르는데?"

도운은 능글맞게 점점 더 곤란한 질문을 던졌다.

"…남자친구 없어요."

"불러본 적은 있을 거 아니야."

물러서지 않는 도운이었다.

세원은 쩔쩔매는 얼굴로 골똘히 생각에 잠겼다. 그도 그럴 것이 세원은 제대로 된 연애라는 것을 해본 적이 없었다. 세원에게는 건태뿐이었으니까.

"선배…?"

고민 끝에 세원의 입에서 나온 단어였다.

"뭐?"

도운은 막상 세원이 선배라고 대답하자 불쾌한 기분에 휩싸였다. 왜 불쾌한지는 스스로도 알 수 없었다.

"남자친구는 아니고, 제 첫사랑이었어요."

도운이 그러거나 말거나 세원은 발그레한 얼굴로 말했다. 수줍은 듯한 말투에 도운은 더 화가 나는 것 같았다.

"아, 그러셔요."

그 선배라는 작자에게 데려다 달라고 하지 그러냐는 유치한 말이 목구멍까지 차올랐지만 도운은 꾹 참았다. 이것은 질투라고밖에 할 수 없는 감정이었다.

그 감정을 애써 외면하며 도운은 차의 속도를 올렸다.

확실히 세원은 도시 여자들과는 다른 풋풋함을 가지고 있었다. 그저 그 신선함 때문에 잠시 이러는 거라고 도운은 생각했다.

그러면서도 남자친구는 아니고 첫사랑이었다는 말에 다소 안심이 되는 것은 어쩔 수가 없었다.

"응, 오빠."

결국 도운은 세원의 입에서 오빠라는 말을 이끌어냈다. 세원의 선배는 결코 될 수 없었지만 아직 아무도 차지하지 못한 오빠라는 호칭은 자신이 차지하고야 말겠다는 이상한 의지가 불타올랐다.

나름대로 자연스러웠는지 간호사는 의사에게 둘을 안내해주었다. 간호사가 도운을 선명하게 기억하고 있었던 것도 한몫을 했다. 눈에 띄는 외모 때문에 간호사들 사이에 소문이 자자했던 것이다.

그 덕분에 의사도 도운을 기억하고 있었다.

"좋습니다. 같이 오셨던 분이니까…."

의사는 순순히 의료 기록을 뒤져 강 여사의 기록을 찾아냈다.

"치매가 나이에 비해 일찍 찾아온 편이죠."

꿀꺽. 막상 엄마의 병에 대해 전문의가 설명하자 세원은 긴장될 수밖에 없었다.

세원은 두 손을 꼭 모아 잡았다. 세원의 긴장감이 도운에게까지 느껴지는 것 같았다.

"그런데 이게 시골에서는 그렇게 드문 일은 아닙니다."

"네? 왜 그런 거죠?"

"저번에 아드님께는 말씀드렸지만…."

의사는 잠시 망설이더니 말을 이어갔다.

"…자녀들을 독립시키고 혼자 남아서 삶의 의지나 목표를 잃으신 거죠. 남편 분께서도 일찍 돌아가셨으니 그런 적적감이 더 심하셨을 겁니다."

그 말에 세원은 덜컹, 하고 심장이 내려앉는 것 같았다.

집으로 돌아가는 내내 세원은 말이 없었다.

도운은 세원이 생각보다 크게 충격을 받은 것 같아 말을 꺼내기가 쉽지 않았다. 섣부르게 말을 꺼냈다간 역효과가 날 것 같았다.

결국 먼저 입을 연 것은 세원이었다. 애써 밝은 목소리로 말했다.

"그래도 실장님이 매일 들러줘서 악화되지 않으신 것 같아요. 정말 고맙습니다."

"에이, 그거야 뭐…."

예상치 못한 말에 민망해서 도운은 괜히 큰 소리로 웃으며 말했다.

"정말 고마우면 도장 찍든가."

세원의 표정이 다시 어두워졌다. 이게 아닌데. 도운은 난감한 표정으로 눈치를 살폈다.

"세원 씨, 진지하게 하는 말인데…."

"…?"

"어머니가 지금 집에 계시는 게 오히려 안 좋을 수도 있어. 계속 과거에 얽매여 있게 되는 거니까."

"하지만…."

의사의 설명을 듣고 나니 도운의 말에도 타당한 부분이 있었다.

그래도 그 말에 선불리 동의할 수 없었다. 엄마는 불행한 현실보다는 행복한 비현실을 원할 지도 모를 일이었으니까.

최근 엄마가 유달리 행복해 보이는 것도 사실이었다. 원래는 늘 짜증에 히스테리에, 같이 있는 게 힘들었는데 지금의 엄마는 그렇지 않았다.

언덕 입구에 도착한 도운은 부드럽게 차를 대며 세원에게 제안을 건넸다.

"나도 세원 씨 못지않게 어머니를 걱정하고 있어. 어머니를 위해서라도 환경을 바꿔보는 게 어때?"

세원은 진지한 얼굴로 물었다.

"진심이에요?"

도운은 잠시 당황했다. 물론 계약이 급하긴 했지만 어머니를 걱정하는 마음도 거짓은 아니었다.

"당연하지."

"그럼 도장 찍고 나서도 엄마를 맨날 보러 올 거예요?"

"그건…."

도운은 바로 대답하지 못했다.

사실 생각해본 적이 없었다. 지금까진 당연한 하루 일과처럼 매일 들렀지만 계약이 완료되고 재개발 사업에 들어가면 아마도 바빠질 것이다.

어쨌든 선뜻 확언할 수 있는 상황이 아니었다. 도운은 아무렇지도 않게 그러겠노라고 거짓 약속을 할 수 있는 위인도 아니었다.

세원은 어느 정도 예상을 했지만 막상 도운이 아무런 대답도 못하자 실망감을 느꼈다.

결국 엄마의 행복은 신기루 같은 것이었다. 세원으로서는 지켜줄 도리가 없는.

"…가볼게요."

차에서 내리는 세원을 잡을 명분이 없어 도운은 가만히 보고만 있었다.

"그리고… 책임지지 못할 거면 잘해주지 마요."

탁.

냉담한 소리를 내며 차 문이 닫혔다.

세원은 좁은 골목길 안으로 사라져버렸다.

도운은 잠시 심란한 채 그대로 앉아 있었다. 의도는 결코 그렇지 않았는데 상처를 준 것 같았다.

그때 시끄럽게 핸드폰 벨소리가 잠깐 울리더니 끊겼다. 최 팀장이었다.

다시 전화를 걸려고 하는데 이번엔 띵동, 하고 문자가 들어왔다. 최 팀장의 짧은 메시지가 화면 위에 떠올랐다.

-홍세원, 아무래도 돈 때문에 내려간 게 맞는 것 같습니다. 자세한 건 내려가서 말씀드리겠습니다.

도운의 얼굴이 딱딱하게 굳어졌다.

한 번 더 읽어봤지만 잘못 읽은 것은 없었다. 도운은 굳어진 얼굴 그대로 고개를 들었다.

빼꼼, 저 멀리 언덕길 위로 다시 나타난 세원의 옆얼굴은 그저 순한 시골 아가씨의 모습이었다. 정말이지 돈 같은 건 전혀 모른다는 얼굴이었다.

'그런데 이 모든 게 돈을 위한 것이었다고?'

세원이 다시 굽이진 골목길 사이로 사라질 때까지, 도운은 굳어진 표정 그대로 앉아 한참 동안 자리를 뜰 수 없었다.

***

십이만 팔천오백 원.

더 세어볼 것도 없이 심플한 잔고를 보고 도운은 눈을 의심했다.

"정말 이게 전 재산이라고?"

"네, 맞습니다."

최 팀장은 덤덤하게 대답했다.

사무실 탁자 위에는 최 팀장이 조사해 온 자료들이 한가득 널려 있었다. 그 중 한 장을 집어 들며 말을 이었다.

"한 달 쯤 전에 아무래도 큰 사기를 당한 것 같습니다."

도운은 최 팀장이 건네주는 자료를 자연스럽게 받아들었다. 사기를 당했다니, 예상치 못한 말이었다.

"갑자기 퇴사를 하고 퇴직금을 모두 현금화했어요. 그때 가지고 있던 적금도 전부 다 깼고요. 그리고 그게 흔적도 없이 사라졌습니다."

"어디 금고에 넣어둔 거 아니야?"

도운은 눈을 가늘게 뜨고 반문했지만 최 팀장은 확신을 가지고 있었다.

"퇴사할 때 목돈이 필요하다고 말했답니다. 너무 갑작스러운 사표라 회사에서는 휴직을 권했지만 단호하게 거절했고요. 아무래도 보이스피싱 같은 걸 당한 게 아닐까 추측이 되는데, 전문 인력을 투입해서 좀 더 조사해볼까요?"

잠시 세원의 현금 흐름도를 보고 있던 도운은 이내 고개를 끄덕였다.

"…무슨 일이 있었는지 정확히 알아두는 게 나을 것 같군."

"알겠습니다. 조사되는 대로 보고 드리겠습니다."

최 팀장의 추측은 다음과 같았다.

사기를 당하고 빈털터리가 된 세원. 시름에 빠져 시간을 보내다가 고향 마을의 재개발 소식을 듣는다. 어머니의 병간호는 핑계일 뿐, 세원의 목표는 도운에게서 최대한 많은 돈을 받아내는 것이다. 사기당한 것을 만회하고도 남을 만큼.

'설마.'

도운은 믿고 싶지 않았다.

이 사업을 추진하면서 도운은 돈에 목숨을 건 사람들을 여럿 만났다. 돈다발에서 눈을 떼지 못하는 사람들은 그 눈빛부터 달랐다. 하지만 세원은 결코 그런 부류의 사람이 아니었다.

최 팀장은 그것이 세원의 고도의 전략일 거라고 했다. 그도 그럴 것이, 세원이 고향에 내려온 시점이 이상했다. 어머니가 치매 판정을 받자마자 내려온 것도 아니고 퇴사하자마자 내려온 것도 아니었다.

"오히려 잘된 일인지도 모르지."

도운은 씁쓸하게 되뇌었다. 돈이 필요해서라면 돈을 쥐어주면 쉽게 해결될 것이다. 돈 때문이 아니라고 우기던 사람들도 충분히 돈이 올라가면 비릿하게 웃으며 계약서에 도장을 찍었더랬다. 그런 사람들을 보며 도운은 더더욱 인류애로부터 멀어지는 기분이 들었다.

세원 역시 그들과 다를 바 없다고 생각하니 기운이 빠지는 것 같았다.

무슨 기대를 한 건지. 스스로도 모를 일이었다.

쓸 데 없는 생각들을 떨쳐내기 위해 도운은 머리를 절레절레 흔들었다. 협상을 위해서는 일단 많이 알아둘수록 좋았다. 수두룩하게 쌓인 세원의 정보를 하나하나 살펴보기 시작했다.

세원은 툇마루에 상을 펼쳐놓고 엄마와 함께 밥을 먹으려던 참이었다. 그러나 엄마는 숟가락을 들 생각도 않은 채 대문만 바라보았다.

말은 없었지만 이제나 저제나 도운이 오기를 기다리는 눈치였다. 그런 엄마를 보고 세원은 속이 상해 들었던 숟가락을 다시 내려놓았다.

"엄마, 그렇게 홍지원이 보고 싶어?"

"…."

엄마는 대답 대신 시선을 멀리 바다로 돌렸다.

"그럼 이 집 팔고 오빠네 근처로 이사 갈까?"

엄마는 고개를 가로저었다.

세원은 자세를 고쳐 앉으며 진지하게 말했다.

"아니면 차라리 병원에 갈래? 그게 더 좋을 수도 있대, 거기는 엄마 친구들도 많고…."

그 말에도 엄마는 떼쓰는 아이처럼 고개를 절레절레 흔들었다.

도대체 엄마가 왜 이러는지 세원은 알 수 없었다. 입맛이 뚝 떨어진 세원은 심란한 얼굴로 국그릇만 바라보았다.

그때였다.

"남은 밥 있어, 엄마?"

낯설지 않은 목소리에 고개를 돌려보니 도운이 대문 사이로 자연스럽게 들어서고 있었다.

엄마의 얼굴엔 단번에 화색이 돌았다.

"그럼, 얼른 와서 앉아라."

엄마는 당장 일어나 밥을 퍼오기 위해 부엌으로 달려갔다.

예상치 못한 도운의 등장에 세원은 살짝 당황했다. 그도 그럴 것이 세원은 제대로 화장도 하지 않고 아주 편한 옷을 입고 있었던 것이다. 어제 너무 매정하게 말한 것 같아 마음에 걸리긴 했지만 지금은 타이밍이 좋지 않았다.

세원이 당황하거나 말거나, 도운은 자연스럽게 툇마루에 자리를 잡고 앉았다.

세원과 눈이 마주치자 씨익 미소를 짓는 여유까지 보였다. 도운의 트레이드마크인 눈웃음이 봄 햇살을 받아 싱그러웠다.

"왜 또 왔어요."

"나 기다렸지?"

"…네?"

"그래서 여기서 먹고 있었던 거 아니야?"

세원은 어이가 없으면서도 도운의 넉살에 두 손 두 발 다 들었다는 표정이었다.

"그건 날씨가 좋아서 그런 거예요."

"…쌩얼도 봐줄 만하네?"

"뭐라구요?"

발끈하는 멘트와 달리 세원의 얼굴은 부끄러움으로 붉어졌다.

고봉밥을 들고 돌아오는 강 여사를 보고 도운은 늦기 전에 조용히 한마디를 던졌다.

"밥 먹고 잠깐 봐."

무슨 영문인지 알 수 없었지만 지금은 더 말을 이어갈 수 없어 세원은 조용히 입을 다물었다.

"잘 먹겠습니다."

도운은 여유 넘치는 얼굴로 젓가락을 집어 들었다.

강 여사가 도운 쪽으로 작은 접시를 밀며 말했다.

"민들레 무침인데, 세원이가 만든 거야. 많이 먹어."

도운은 의외라는 듯 세원을 바라보았다. 세원은 괜스레 시선을 피하며 밥그릇을 깨작거렸다.

그래도 도운의 평이 궁금했는지, 도운이 민들레 무침을 한 젓가락 집어 들자 슬그머니 고개를 들었다.

잠시 민들레 무침을 음미한 도운이 만족스럽다는 듯 조용히 눈웃음을 지어 보였다. 그 눈짓에 세원의 얼굴이 순식간에 새빨개졌다.

바다가 가까운 언덕길에는 바람이 불었다. 슬슬 봄이 가까워지고 있어 바람은 제법 향긋하고 따스하기까지 했다.

도운은 바람을 맞으며 잠시 말없이 걸었다.

세원도 그런 도운을 뒤따라 잠자코 걸었다. 미세하게 풍겨오는 도운의 향수 냄새가 싫지 않았다. 다시는 그가 찾아오지 않을까

봐 마음속으로 꽤 서운하게 생각한 모양이었다.

엄마도 이런 마음으로 매일매일 기다린 거겠지.

하지만 이건 일시적인 달콤함일 뿐이라는 것을 세원은 잘 알았다. 도운이 친절하게 구는 것은 그저 집을 팔기 위한 목표 때문일 뿐이라고.

“1억.”

언덕 꼭대기에서 발걸음을 멈춘 도운은 밑도 끝도 없이 말했다.

“…?”

얼결에 멈춘 세원은 그런 도운을 올려다보았다.

“시세보다 훨씬 더 쳐준 거야. 동네 사람들한텐 비밀로 하는 게 좋을 걸.”

크게 선심 썼다는 듯 도운은 말했다.

뒤에 선 세원은 말이 없었다.

도운은 기대에 찬 표정으로 돌아봤지만 그녀의 얼굴은 굳어 있었다.

“부족해?”

도운의 말에 세원은 앙칼진 목소리로 대답했다.

“사람을 뭘로 보고….”

예민한 세원의 반응에 도운은 눈을 가늘게 떴다.

“솔직하게 가자, 아닌 척하지 말고. 괜히 시간 낭비하기 싫어.”

“뭐가요.”

여전히 버티는 세원이었다. 도운은 결국 돌직구를 던졌다.

“돈 필요하잖아.”

그 말에 세원의 눈동자가 미세하게 흔들렸다. 그것을 놓칠 도운이 아니었다.

"준다고 할 때 받아. 그게 시간과 에너지를 아끼는 길이야."

그러나 세원은 발끈해서 말했다.

"왜 그렇게 말하는 건지 모르겠지만, 돈 있어요."

"돈이 있다고? 내가 들은 거랑 다른데?"

들은 거라니. 아무래도 자신에 대해 조사를 한 모양이었다.

세원은 다소 분한 얼굴로 입술을 깨물더니 말했다.

"…곧 생겨요. 홍지원이 준다고 했어요."

통장에 십이만 원밖에 없는 여자치고는 오래 버티는 것이다. 세원을 물끄러미 바라보다 도운은 입을 열었다.

"…검사가 벌면 얼마나 번다고."

도운의 직설적인 말에 놀란 세원이 눈을 동그랗게 떴다.

"그냥 1억 받아서 대학 가. 그 돈이면 졸업까지도 충분하잖아."

세원은 자존심 상한 얼굴로 고개를 들었다. 하지만 도운의 말은 끝난 게 아니었다.

"어머니는 요양병원에 모셔. 그 돈은 특별히 내가 따로 대주는 걸로 하지. 난 책임 지지 못하면서 잘해주는 사람 아니거든. 그러니까 그 말에 대해서는 사과하고, 깨끗하게 도장 찍고 끝내자."

정말 이정도면 최고의 조건이라고 생각한 도운이었지만 세원은 화가 잔뜩 난 듯 몸을 부들부들 떨었다.

"왜 그렇게 말해요?"

이게 연기라면, 정말 연기대상감이었다. 도운은 냉정함을 유지하려고 애쓰며 세원을 향해 말했다.

"대학교 붙었는데 못 갔잖아. 몇 년 동안 이 악물고 등록금 모았는데 그 돈 다 날렸고."

최 팀장이 조사해온 자료를 꼼꼼하게 읽고 정리한 덕에 유추해낼 수 있는 사실이었다. 세원이 분개하는 걸 보니 아주 정확하게 추리가 된 것 같았다.

이제 상처 입은 자존심을 어루만져주며 자연스레 계약으로 이끌기만 하면 될 것 같았다.

"이미 날린 돈은 잊어버려. 그동안 마음고생 심했을 것 같은데…."

"날린 거 아니에요."

세원은 이를 악물고 말했다.

그 말에 순간 궁금증이 드는 도운이었다.

"날린 게 아니면, 그 돈을 다 어쩐 거야?"

"…."

다시 입을 꾹 다물어버린 세원에게 도운은 재촉하듯 물었다.

"왜 말을 안 하는 거야?"

"안 하는 게 아니라 못 하는 거예요."

도운은 눈을 가늘게 뜨고 세원을 관찰했다. 아무리 봐도 거짓말을 하는 것 같지는 않았다.

후두둑.

그 순간, 세원의 눈에서 예상치 못한 눈물이 떨어졌다. 세원도 놀랐는지 급하게 눈물을 훔쳤다.

"아, 왜 이러지."

하지만 한 번 쏟아진 눈물은 쉽게 멈추지 않았다. 결국 세원은 언덕 위에 서서 흐느끼기 시작했다.

놀란 건 도운도 마찬가지였다. 작전일지 모른다고 생각하면서도 막상 눈물을 보자 마음이 조금 약해지는 건 어쩔 수 없었다.

'너무 다그쳤나.'

도운은 주머니에서 손수건을 꺼내 세원에게 건넸다. 세원은 고분고분 손수건을 받아들더니 얼굴을 묻고 울었다.

솔직히 세원은 아직 어린 나이였다. 아픈 엄마와 날려버린 전 재산, 계약이니 뭐니 하는 것들 전부를 혼자 감당하기엔 쉽지 않을 것이다.

도운은 세원의 나이일 때 아무 생각 없이 유학생활을 즐기고 있었던 게 떠올랐다. 게다가 도운은 살면서 돈 걱정 같은 건 한 번도 해본 적이 없었다.

그런 생각을 하니 조금 미안한 마음이 들어 도운은 살며시 세원의 어깨에 손을 댔다.

"저기…."

그러나 울음은 잦아들 기미가 보이지 않았다.

이러지도 저러지도 못하고 도운은 멀뚱히 그녀를 바라볼 수밖에 없었다. 섣부르게 위로를 건넬 수도 없는 노릇이었다. 도운의 손은 어색하게 세원의 어깨를 터치한 채 멈춰 있었다.

그렇게 잠시 시간이 지난 후에야 세원은 울음을 멈추었다. 도운의 손수건은 눈물 콧물로 범벅이 되어 있었다.

"죄송해요, 이건 세탁해서 다시 드릴게요."

"괜찮은데…."

무슨 말을 해야 할지 몰라 도운은 잠시 망설였다.

"…내려갈까?"

세원은 조용히 고개를 끄덕이더니 앞서 걷기 시작했다.

'사과를 해야 하나, 말아야 하나.'

언덕길을 내려가는 내내 도운은 고민하느라 결국 아무 말도 하지 못했다. 여자를 울린 기분이 썩 좋지만은 않았다.

세원은 애써 덤덤한 표정으로 인사하고 들어갔지만, 도운은 금세 세원의 집 앞을 떠날 수가 없었다. 미안함과 혼란스러움이 한데 얽힌 감정이었다. 최 팀장의 말을 믿어야 할지, 세원의 말을 믿어야 할지 쉽게 판단이 서지 않았다.

'홍지원.'

도운은 홍지원에게 돈을 받기로 했다던 세원의 말을 떠올렸다.

사기 당한 잔고를 메워주는 좋은 오빠라기엔, 그는 너무 무책임해 보였다. 어린 동생에게 힘든 집안일을 전부 떠맡기고 있으니.

그를 만나보면 세원의 속뜻을 짚어볼 수 있을지도 몰랐다.

그 생각에 다다르자 드디어 도운은 세원의 집 앞에서 발길을 돌렸다.

2
화난 적 없어

"좋은 데 사시네요."

도운은 자신도 모르게 이 말을 가장 먼저 꺼냈다.

그도 그럴 것이 홍지원 검사는 고급 아파트 단지에 살고 있었다. 세원의 집과는 분위기도, 시세도 전혀 다른 곳이었다.

둘의 만남이 이뤄진 곳도 그 단지의 커뮤니티 센터에 위치한 카페였다. 아파트 주민들은 저렴한 돈으로 커피를 마실 수 있었다. 법원 근처는 부담스러웠는지 홍 검사는 만남의 장소로 이곳을 원했다.

"지방이니까요."

홍지원의 답은 간단했다. 같은 고급 아파트여도 서울보다 저렴하다는 것은 건설업을 하는 도운이 더 잘 알았다.

홍 검사도 그걸 모를 리 없었다. 그저 더 이야기하고 싶지 않아

이런 대답을 했을 것이다.

'검사다운 대응이군.'

도운은 등을 기대며 눈을 가늘게 뜨고 지원을 바라보았다.

홍지원은 평범한 한국 남자였다. 적당한 키에 다부진 체형을 가지고 있었고 첫인상은 다소 쌀쌀했다.

도운의 시선이 다소 불편한 듯 지원은 커피를 홀짝 마시더니 말했다.

"재개발을 하신다고요."

"…네."

도운은 어디까지 얘기하는 것이 좋을지 판단하기 위해 순간적으로 머리를 굴렸다. 사업만 생각하면 전부 말하고 털어버리는 것이 좋겠지만 세원을 생각하니 약간 망설여지는 것도 사실이었다.

그러나 지원은 도운에게 그럴 틈을 주지 않았다.

"얼마죠?"

"?"

"지금 책정된 금액이."

"…1억입니다."

이번엔 홍 검사의 머리가 빠르게 돌아가는 것이 보였다. 시간은 그리 오래 걸리지 않았다.

"이주지원금은?"

"…5천."

"흐음."

두 남자는 경매라도 하듯 말을 주고받았다.

잠시 생각하던 홍 검사는 마지막으로 한 마디를 더 건넸다.

"5천만 더 쓰시죠. 합쳐서 2억."

"…."

단도직입적인 홍 검사의 말에 도운은 자신도 모르게 실소가 터져 나오려는 것을 꾹 참았다.

'단순하지만 재수 없군.'

건설업자로서 현직 검사와 척을 지는 일은 당연히 피하고 싶었다. 오천 정도 더 쓰는 것도 어려운 일은 아니었다.

하지만 도운은 홍 검사의 태도 때문에 선뜻 대답하고 싶지가 않았다. 너무나 전형적인 검사의 모습. 세상 다 가진 듯한 권위적인 모습에 반항하고 싶은 마음이 스멀스멀 피어올랐다.

"…집을 팔고 나면 어머니와 홍세원 씨는 어디로 이주하는 겁니까?"

"그건 우리 집 사정이고 내가 알아서 합니다."

홍 검사는 도운의 말을 끝까지 듣기도 전에 내뱉었다. 도운의 추가질문을 원천 봉쇄하는 대답이었다.

도운은 만만치 않은 상대방을 잠시 바라보다가 꾹 눌러 참고 말했다.

"…좋습니다. 2억."

홍 검사는 그제야 만족스런 표정으로 고개를 끄덕였다.

"계약 진행하러 조만간 가야겠군요. 그때 보죠."

한 모금밖에 마시지 않은 커피를 그대로 두고 홍 검사는 자리에서 일어났다. 다 마신 커피 컵은 스스로 분리수거 해야 했지만, 그는 아랑곳하지 않고 떠나버렸다.

도운은 그가 남긴 쓰레기를 바라보며 씁쓸한 기분에 젖어야 했다. 생각보다 더, 세원의 오빠는 별로인 인간이었다.

사무실에 돌아왔을 땐 이미 늦은 오후였다.

계약은 정말 마무리 단계였지만 도운은 찜찜한 기분을 떨칠 수 없었다. 좋지 않은 기분으로 들어서는데 최 팀장이 벌떡 일어나 도운을 맞이했다.

"손님이 와 계십니다."

"손님?"

오기로 한 사람이 없는데. 생각하며 벌컥 문을 열자 거기엔 의외의 인물이 앉아 있었다.

세원이었다.

단정하게 차려입은 세원의 복장은 수수했다. 고가의 양복을 입고 있던 지원과 한눈에도 비교되는 차림이었다. 둘은 남매라기엔 딱히 닮지도 않았지만, 살고 있는 세상이 너무나도 달라서 도운은 괜스레 화가 났다.

미련할 정도로 착하게 살고 있는 이 여자를 어쩌면 좋을까.

좋지 않은 표정의 도운을 보고 세원은 괜히 왔다는 생각이 들었다.

빨리 자리를 떠야겠다는 생각에 세원은 서둘러 손가방을 뒤졌다. 깨끗하게 세탁해 온 손수건을 돌려주기 위해서였다.

"…어제는 감사했어요."

도운은 손수건을 돌려받을 생각은 않고 맞은편 소파에 앉아 세원을 바라보았다.

세원은 어쩐지 민망해서 손수건을 탁자 위에 올려놓았다. 도무지 저 남자는 무슨 생각을 하는 건지 알 수가 없었다.

"그러게 어젠 왜 울었어?"

도운은 의외의 질문을 해왔다. 세원이 단번에 대답하기엔 어려운 말이었다.

그러게 왜 그 순간에 눈물이 터졌을까. 알 것 같기도 하고 모를 것 같기도 했다.

"그러게요… 죄송해요."

도운은 미간을 찌푸리더니 정색하고 말했다.

"사과하지 마."

놀란 세원이 잘못 들었나 싶어 도운을 바라보았다.

그러나 그는 매서운 표정을 하고 또박또박 다시 한 번 말했다.

"사과하지 말라고. 잘못한 게 없는데 사과하면 진짜 잘못한 줄 알아. 보통 사람들은 그래."

맞는 말이었다. 하지만 세원에겐 어려운 말이었다. 늘 그냥 제 잘못으로 하는 것이 편하고 익숙했다.

또다시 잘못했다는 듯 고개를 숙이는 세원을 보며 도운은 속에 열불이 났다.

"오빠라는 사람 말이야, 홍지원."

"…."

"돈을 준다고 했다는 게 무슨 말이지?"

기가 잔뜩 죽은 세원은 고분고분 입을 열었다.

"여기 내려오면 생활비를 준다고 했어요. 그리고… 대학교 등록금도 준다고 했어요."

도운은 '2억'을 요구하던 홍 검사의 얼굴을 떠올렸다. 절대 동생의 미래를 걱정하는 착한 오빠의 얼굴은 아니었다.

"받았어?"

"네?"

"그 돈 받았냐고."

"그건 아직…."

"후우."

도운은 자신도 모르게 깊은 한숨을 내쉬었다. 절대 받지 못할 돈이라는 게 도운의 눈에만 보이는 모양이었다.

세원은 세원대로 아까부터 도운이 자꾸 왜 이러는지 알 수가 없었다.

모든 것은 오전에 방문한 사회복지사 때문이었다.

주민센터에서 나온 사회복지사는 세원을 아주 반가워했다. 이 사람이 지원에게 여러 번 연락을 취한 모양이었다.

아마도 그때마다 지원이 세원에게 전화해서 닦달을 했던 것 같았다. 새언니한테 엄마를 부탁할 수는 없었으니까.

"…그래도 어머니가 공 실장이 오고 나서는 밥을 조금씩이라도 드시더라고요. 그전에는 김치를 갖다드려도 항상 남았었어요."

"공 실장님이요?"

"네, 여기 재개발 땜에 발로 뛰어다니시는 분. 세원 씨도 만나본 적 있죠? 아주 잘생기셨잖아요."

"아… 네."

"매일같이 시간 맞춰 와서 여기서 밥 먹고 가셨어요. 진짜 대단하신 분이에요. 근데 언제까지나 그렇게 해주실 수는 없는 거니까, 제가 전화를 계속 드렸던 거거든요."

도운은 엄마와 밥도 먹고 병원도 다녀왔다. 외면하는 친자식들을 대신해서.

세원은 부끄러워 얼굴이 화끈거렸다. 아무리 엄마가 오빠만을 아끼고 차별하며 키웠어도, 그래도 저라도 좀 더 일찍 내려왔어야 했다.

그런 미안하고 감사한 마음에 세원은 인사라도 전하려 손수건을 챙겨들고 직접 사무실까지 찾아온 거였다.

빈손으로 오기 뭐해서 딸기로 직접 만든 잼까지 작은 병에 담아 나온 참이었건만, 이상하게 흘러가는 분위기 때문에 그건 꺼내지도 못할 것 같았다.

"…어쨌든 감사했어요. 그럼 가보겠습니다."

세원은 자리에서 벌떡 일어났다.

"그건 뭐지?"

세원의 뒤쪽에 놓여 있던 작은 쇼핑백을 보고 도운이 물었다.

꺼내지 못한 잼을 조용히 두고 나가려던 세원은 예상치 못한 질문에 당황했다.

세원의 대답보다 도운의 행동이 빨랐다. 도운은 당장에 잼을 꺼내 뚜껑을 열어보았다.

"…설마 직접 만든 거?"

세원은 긴장하며 고개를 끄덕였다.

도운은 의미심장한 표정으로 세원을 보았다.

"생활력은 참 강해. 강한데…."

뒷말이 궁금해서 세원은 도운을 뚫어져라 바라보았다.

그때 도운이 손을 들어 세원에게 다가왔다. 세원은 자신도 모르게 어깨를 움츠렸다. 도운은 세원의 머리카락에 붙어 있던 작은 딸기 꼭지 잎을 찾아냈다.

"…어설퍼."

세원의 얼굴이 딸기처럼 새빨개졌다. 냉철하게 말하면서도 행동은 따스한 도운이었다.

"나가자."

잼 뚜껑을 다시 닫아 챙겨들더니 도운이 말했다.

집까지 데려다준다는 말인 줄 알고 세원은 만류했다.

"아니에요, 혼자 갈 수 있어요."

"어딜?"

"네? 집에…."

그러자 도운은 씨익 웃었다. 오늘 처음으로 마주하는 그의 눈웃음에 세원은 뭔가 안심이 되는 기분이었다.

"이 동네만 있는 거 지겹지 않아? 가자."

그 눈웃음은, 이 세상 누구라도 따라나서게 만들 그런 눈웃음이었다. 세원은 성큼성큼 앞서 걸어 나가는 도운을 자연스럽게 따라 사무실을 나갔다.

꽤 오래 차를 달려 도착한 곳은 깔끔한 휴양지 콘셉트로, 최근 각광받는 고급 리조트 단지였다.

세원은 멀뚱하게 바다가 보이는 정원에 앉아 있었다.

리조트 단지에 딸린 정원은 고풍스러운 이태리 양식으로 조성되어 있었다. 아직 바닷바람이 쌀쌀해 세원은 도운이 차에서 꺼내 준 무릎담요를 부여잡고 있었다. 전망은 좋았지만 이곳까지 온 영문을 세원은 알 수 없었다.

'그래도 바람 쐬니까 좋다….'

잠시 바다를 바라보고 앉아 있으려니 도운이 양손 가득 뭔가를 든 채 돌아왔다.

세원은 얼떨결에 일어나 우선 커피를 받아들었다. 손이 자유로워진 도운은 바스락거리는 봉지를 열었다. 향긋한 버터 향이 봉지 사이로 피어올랐다.

"아!"

세원은 자신도 모르게 감탄사를 터뜨렸다. 이 따스하고 달콤한 향은 분명 스콘이었다.

"딸기잼 보니까 이걸 꼭 먹어야겠더라고."

도운은 기분 좋은 표정으로 자리에 앉았다.

잠시 둘만의 디저트 파티가 열렸다. 진한 커피와 보드라운 스콘 그리고 갓 만든 딸기잼.

추운 기운이 녹아 없어지며 몸과 마음이 향긋하게 노곤노곤해지는 느낌이었다.

"맛있다."

세원이 덥석 스콘을 베어 물며 말했다. 도운은 그 모습을 흐뭇하게 바라보았다.

"…뭐예요, 그 아빠 미소."

어쩐지 민망해진 세원이 그렇게 말한 후에야 도운은 자신의 표정을 깨달았다. 도운도 어쩐지 머쓱해져서 말을 돌렸다.

"…너무 열심히 살면 부러져."

세원은 무슨 말인가 싶어 오물오물 스콘을 씹으며 그를 보았다.

"우리 엄마가 그랬어. 자살하셨거든."

세원이 꿀꺽 스콘을 삼켰다.

쌀쌀한 바람이 둘 사이를 훑고 지나갔다.

"뻔뻔한 사람들만 살기 좋은 세상이야. 그래서 자꾸 화가 나나 봐."

도운은 무슨 말을 해야 할지 몰라 멍해져 있는 세원을 돌아보았다.

"화가 난다고. 애쓰는 거 보면. 당하는 거 보면."

도운을 마주보는 세원의 눈동자가 흔들렸다.

"그러니까… 그렇게 살지 마."

도운이 먼저 눈길을 피했다.

그게 무슨 뜻인지 정확히 말하라는 듯 세원은 그를 끝까지 바라보았다. 하지만 도운은 연민인지 호감인지 모를 감정에 휩싸여버리기 전에 시선을 거둬야 했다.

"춥다. 집에 가자."

도운은 결국 먼저 자리에서 일어나버렸다.

그 뒷모습이 쓸쓸해 보여서 세원은 눈길을 뗄 수가 없었다.

도운이 무슨 마음으로 매일같이 집에 와서 엄마와 밥을 먹었는지 조금은 알 것 같았다. 재개발 때문에 혼란스럽고 흔들리는 것이 세원뿐만은 아니었던 것이다.

세원은 그의 뒤로 달려가 위로를 건네고 싶었다. 모두가 잘 지낼 수 있는 방법을 찾아보자고 말하고 싶었다. 하지만….

고민하는 사이 도운은 너무 멀어져버렸다. 세원은 휑한 리조트 단지에 다시 혼자 남아버렸다. 이 휘황찬란한 곳은 도운이 데려오지 않았다면 한평생 와볼 일이 없었을 곳이었다.

이곳과 너무나도 잘 어울리는 도운과 달리, 여기 앉은 세원은 자신이 불협화음 같다는 생각이 들었다.

그때였다. 주차장 쪽으로 사라졌던 도운이 다시 성큼성큼 걸어왔다. 세원은 너무 뭉그적거렸나 싶어 담요를 챙겨 들었다. 그런데 그의 표정에 생기가 돌고 있었다.

"좋은 생각이 났어."

세원의 앞에 멈춰선 도운은 기분이 꽤 좋아 보였다.

"우리 계약에 대해. 아니, 특약이라고 해야 되나?"

도운은 특유의 환한 눈웃음을 지으며 세원을 바라보았다.

"분명 세원 씨도 좋아할 거야."

무슨 말인지는 몰라도 세원은 마주보며 웃어버리고 말았다. 잠깐이었지만 혼자 있는 동안 그가 보고 싶어졌던 것 같았다.

주차장까지 같이 걸을 수 있다는 것에 안도감을 느끼며 세원은 도운의 제안에 귀를 기울였다.

***

미국에서 돌아온 김 할머니는 얼굴이 좋아 보였다.

"할머니, 회춘하신 것 같은데?"

넉살 좋게 던진 도운의 말이 싫지 않은지 김 할머니는 호호, 하고 웃었다.

"아예 정리하고 가고 싶더라니까. 여기는 이제 나가줘야 되고…."

그렇게 말하며 김 할머니는 계약서에 도장을 꾹 눌러 찍었다.

"내가 우리 공 실장 봐서 도장 찍는 거지, 아니면 절대 안 찍었어. 이 동네 얼마나 좋다고. 살날도 얼마 안 남았는데 어디 가려니까 힘들어."

김 할머니의 말에 도운은 약간 마음이 무거워졌다. 하지만 티내지 않고 애써 밝게 웃으며 말했다.

"아이, 할머니, 내가 좋은 곳으로 알아봐 드릴게요."

"어이구, 됐네요. 우리 둘째 사위가 다 알아놨어."

"이런, 한 발 늦었네."

그런 도운이 귀엽다는 듯 김 할머니는 눈을 흘기며 웃었다.

"근데, 내가 마지막인가? 저기도 딸이 내려와서 도장 찍었다던데."

위쪽을 가리키며 김 할머니는 말했다. 세원의 집을 말하는 것 같았다.

"아들이 검사면 뭐해. 이상한 여자랑 결혼해가지구 아주 그냥 저 여편네는 찬밥이 됐어."

"…이상한 여자요?"

요즘 며느리들에 대해 시골 할머니들이 으레 하는 말이겠거니 여겼다.

그러나 김 할머니는 기다렸다는 듯 눈을 크게 뜨며 말을 보탰다.

"보통 요망한 게 아니야. 어마어마한 부잣집 딸이라는데, 세상에 노령연금을 가로채려다 걸렸다니까."

"시어머니 노령연금을? 설마."

"진짜라니까! 하여간 저 집은 딸 없었으면 큰일 날 뻔했어. 그 애는 꼭 좋은 남자 만나서 시집가야 할 텐데…. 쯧쯧."

뜬금없지만 시골 할머니답게 세원의 결혼을 걱정하며 김 할머니는 대화를 끝냈다.

할머니를 집까지 에스코트해준 도윤은 동네를 내려다보며 쭉 기지개를 켰다.

꽤 많이 사람이 빠져나간 동네는 주말인데도 한산했다. 슬슬 봄 햇살이 내리쬐는 바닷가 마을의 풍경은 고즈넉하니 보기가 좋았다.

도윤도 이 풍경이 사라지는 것이 조금은 아쉬웠다. 처음엔 그저 꾀죄죄하고 낙후된 시골 마을이라고만 생각했는데 지금은 조금 달라진 느낌이었다.

잠시 상념에 빠져 있던 도윤은 마음을 다잡으며 발걸음을 옮겼다. 이제 세원의 집으로 가야 했다. 어제 얘기했던 '특약'을 체결하기 위해서였다.

"특약이요?"

"일종의 역할극인 거지, 지금까지랑 비슷한데 시나리오가 있는 거야."

어제저녁, 세원은 도통 모르겠다는 표정으로 리조트 주차장에 멈춰 서서 도운을 올려다보았다.

"어떤 시나리오냐 하면… 다 같이 이사를 가는 거지. 어머니와 우애 좋은 남매가 함께 좋은 집으로."

"…."

다소 뜬금없는 제안에 세원은 천천히 눈을 깜박거렸다. 과연 그게 통하겠냐는 표정이어서 도운은 설명을 덧붙였다.

"내가 자연스럽게 다시 그 집으로 출퇴근을 하는 거야. 세원 씨는 나를 홍지원 대하듯 맞아주면 되고, 엄마랑 사이좋게 같이 밥 먹으면 되고. 그러다가 물 흐르듯 이사 얘기를 꺼내는 거지."

"그렇지만…."

여전히 망설이는 세원에게 도운은 말했다.

"시간은 충분해. 가장 마지막 순서로 철거한다. 이 조항도 넣어 줄게."

나쁜 조건은 아니었다. 그렇게 되면 엄마의 상실감도 줄일 수 있을 테고 설득할 시간도 벌 수 있을 것이다.

하지만 세원은 선뜻 그러겠다는 답을 할 수가 없었다.

"그게 문제가 아니에요."

무슨 말이냐는 듯 바라보자 세원은 조심스레 입을 열었다.

"…이사를 가고 나면요? 결국 마찬가지잖아요."

"책임지지 못할 거면 잘해주지 말라며."

며칠 전 세원이 도운에게 던졌던 말이었다.

다시 듣고 보니 그때 좀 맹랑했던 것 같아서 세원은 부끄러웠다.

하지만 도운은 친절한 목소리로 말을 이어나갔다.

"당연히 이사 가고 나서도 다 같이 밥을 먹어야지."

"그건…."

말도 안 돼. 세원은 생각했다.

그 생각을 읽기라도 한 듯 도운이 말했다.

"왜? 난 지금 엄마가 없잖아. 그러니까 말 돼. 진짜 우리 집에 밥 먹으러 가는 것처럼 갈 거야."

"…진심이에요?"

"사실 우리 엄마가 좀 더 젊긴 한데."

도운의 눈동자가 아득한 검은색으로 빛났다.

"…잘 기억이 안 나."

"…."

"엄마가 나이든 모습은 더 상상이 안 되고."

세원은 마음 안쪽이 아려오는 것 같았다.

투명하게 드러난 세원의 표정에 도운은 분위기를 바꾸고자 다시 입을 열었다.

"게다가 세원 씨 솜씨가 나쁘지 않더라고. 솔직히 세원 씨 어머니랑 단 둘이 밥을 먹을 때는 좀…."

아마도 주민센터에서 가져다준 김치만 놓고 밥을 먹었을 것이다.

그 풍경이 떠오르자 세원은 얼굴이 화끈거렸다.

"미안해요, 엄마가 원래 요리를 싫어하세요. 게다가 지금은 몸이 안 좋으시니까…."

"또 사과한다."

도운의 지적에 세원은 아차 싶어 말을 삼켰다.

"앞으로 맛있는 거 많이 해줘, 동생님."

아무렇지도 않게 차에 오르는 도운을 따라 세원도 조수석에 올라탔다.

이제는 꽤 익숙하게 안전벨트를 매며 세원은 대답했다.

"네… 홍지원 씨."

어쨌든 도운이 자주 찾아와 준다면 좋을 것 같았다. 적막한 집에 활력이 될 것이다. 그리고 든든하기도 하고.

집에 든든한 사람이 있었던 적이 언제였던가. 홍지원은 한 번도 그랬던 적이 없었고, 아빠는 꽤 어렸을 적 돌아가셨으니까 까마득했다.

그런 생각을 하다 보니 세원은 괜히 기분이 좋아져 운전하는 도운의 옆모습을 보고 씽긋 웃었다.

다음날, 세원은 오매불망 특약서를 들고 집으로 찾아올 도운을 기다리고 있었다.

그러나 도운보다 먼저 세원의 집으로 향한 남자가 있었다.

"물 좀."

오랜만에 걸어 올라오는 언덕길이 힘들기야 했겠지만, 몇 달 만에 동생을 보고 한다는 첫 번째 말이 그랬다.

그런데 지금은 그게 문제가 아니었다.

세원은 순간적으로 머리를 굴렸다. 도운을 아들로 알고 있는 엄마가 지원을 보면 오히려 혼란이 커질 것 같았다. 마침 엄마는 방에서 낮잠을 자고 있었다.

지원을 밖으로 떠밀며 세원은 말했다.

"나가서 말해, 엄마 주무셔."

"근데 왜 나가."

"나가자면 나가, 좀!"

세원은 막무가내로 팔에 힘을 주어 지원을 밀었다.

"하…."

결국 지원은 평상에서 일어나 세원을 따라 담벼락 밖으로 걸어 나왔다.

"왜 왔어?"

지원은 대답 대신 세원이 떠다 준 물을 벌컥벌컥 들이켰다.

세원은 그런 그를 참을성 있게 지켜보며 기다렸다. 물을 다 마신 다음에도 홍 검사는 심호흡을 하며 동네를 둘러볼 뿐 대답을 하지 않았다.

"다들 이사 나간 건가?"

"왜 왔냐고."

"…재개발한다며. 넌 왜 그런 말을 나한테 안 하냐?"

"뭐?"

예상치 못한 말에 세원은 입술을 깨물었다.

'어디서 들은 거지?'

사실 여기서 멀지 않은 도시의 지방검사니까 어딘가에서 소식을 들었을 법도 했다.

"엄마도 그래. 나한테 말을 했어야지. 아직 도장을 안 찍어서 다행이지만….”

“그걸 오빠한테 왜 말해야 되는데?”

“내가 장남이잖아.”

기가 막혀서 세원은 입을 떡 벌렸다. 지원은 예전부터 그랬다. 필요할 때만 장남이었다.

“도장 어딨어?”

세원은 꾹 참고 말했다.

“도장은 왜?”

“계약하려고. 내가 시간이 남아돌아 여기까지 왔겠냐?”

“계약을 왜 오빠가 해, 엄마 집인데.”

“원래 이런 건 집안의 남자가 하는 거야.”

“개소리.”

잘못 들었나 싶어 지원은 고개를 갸우뚱거렸다.

“…너 서울 물 좀 먹었다고 까칠해졌다?”

“장난하지 말고 내가 알아서 할 거니까 돌아가.”

“홍세원, 이 집 내 거야. 엄마가 나 준다고 했어.”

“홍지원, 정신 차려. 엄마 아직 안 죽었어. 엄마 돌아가시면 오빠가 가져. 근데 그 전까지는 내가 관리할 거야.”

세원이 의외로 따박따박 맞서자 지원은 당황한 눈치였다. 세원은 더 이상 집에서 눈치만 보던 10대 소녀가 아니었다. 스스로 돈 벌어 먹고 살아온 몇 년의 시간이 세원을 강하게 만든 모양이었다.

“…생활비 필요하다며. 처분하고 남는 돈으로 주려고 했지.”

“그걸 왜 엄마 돈으로 하는데?”

"내가 협상해서 가격 올렸으니까 적어도 오천은 내 돈이야."

"그게 무슨 소리야? 누구랑 협상을…."

그때 지원의 뒤로 익숙한 얼굴이 나타났다. 오전 내내 목이 빠져라 기다린 도운이었다.

세원이 말을 멈춘 것을 보고 홍 검사도 돌아보았다.

"딱 맞춰 오셨네. 얘기 끝났어, 우리."

세원은 충격을 받았다.

둘이 구면이라고? 하물며 만나서 이 집을 흥정했다고?

"…이렇게 빨리 오실 줄은 몰랐는데요, 홍 검사님."

세원의 입이 떠억 하고 벌어졌다. 한마디 말도 없이 진짜 둘이 만나 계약을 하기로 했다니, 어제 말했던 특약은 뭐고, 역할극은 뭐고.

매일같이 우리 집에 와서 진짜 가족처럼 같이 밥을 먹겠다는 건 또 뭐고.

오해 가득한 세원의 얼굴을 보고 도운이 말했다.

"다 설명할게."

도운은 남매를 번갈아 바라보았다.

"계약 금액은 홍 검사님하고 협상을 했고, 특약 조항은 세원 씨하고 협상을 했죠. 그리고 이 둘을 합쳐서 서류로 정리해왔습니다."

"…특약 조항?"

홍 검사는 마뜩찮은 표정으로 도운이 내민 계약서를 읽어보았다.

"이러면 잔금이 너무 늦어지는데요."

"그거야 철거가 늦어지니까요. 어쨌든 목적은 이머니의 선상 상태를 고려해서….”

“그냥 바로 팔겠습니다.”

“네?”

홍 검사는 서류를 돌려주며 말했다.

“특약 없이 그냥 팔겠다고요. 제가 여기에 또 올 수 있을 만큼 한가하지가 않습니다.”

“….”

도운은 홍 검사를 침착하게 주시하며 서류를 돌려받았다.

이미 화가 머리끝까지 차 있던 세원이 폭발했다.

“멋대로 좀 하지 마. 엄마는 집 안 판다고 나한테 확실히 말했어. 팔 때 팔더라도 충분히 설득하고 설명할 시간이 필요하다고.”

홍 검사는 자신만만한 표정을 짓더니 이렇게 말했다.

“상관없어. 금치산자로 처리해서 상속자인 내가 팔아버리면 되니까.”

“뭐…?”

세원은 머리가 어질어질했다. 다른 사람도 아니고 검사인 홍지원에게 그런 일쯤은 아무것도 아니라는 것을 세원도 잘 알았다. 하지만 그렇게까지…. 충격으로 세원의 몸이 크게 휘청였다.

도운이 비틀거리는 세원을 잡아주었다. 세원은 원망스러운 표정으로 도운을 바라보았다. 금치산자 얘기에 당황한 것은 그도 마찬가지였지만 도운은 냉정한 얼굴을 유지했다.

재촉하듯 홍 검사가 말했다.

“그러니까 제 도장으로 계약 진행하시죠. 계약서는 새로 뽑아주

셔야겠네요, 특약 조항 없는 걸로."

세원이 어금니를 깨물고 말했다.

"엄마가 너를 어떻게 키웠는데."

하지만 홍 검사는 눈 하나 까딱하지 않았다.

"어렸을 때부터 저래요. 자기 화나면 '너'라고 부른다니까요, 오빠한테 말이야."

아무렇지 않게 웃으며 말하는 홍 검사를 말없이 보던 도운이 천천히 입을 열었다.

"2억."

"…?"

"2억은 너무 비싼 것 같네요. 다시 보니까 집이 생각보다 더 낡아서요. 아무리 너그러운 마음으로 봐도 다 합쳐서 1억밖에 못 드릴 것 같은데 어쩌죠?"

"뭐라구요? 지금 장난합니까?"

"그런데…."

도운은 마치 홍 검사를 놀리듯 웃음을 띠고 말했다.

"그 특약조항이 탐이 나네요. 제가 그걸 1억에 사고 싶은데."

"…너 뭐야?"

급기야 홍 검사는 맨얼굴을 드러냈다.

도운도 얼굴에서 웃음기를 거두고 지원에게 한 걸음 다가섰다.

"당신 없는 사이 내가 이 집 아들 먹었어. 적당히 잘해줄 때 알아서 빠져."

홍 검사보다 한 뼘은 더 큰 도운이 가까이 다가서자 홍 검사도 올려다보지 않을 도리가 없었다.

"…."

서슬 퍼런 도운의 눈빛에 홍 검사는 어쩔 수 없다는 듯 두어 걸음 물러났다.

"무슨 작당들을 하고 있는지는 모르겠지만 마음대로 되진 않을 겁니다."

그대로 지원은 골목길을 내려가 버렸다.

골목은 다시 조용해졌다. 폭풍우가 지나간 느낌이었다.

"언제 만났어요?"

세원은 단단히 화가 난 표정이었다.

"실장님이 홍지원을 왜 만나요, 어떤 놈인지도 모르면서."

도운은 무슨 말을 하든 상황을 악화시키기만 할 것 같아 입을 꾹 다물었다.

"…미안해."

"……."

대답 대신 사과를 들은 세원은 한숨을 내쉬더니 말했다.

"…다른 건 몰라도 솔직한 사람인 줄 알았는데."

그리고는 냉랭하게 집으로 들어가 버렸다. 골목길에 혼자 남겨진 도운은 꽉 눈을 감았다.

'이게 아닌데.'

홍 검사를 만나는 바람에 일이 꼬여버리고 말았다.

하지만 엄밀히 말하자면, 도운이 원하던 방식의 계약은 애초에 세원을 만나는 바람에 꼬여버렸다.

잠시 생각을 거듭하던 도운은 결국 어디서부터 꼬였는지 판단하기를 그만두기로 했다. 혼란스러운 마음을 아는지 모르는지, 도운의 머리 위로는 무심한 듯 따스한 햇살이 내리쪼이고 있었다.

"아가씨, 그건 결혼 전의 일이잖아요."

홍지원이 돌아간 후 새언니에게 바로 득달같이 전화가 걸려왔었다.

새언니는 논리적인 어조를 유지했지만 결국 한 푼도 못 주겠다는 말을 하고 싶은 것 같았다. 호구처럼 최선을 다해 오빠를 뒷바라지해준 게 잘못이었다. 홍지원은 그때마다 나중에 돌려주겠다고 호언장담을 했다.

"그치만 결혼할 때도…."

"결혼할 때? 우리 집에서 다 했잖아요."

새언니의 날카로운 목소리가 전화기 너머에서 날아들었다.

전부 다는 아니었다. 새언니에게 명품가방과 다이아 반지를 사줘야한다고 홍지원은 또 세원의 적금을 가져갔었다. 물론 새언니가 아파트와 차를 해왔기 때문에 홍지원이 한 것은 미미하긴 했다. 그래도, 그것은 세원에게는 아주 큰돈이었다.

"그러면 저번 달에…."

세원은 결국 그 얘기를 꺼낼 수밖에 없었다. 하지만 새언니의 목소리는 싸늘했다.

"아가씨, 그건 다시는 말하지 않기로 했죠."

세원은 미쳐버릴 것 같았다. 홍지원에게 들어간 돈은 한두 푼이 아닌데 돌려받을 길이 없었다. 결국 그냥 기부하고 끝난 것이나 다름없었다.

도대체 누가 누구에게 기부해야 할 상황인지 세원은 헛웃음이 나왔다. 있는 사람들이 더하다더니, 그렇게 부잣집에서 곱게 자랐다는 새언니의 행동이 세원은 도무지 이해가 되지 않았다.

결국 밤새 잠을 설친 세원은 일찍부터 읍내 서점에 나와 있었다.

'영어… 듣기랑 독해를 따로 사야 하나? 기출을 살까?'

입시 문제집 코너를 서성이고 있었지만 홍지원이 발을 빼는 바람에 대학에 붙는다 해도 갈 수 있을지는 불투명한 상황이었다. 그러나 세원은 포기하고 싶지 않았다. 집에서 통학할 수 있는 국립대학이라면 장학금을 노려볼 수도 있었다. 세원은 일말의 기대를 가지고 문제집 세 권을 골라 계산을 했다.

점심 무렵이 되자 햇살이 꽤 따사로웠다.

평소라면 가뿐하게 오를 골목길인데 꽤 두툼한 문제집 세 권과 함께 올라가자니 송골송골 등에 땀이 맺혔다. 에구구, 하는 소리도 절로 나와서 세원은 잠시 멈춰 섰다.

"후…"

어렸을 때는 이 길이 힘들다고 생각해본 적이 없었는데 나이가 들긴 들었나, 하는 실없는 생각을 하고 있을 때였다. 뒤에서 차 소리가 들려왔다.

가끔 이 좁은 골목길에도 오토바이가 지나다니긴 했지만 이건 분명 차 소리인 것 같아 세원은 돌아보았다. 그런데 한눈에도 고풍스러운 검은 오토바이가 부드럽게 오르막을 올라오고 있었다.

"…?"

검은 오토바이는 세원의 옆에 부드럽게 섰다. 헬멧 사이로 보이는 눈이 씩 웃으며 반달 모양이 되는 게 딱 도운이었다.

"뭐예요…?"

세원은 놀라 어제 화를 냈던 것도 잊은 채 휘둥그레진 눈으로 물었다.

"내가 생각을 해봤는데. 솔직히 말하자면 여기 걸어 올라오기가 매번 너무 힘들었어."

뜬금없는 말이라 세원은 피식 웃어버렸다.

"그리고 오토바이라는 것도 한 번쯤 타보고 싶었어. 나 솔직하지?"

그 말에 세원은 살짝 눈을 흘기며 말했다.

"위험해서 안 돼요. 설마 산 거예요?"

"어, 지금 나 걱정하는 거야?"

"그게…."

세원은 입을 비쭉거리며 살짝 말을 돌렸다.

"그러게요, 걱정이 되네요. 아무리 대기업 다녀도 이런 거 막 사도 돼요? 비싸 보이는데."

도운은 지지 않고 이렇게 받아쳤다.

"세원 씨가 계약해줄 거니까 샀어. 그리고 안전하게 타겠습니다."

도운은 안심시켜주듯 말했지만 세원은 어쩐지 그의 시선을 피하고 있었다.

"…근데, 계약해도 될까요? 홍지원이 난리칠 텐데."

"상관없어. 매도인은 어머니인 게 확실하니까."

"그래도,"

세원은 못내 걱정된다는 듯 말했다.

"…검사잖아요."

도운은 귀엽다는 듯 웃었다.

"검사가 뭐라고. 난 그런 거 안 무서워."

대수롭지 않게 말하고는 부릉, 다시 시동을 거는 도운의 뒷모습이 순간 너무 듬직해서 세원은 두근, 심장이 뛰었다.

'그래도 그렇지, 일개 건설회사 실장이 대한민국 검사를 이겨낼 수가 있나?'

순진한 마음에 도운이 너무나 걱정되는 세원이었다.

그런 마음을 아는지 모르는지 도운은 평온한 표정으로 세원을 돌아보고 말했다.

"타, 무거워 보이는데."

"…괜찮아요."

세원은 순간적으로 문제집이 든 쇼핑백을 끌어안으며 고집을 부렸다.

"책이야?"

도운은 별 생각 없이 쇼핑백을 채왔다. 그런데 쇼핑백을 쥐고 있던 세원의 힘이 생각보다 세서 쇼핑백이 부욱 찢어지고 말았다.

"…."

골목길에 잠시 적막이 흘렀다.

바닥에 흩어진 입시 영어문제집을 보고 도운은 잠시 말을 잃었다.

세원은 세원대로 자존심이 상했다. 가장 자신 없는 과목이 영어라는 걸 도운에게는 들키고 싶지 않았던 것이다.

조용히 세원이 문제집을 줍는 동안 도운은 어찌할 바를 모른 채 그냥 오토바이에 앉아 있었다. 세원은 책을 주워들더니 뾰로통한 표정으로 걷기 시작했다.

"다 봤는데 뭘. 그냥 타."

"……."

그래도 세원이 고집스럽게 계속 걷자 도운은 결국 책을 빼앗아 오토바이 앞에 넣어버렸다.

"타, 힘들지도 않고 시원할 거야."

결국 세원은 어쩔 수 없다는 듯 도운의 뒤에 올라탔다. 도운은 잊지 않고 세원에게도 헬멧을 씌워주었다.

"간다아!"

도운은 장난스럽게 외치며 속도를 올렸다.

"까악!"

도운의 기대대로, 세원은 방금 전까지의 일은 잊어버린 채 도운의 허리를 꽉 감싸 안았다.

세 사람은 사이좋은 한 가족처럼 밥을 먹었다.

도운이 사들고 온 불고기를 맛있게 볶아내고 두릅을 데쳐 곁들인 밥상이었다. 계약 남매의 우애 좋은 모습에 강 여사의 얼굴에서는 미소가 떠날 줄 몰랐다.

도운은 적막한 레지던스와 비교되는 이 공간이 좋았다. 깨끗하고 고급스럽지만 조용하고 외로운 레지던스에서는 끝없이 피로한 생각만이 들었다. 그러나 이 낡고 수수한 집에만 오면 그런 것들은 잘 생각나지 않았다. 이곳은 세상과 동떨어진 느낌이었다. 시간이 천천히 흐르는 것 같았다.

식사를 마친 후 강 여사를 모시고 방에 들어갔던 세원이 나오자 여유롭게 평상에 누워 있던 도운이 몸을 일으켰다.

"엄마는?"

"주무신대요. 꼭 식혜 먹으래요."

세원은 뒷마당으로 건너가 항아리에서 식혜를 떠왔다.

"엄마가 기분이 진짜 좋아 보여요."

도운에게 식혜를 건네고 세원도 도운의 옆에 앉았다.

"당연하지, 엄마 아들이 갑자기 이렇게 잘생겨졌잖아."

"…그러게요."

농담이었는데 세원이 진지하게 대답해서 도운은 잠시 머쓱해졌다.

세원은 잠시 말없이 앉아 멀리 보이는 바다를 멍하니 바라보았다. 도운도 그런 세원을 따라 바다를 보며 식혜를 홀짝홀짝 마셨다.

"이제 곧 내가 좋아하는 시간이에요."

"무슨 시간?"

"노을이 지는 시간."

노을이라….

오랜만에 들어본 이 감상적인 단어에 도운은 어떤 반응을 해야 할지조차 몰랐다.

감격스런 표정으로 하늘을 보던 세원이 한마디를 더 보탰다.

"…서울에 있을 때, 솔직히 이 풍경만큼은 정말 그리웠어요."

세원의 말을 잠자코 듣고 있던 도운이 물었다.

"서울 생활 힘들었어?"

세원의 얼굴에 순간적으로 만감이 교차하는 것 같았다. 잠시 망설이다가 이렇게 말했다.

"힘들었어요."

그리고 도운을 돌아보더니 물었다.

"실장님은요? 여기서 지내는 거 힘들지 않아요?"

그러고 보니 한 번도 생각해보지 않았던 질문이었다. 어쩌면 애써 생각하지 않으려 했는지도 모른다. 친구도, 유일한 가족인 아버지도 없는 곳에서, 집도 아닌 레지던스에서, 밑바닥부터 다시 시작하는 심정으로 앞만 보고 달려온 수개월이었으니까.

"힘들었나?"

도운은 노을이 지기 시작한 하늘을 보며 말했다.

"…그런데 지금은 괜찮은 것 같네. 가족이 생겼으니까."

그리고 웃으며 세원을 바라보았다.

바람은 선선하게 불어오고 노을이 지는 풍경이 배경으로 깔려 있는 가운데 도운의 눈웃음을 보고 있자니 세원은 마음이 동동거리는 것 같았다.

도운도 마찬가지였다. 오늘 아침, 잠에서 깬 도운은 모던한 인테리어의 레지던스를 낯설게 둘러보았다.

'바람의 언덕' 사업을 도맡는 동안 도운에게는 비서도, 기사도 제공되지 않았다. 형제들과의 싸움에 에너지를 쏟고 싶지 않아 도운도 딱히 요청하지 않았다. 숙소만큼은 호텔급으로 마련해주었기 때문에 그럭저럭 만족하고 넘어가기로 했던 것이다. 하지만 오늘따라 이곳이 너무 적막하게 느껴졌다.

"후…."

찌뿌둥한 몸을 뒤집으며 도운은 절로 앓는 소리를 냈다. 몇 달간 쌓인 스트레스가 한꺼번에 고개를 든 것 같았다.

'이럴 때 스트레스를 어떻게 풀었더라'

잠시 생각을 해봤지만 잘 기억이 나지 않았다. 일단 자리를 털고 일어나 운동이라도 가야겠다고 생각했지만 그저 생각뿐이었다.

'다른 건 몰라도 솔직한 사람인 줄 알았는데'

세원의 말이 다시금 떠오르자 도운은 발끈하는 마음이 들었다.

그러나 한편으로는 자신이 정말 솔직한 사람인지 확신할 수가 없었다. 도운은 억지로 일어나는 대신 여유를 가지고 자신에 대해 '솔직하게' 생각해보기로 결심했다. 그리고 그 결론이 바로 이 집에 오고 싶다는 것이었다. 싱그러운 얼굴로 자신을 맞아줄, 어쩔 줄 모르는 표정으로 난감해 하다가도 해야 할 말이 있을 땐 화낼 줄도 아는 시골집의 아가씨를 만나러.

두 사람은 잠시 아무 말도 없이 서로를 바라보았다. 먼저 움직인 것은 도운이었다.

도운은 뒤로 짚고 있던 손을 세원 쪽으로 가까이 옮겼다. 자연스럽게 도운의 몸 또한 그녀 쪽으로 기울었다.

세원은 심장이 떨려오는 것을 느꼈다. 하지만 의연하게 앉아 있으려 노력했다.

도운의 얼굴이 가까이 다가왔다. 세원은 저도 모르게 살짝 고개를 숙였다. 도운이 손을 들어 세원의 턱을 당겼다.

일촉즉발의 떨리는 순간, 세원은 눈을 꼭 감고 말했다.

"실장님…."

도운은 세원의 턱에서 손을 떼지 않았다. 두 사람의 거리는 금방이라도 닿을 것처럼 가까웠다.

"저… 사실…."

세원은 눈을 감은 채 말을 잇지 못하고 뜸을 들였다.

"뭔데."

세원은 눈을 꼭 감고 난감한 표정으로 말했다.

"…계약했어요."

"뭐?"

도운은 지금 들은 말이 무슨 의미인지 몰랐다. 세원은 눈을 꼭 감은 채 고개를 숙였다.

"미안해요."

세원의 여린 어깨가 미안함에 파르르 떨렸다.

잠시 후 자초지종을 들은 도운의 표정이 심각하게 굳어졌다. 세원이 멋대로 체결했다는 '계약'은 방송국과의 계약이었다. 시골집에 연예인 몇 명이 모여 낚시도 하고 밥도 해먹는 프로그램이라고 했다. 최소한의 세팅부터 촬영, 철거까지 계약기간은 장장 4개월에 이

르렸고, 이미 계약금까지 받아 버려 무르기도 쉽지 않은 상황이었다.

도운은 도무지 이해할 수 없다는 표정으로 물었다.

"도대체 왜 그런 거야?"

세원은 고개를 떨군 채 아무 말도 하지 않았다.

"…진짜 알박기라도 하겠다는 거야?"

"아니요, 그런 게 아니라."

세원은 다급하게 입을 열었다가 다시 입을 꾹 다물고 말았다.

도운은 답답함에 자리를 박차고 일어났다.

"지금 얼마나 심각한 사고를 쳤는지 알아?"

생각보다 도운이 크게 화를 내자 세원은 당황한 표정으로 대답했다.

"재개발 계약도 할게요. 그리고 기간이 너무 길면 제가 다시 한 번 말해볼게요. 그러면…."

"그런 문제가 아니야."

도운은 세원의 말을 뚝 끊더니 손목시계를 들여다보았다. 시간이 촉박했다.

"빨리 움직여야 되니까 솔직히 말해. 왜 그랬어?"

세원은 다시 시선을 떨궜다. 말하고 싶지 않았지만 이제는 말하지 않을 도리가 없었다. 결국 세원은 조심스럽게 입을 열었다.

"…생활비가 필요했어요."

"생활비?"

"재개발 계약금은 홍지원이 알게 된 이상 받는다고 해도 제가 쓸 수가 없지만, 이 돈은 말만 안 하면 내가 쓸 수 있거든요."

예상치 못한 말에 도운은 조용히 눈을 깜빡거렸다.

십이만 얼마였더라, 최 팀장이 조사해온 세원의 잔고가 떠올랐다.

하지만 떠올려봐도 별 소용은 없었다. 돈 없이 살아본 적 없는 도운에게 당장 생활비가 시급할 정도의 가난이라는 것은 상상 속의 어떤 것일 뿐이었다.

"미리 말 못해서 미안해요."

아마도 말하기엔 자존심이 상했을 것이다. 그런 생각에 미치자 도운은 세원이 조금은 이해가 될 것도 같았다. 게다가 상의 없이 홍 검사에게 재개발 건을 알린 것은 바로 자신이었다.

"좋아…."

도운은 눈을 감고 심호흡을 하며 생각을 정리했다.

잠시 후 도운은 눈을 뜨더니 사무적으로 말했다.

"일단 해결하고 올게."

그게 무슨 말인지 세원은 정확히 알 수 없었지만 도운을 믿어보는 수밖에 없었다.

바이크에 시동을 걸고 골목을 빠져나가며 도운은 바로 최 팀장에게 전화를 걸었다.

"자세한 건 만나서 말할 테니까 준비 좀 해줘."

당장 공 회장을 만나야겠다는 말에 서울에서 느긋하게 저녁을 먹던 최 팀장은 적잖이 당황했다. 하지만 최대한 티내지 않으려 목소리를 가다듬고 침착하게 대답했다.

"알겠습니다. 지금 바로 출발하십니까?"

힐끔 다시 한 번 시간을 확인한 다음 도운은 대답했다.

"응, 헬기 띄울 거야."

"…네, 그럼 관제실에는 제가 연락해놓겠습니다."

군말 없이 대답하는 것이 최 팀장의 장점이었다. 게다가 도운이 이렇게까지 다급하게 움직인다는 것은 길게 말할 수 있는 상황이 아니라는 뜻이었다. 최 팀장은 당장 식사를 멈추고 일어나 도운을 맞이할 준비를 했다.

정확히 한 시간 후, 도운은 공 회장의 집무실 앞에 서 있었다.

헬기에서 내리면서 바람에 헝클어진 머리를 정리하며 숨을 돌리는 참이었다.

최 팀장은 짧은 시간 동안 최대한 준비한 자료를 내밀었다. 세 원의 집에서 촬영한다는 예능 프로그램의 컨셉과 출연진, 시청률 추이 등을 분석한 자료였다.

도운은 자료를 대충 후루룩 훑어보고는 곧바로 집무실의 문을 노크했다.

잠시 후, 마치 기다렸다는 듯 안쪽에서 문이 열렸다.

"공 이사님…."

안에서 문을 열어준 사람을 보고 최 팀장은 놀란 눈치였지만 도운은 충분히 예상한 것처럼 여유 있게 웃으며 말했다.

"…오랜만이야, 형님."

침착하게 집무실 안으로 들어서는 도운을 보자 공 회장의 얼굴에는 만족스러운 미소가 절로 피어올랐다. 역시 도운은 예상대로 늦지 않고 자신을 찾아왔다. 어딘가 헐렁한 듯 웃고 있으면서도 일만큼은 빠릿하게 해결하는 것이 딱 자신을 닮았다.

게다가 제 엄마를 빼다 박은 눈웃음은 볼 때마다 마음이 약해지게 만들었다.

하지만 늘 그래왔듯 공 회장은 미소를 숨겨야 했다. 그것이 도운을 위한 길임을 자신도 잘 알았다. 특히 지금처럼 둘째 아들이 눈빛을 번득이며 지켜보고 있을 때는 더더욱.

"…기다리고 있었다. 이게 다 무슨 일이지?"

공 회장은 짐짓 화가 난 것 같은 목소리로 테이블 위에 흩어진 출력된 기사들을 가리켰다.

도운은 예상과 한 치도 빗나가지 않은 이 상황에 기가 막힐 노릇이었다. 서울로 날아오는 헬기 속에서 도운은 조금은 자신의 예상이 과한 것이기를 바랐다. 하지만 둘째 형은 역시나 예능 프로그램 소식을 듣자마자 아버지에게 한달음에 달려왔던 것이다.

일요일마다 종일 외출하는 아버지 덕에 그나마 저녁 시간을 맞출 수 있었던 게 다행이었다.

"좀 갑작스럽긴 하지만 저희 사업을 홍보할 수단으로 활용하고자 합니다."

"말이 돼? 방송에 나오는 순간 사람들은 이 동네가 없어지는 걸 아쉬워할 거야. 재개발을 반대할 거라고."

교활하게 웃으며 공 이사는 말했다. 얼마 전부터 전자 쪽 사업을 전담한 큰 형과 달리 늘 마땅한 자신의 자리가 없는 둘째 형이었다. 그래서 도운을 더 눈엣가시로 여기고 끌어내리려 안달이 나 있었다.

"그러게 말이다, 쉽지 않을 게다. 맡겨두고 있었는데 어쩌다 이렇게 된 거냐."

공 회장도 공 이사 편에서 도운을 몰아붙였다.

하지만 도운은 굴하지 않고 여유로운 웃음을 지었다. 두 사람을 설득할 브리핑은 이미 헬기 안에서 완성해두었다.

"…정말 괜찮을까요?"

브리핑이 끝나고 긴 복도를 걸으며 최 팀장은 우려 섞인 목소리로 물었다.

"소희 이름을 빌리면 충분히 가능해."

도운은 대수롭지 않게 대답했다. 같이 유학 생활을 보낸 소희는 방송국이 속한 그룹 오너의 막내딸이었다. 그리고 도운은, 소희의 리스트에 이름을 올린 사람 중 하나였다. 그 리스트는 물론 그녀의 신랑감 리스트였다.

"오빠는 얼굴도, 몸매도, 성격도 진짜 내 스타일인데…."

도운은 오랜만에 소희의 목소리를 기억해냈다.

"…후계자가 아닌 게 너무 아쉽단 말이야."

소희는 늘 그런 식이어서 도운은 딱히 화를 내지도 않았다. 소희의 말은 사실이기도 했으니까.

도운이 별다른 반응이 없어도 소희는 늘 도운의 주변을 맴돌았다. 연락이 뜸해졌다가도 다시 찾아오곤 했다.

"뭘 하고 있긴 한 거야?"

긴 여행을 떠나기 전에 소희가 진지하게 물어본 적이 있었다.

"무슨 말이야?"

도운은 그게 무슨 말인지 알면서도 모른 척 반문했다.

"오빠는 내가 다른 남자랑 결혼해도 아무렇지 않아?"

소희는 철없는 캐릭터이긴 했지만 그렇다고 해서 나쁜 사람은 아니었다. 게다가 재벌가에서 사랑을 독차지하고 자란 막내딸이라 그녀와 결혼하면 도운의 입지도 한층 발돋움할 수가 있었다. 하지만….

도운은 말없이 웃었다.

"…맨날 눈웃음으로 퉁치고."

소희는 남은 와인을 털어 넣으며 정말 하고 싶은 말을 던졌다.

"사장까지만 올라가. 그 다음은 내가 알아서 할게."

집안 허락을 의미하는 것이었다. 그 말에도 도운은 조용히 웃을 뿐 아무 대답도 하지 않았다.

'…뭘 하고 있긴 하지. 어떻게 될지는 아직 모르겠지만.'

상념에 잠긴 도운을 깨운 건 세원이라는 이름이었다.

"아뇨, 홍세원 씨 말입니다."

엘리베이터 버튼을 누르며 최 팀장은 강조하듯 말했다.

"저는 홍세원 씨 아직 신뢰하지 않습니다. 퇴직금 날린 것과 관련해서도 보이스 피싱의 흔적이 전혀 없습니다. 지금 방송국과의 계약 건도 그렇고."

"그건 일단 해결했으니까 천천히 얘기하자고."

도운은 엘리베이터에 올라타며 말했다.

"그리고 퇴직금은 홍 검사 쪽을 뒤져봐. 그쪽 현금 흐름을 파악하면 뭐라도 나올 것 같거든."

"…알겠습니다."

최 팀장이 대답하자마자 엘리베이터 문이 닫혔다.

다시 관제실로 향해야 하는 최 팀장을 남겨두고 도운은 홀로 헬기 착륙장으로 올라갔다.

같은 시각, 세원은 이제나 저제나 마당을 서성이며 도운을 기다렸다.

사실 생활비 때문에 난감하던 차에 제안이 온 거라 별생각 없이 덥석 체결한 계약이었다. 도운이 난감해질 상황이 생길 거라고는 절대 생각하지 않았다.

"하…."

세원은 깊은 한숨을 내쉬었다.

불과 몇 시간 전만 해도 도운과 노을을 바라보며 앉아 잠깐 달콤했는데. 덜컥 도장을 찍어버린 스스로가 원망스러웠다.

'그러고 보니 아까 분명 키스하려고 했던 거….'

맞는 것 같기도 하고, 아닌 것 같기도 하고. 맞기를 바라면서도 마음 한구석에서는 그럴 리 없는 것 같기도 하고.

생각이 이상한 쪽으로 넘어가자 세원은 더 심란해지는 것 같았다.

'…그래, 그냥 놀리려고 그런 걸 거야.'

쓸데없는 생각을 더 이어가지 않으려 세원은 고개를 세차게 흔들었다.

'그렇지만 정말 가까웠다고.'

억지로 생각을 몰아낸 것도 잠시. 다시 스멀스멀 설레는 감정이 피어올랐다. 세원은 감정을 누르고 이성적으로 생각하려 노력했다.

'아마 노을이 너무 아름다워서 잠깐 휩쓸린 거겠지. 게다가 난 사고를 쳐버렸잖아.'

긴 생각 끝에 내려진 결론에 세원은 더 큰 한숨을 내쉬었다.

"흐아…."

"어이쿠, 마당 안 꺼졌어?"

집으로 들어오다 세원을 발견한 도운이 능청스럽게 말했다.

"…!"

세원은 듬직하게 도운을 보고는 집 지키던 강아지처럼 반가운 표정을 지었다. 도운은 머리라도 쓰다듬어줘야 하나, 하는 얼굴로 세원을 마주보았다.

"어떻게 됐어요?"

도운이 평상에 와서 앉자 세원은 걱정스러운 표정으로 물었다.

반면 도운은 여유 만만한 얼굴이었다.

"도장 가져와. 내가 해결했으니까 계약 마무리 하자고. 특약은 그대로 넣을 거고, 방송도 그대로 진행해."

"…정말요?"

세원의 얼굴에 화색이 돌았다.

도운이 서류 가방에서 계약서를 꺼내자 세원도 주머니 속에 소중히 품고 있던 엄마의 도장을 꺼내들었다.

"촬영 기간만 좀 더 타이트하게 조정할 거야."

"알겠어요."

세원은 어쨌든 잘 해결되었다는 사실에 순순히 도장을 찍었다.

드디어 모든 날인이 끝나자 도운은 조용히 입을 열었다.

"그런데 조건이 하나 있어."

"…?"

계약서는 그대로 두고 도운은 진지하게 세원을 바라보았다. 세원은 자신도 모르게 꿀꺽 침을 삼켰다. 도운은 세원에게 한 뼘 더 다가오더니 나지막이 말했다.

"방송에 세원 씨가 출연해야 돼."

"네에?"

세원이 깜짝 놀라 큰 소리를 내자 도운은 그럴 줄 알았다는 듯 부드럽게 손으로 세원의 입을 막았다. 큰 손에 세원의 얼굴 반쪽이 가려지고, 둘 사이의 거리는 아주 가까워졌다.

도운은 세원을 마주보며 달래듯 말했다.

"할 수 있지?"

그 눈을 바라보고 거절하는 건 불가능하게 느껴졌다. 결국 도운의 뜻대로 하고 말 거라는 것을 알았다.

도운은 만족스러운 듯 웃음을 지었다. 환해진 도운의 얼굴을 마주하자 세원도 아무래도 좋다는 생각이 들었다.

"…화 풀렸어요?"

세원이 조심스레 묻자 도운은 손을 떼어 바람에 흩날리는 머리칼을 귀에 꽂아주었다.

"화난 적 없어."

세원의 심장을 울리는, 아주 달콤한 목소리였다.

3
도운의 정체

연이틀 잠을 설친 세원은 새벽같이 일어나 부엌으로 향했다.

김치찌개를 준비해 뚝배기에 안치고 보글보글 끓는 걸 보고 있자 그제야 생각이 조금 정리되는 것 같았다.

'방송이라니….'

하겠다고 대답해놓긴 했지만 걱정이 이만저만 아니었다. 방송에 나가기엔 자신은 너무 특색도 없고 조용한 성격이라는 생각이 들었다. 물론 도운은 그게 세원의 장점이라고 했지만.

세원은 어젯밤 대화를 다시 떠올렸다.

"그냥 민박집 주인이라고 생각하면 돼. 조용하고 맛깔난 요리를 할 줄 아는. 그거 그냥 홍세원이잖아."

"…그렇지만 그게 재미가 있을까요?"

세원이 의심스런 눈빛으로 묻자 도운은 자신 있게 대답했다.

"당연하지."

그리고는 평상에서 일어나 우아한 자세로 서더니 말했다.

"자, 지금부터 브리핑을 시작하겠습니다."

공 회장을 설득했던 바로 그 브리핑이었다.

"현재 예능 프로그램의 대세는 연예인과 비연예인의 콜라보입니다. 연예인들만 나오는 것보다 훨씬 더 큰 친근감을 주기 때문에 많은 시청자들이 선호하고 있습니다."

"…요점만 말해."

길지도 않은 문장을 치고 들어오며 공 이사가 말했다. 도운을 흔들기 위한 전략이지만 도운은 여유를 잃지 않고 계속했다.

"촬영하는 집에 아주 적합한 인물이 있습니다. 병든 노모 때문에 낙향한 젊은 아가씨인데, 손맛이 좋고 시골 제철 요리에 대한 이해도도 높습니다."

"나름 신선한 캐릭터군."

공 회장이 은근슬쩍 도운에게 힘을 실어주었다.

공 이사는 미간을 찌푸리고 반문했다.

"시청률은 올라갈지 모르겠지만, 그게 우리랑 무슨 상관이지?"

'우리'라는 말에 도운은 살짝 기분이 나빠져 눈을 가늘게 떴다. 사업이 슬슬 윤곽을 드러내자 숟가락을 얹어 보겠다는 심보가 훤히 엿보이는 말이었다. 물론 도운은 절대 그렇게 둘 생각은 없었다.

"우선 캐릭터를 하나 추가함으로써 촬영 기간을 단축할 수 있습니다. 또한 시청률이 올라가면 바람의 언덕 사업을 홍보하는 데 큰 도움이 될 겁니다. 무엇보다도 이 프로그램을 본 시청자들은."

도운은 뜸을 들이며 공 회장을 보았다. 역시나 공 회장은 도운의 머릿속을 훤히 읽는 것 같았다.

공 회장은 희미하게 웃으며 고개를 끄덕였다.

"…재개발을 찬성하겠군."

"그렇습니다."

공 이사만이 도통 무슨 말인지 모르겠다는 표정을 지었다.

같은 브리핑을 세원의 앞에서 반복한 도운은 그녀가 바로 이해할 수 있을지 궁금했다.

길게 생각할 것도 없다는 듯 세원은 말했다.

"…엄마 얘기를 해야겠네요."

구차한 설명을 생략해도 된다는 것에 도운은 다소 안심이 되면서도 미안한 마음이 들었다. 방송을 위해서 어쨌든 약간의 감성팔이는 불가피했다.

도운은 세원의 옆에 다가 앉아 진지하게 말했다.

"구체적으로 어떻게 아프신지 그런 얘기는 하지 않아도 돼."

세원은 잠자코 그의 이야기에 귀를 기울였다.

"딱 한 가지 사실만 강조할 거야."

"…?"

"집 앞까지 구급차가 들어올 수 없다는 것."

푸쉬, 뚝배기가 끓어올라 세원은 불을 줄였다.

다시 생각해봐도 도운이 정확하고 현명한 전략에 세원은 혀를 내두를 수밖에 없었다.

굉장히 단순한 사실이었다. 오히려 그렇기 때문에 시청자들을 설득하기에 좋은 방법이었다. 거짓말도, 과장된 말도 아니니까.

헐렁하게 웃고 다녀도 도운은 꽤 머리가 좋은 것 같았다. 프로페셔널한 도운의 모습에 세원은 그가 약간 새롭게 보였다.

"좋은 아침!"

때마침 잠에서 깬 도운이 마당에 내려서며 인사를 걸어와 세원은 소스라치게 놀랐다. 집까지 가기 너무 피곤하다며 도운은 지원의 방에서 이불을 깔고 잤다.

"으아아아!"

도운은 마당에서 해를 보며 양껏 기지개를 켰다.

세원은 부엌에서 빼꼼 고개를 내밀고 물었다.

"잘 잤어요?"

도운은 스트레칭을 이어가며 말했다.

"…솔직히 말해도 돼?"

"왜요, 허리 아팠어요?"

"그게 아니고, 캠핑하는 기분이었어."

"네에?"

하긴 도운은 캠핑할 때 말고는 바닥에서 잘 일이 없었을 것이다. 괜히 민망한 마음이 들었다.

"나 캠핑 좋아해."

"…거짓말."

세원은 부엌 안으로 쏙 들어가 버렸다.

도운은 세원을 따라 부엌 안으로 큰 몸을 구겨 넣었다.

"진짜야, 캠핑가면 얼마나 좋은데."

세원은 대답하지 않고 부엌을 정돈했다.

"음, 좋은 냄새. 배고프다."

"좀만 기다려요."

"…출근 준비하고 와야겠네."

도운은 씩 웃더니 고분고분 부엌을 나갔다.

놀렸다가 잘해줬다가, 고집이 센 것 같으면서 달래기도 잘하는 사람이었다. 쌀쌀한 것 같으면서도 다정하고, 철없이 큰 것 같으면서도 생각이 깊은 남자.

세원은 그에게 맛있는 아침을 차려주고 싶어 신중하게 간을 보며 봄 고사리를 무쳤다.

***

"오랜만이요, 공 실장."

서울에서 내려온 송 사장은 반갑게 도운의 손을 마주 잡았다.

나름 이 지역의 유지인 송 사장은 도운의 사업을 지지하는 세력 중 한 명이었다. 서울로 긴 출장을 떠났다가 오랜만에 돌아와 계약서에 도장을 찍기 위해 도운을 찾았다.

"잘 다녀오셨습니까."

도운도 맞잡은 손을 흔들며 반가워했다.

"그럼 그럼, 공 실장 고생이 많았다면서. 그 사이에 계약을 다 마치고 말이야."

"제 말이 맞았죠? 송 사장님이 마지막입니다."

송 사장은 껄껄 웃으며 도장을 꺼냈다.

"같이 잘 완성해서 좋은 동네 만들어봅시다."

도운도 뿌듯하게 도장이 찍히는 것을 바라보았다.

드디어 사업이 다음 단계로 나아갈 수 있게 되었다. 바람의 언덕 사업에 도전했을 때만 해도 여기까지 올 수 있다고 생각한 사람은 없었다. 하지만 도운은 보란 듯이 해내고 말았다.

"아, 그러고 보니 어제 식당에서 홍 검사를 만났어."

날인을 마친 계약서를 챙기며 송 사장이 말했다.

전혀 예상치 못한 얘기였지만 도운은 침착하게 물었다.

"홍지원 검사 말씀이십니까?"

"맞아, 그 양반도 우리 사업에 아주 기대가 크더구만."

"…."

"공 실장 능력이 정말 출중해, 검사도 우리 편으로 만들고 말이야. 언제 다 같이 밥이나 먹자고."

송 사장은 흐뭇하게 웃으며 말했다. 도운도 그저 사람 좋은 웃음을 지었다.

'같이 밥은커녕, 계약한 걸 알면 난리 난리를 치겠군.'

도운의 속마음은 알지 못한 채 송 사장은 사무실을 떠났다.

밤이 깊어서야 도운은 집에 돌아왔다.

본격적인 재개발 허가와 철거 준비 작업 때문에 녹초가 되어 있었다. 부엌에서 레시피 연구에 열중하던 세원은 대문 소리에 고개를 내밀었다.

"다녀왔어."

도운의 목소리에서 짙은 피로감이 느껴졌다. 도운은 힘없이 평상에 누워버렸다. 평소답지 않은 도운이 걱정되면서도 세원은 그가 반가웠다.

"너무 늦어서 내일 올 줄 알았어요."

"여기가 집인데 내일 오다니?"

"네에?"

도운은 씩 웃으며 말했다.

"말했잖아, 나 캠핑 좋아한다고."

"…우리 집이 무슨 캠핑장이에요?"

예상대로 세원이 발끈하자 도운은 웃음이 나왔다.

"그건 뭐야?"

도운은 세원의 앞치마를 보며 말했다. 처음 보는 거였는데 꽤 고풍스러웠다.

"아, 이거…"

세원은 민망해하며 말했다.

"요리할 때 입으라고 줬어요, 제작진이."

"흠."

"…이상해요?"

도운의 반응을 살피던 세원이 진지하게 물었다. 도운은 가늘게 눈을 뜨고 한참 뜸을 들이더니 대답했다.

"…부엌데기 같은데?"

"뭐라구요?"

세원은 진심으로 화가 난 표정을 하더니 홱 뒤돌아 가버렸다.

"어디 가?"

도운이 장난스럽게 불러봤지만 세원은 단호하게 말했다.

"부엌데기 부엌 가요."

도운은 웃음이 터지고 말았다. 한바탕 시원하게 웃은 도운은 평상에 조금 더 누워서 하늘에 총총 뜬 별을 감상했다. 시골 밤의 공기는 시원했다.

"…씻고 자요."

세원은 내다보지 않고서도 도운이 훤히 보이는 것처럼 말했다.

도운은 조용히 미소를 지었다. 아주 오랜만에 들어보는 엄마 같은 말이었다.

촬영이 바로 내일이라고 생각하니 세원은 쉽게 부엌에서 나올 수가 없었다.

피디는 민들레무침 하나면 충분하다고 했지만 아무리 생각해도 부족한 것 같았다. 어촌 마을의 개성을 살려 통오징어찜을 완성하고 나서야 세원은 안심하고 잠자리에 들 수 있었다.

도운은 얇은 벽 너머 홍지원의 방에 잠들어 있었다. 세원은 혹시라도 도운이 깰까 봐 조심조심 이부자리를 펼쳤다.

"나 아직 안 자."

세원의 그런 행동이 티가 났는지 벽 너머에서 도운이 말했다. 바로 옆에 있는 것처럼 목소리가 생생하게 들려왔다.

"잠 안 와요?"

이불을 덮고 누운 세원이 물었다. 도운은 잠시 뒤척이더니 대답했다.

"부엌데기 기다렸지."

"…."

세원은 몸을 휙 틀어 천장을 보고 누웠다.

도운이 웃는 소리가 벽을 타고 넘어왔다.

"긴장돼?"

도운은 여전히 세원 쪽을 향해 누운 채 물었다.

"…조금요."

"재미는 있어? 요리하는 거."

예상치 못한 질문에 세원은 다시 도운 쪽을 향해 누웠다.

"글쎄요, 그냥 어렸을 때부터 하던 거라 잘 모르겠어요."

"잘 생각해봐. 방송 나가고 나면 요리 프로그램에 섭외될 수도 있어. 세계적인 셰프가 되는 거지."

도운의 장난기 넘치는 말에 세원은 살짝 눈을 흘겼다.

"…홍세원 지금 표정 다 보인다."

"놀리지 마요."

도운은 다시 피식 웃었다.

"그럼 뭘 하고 싶어?"

"…?"

"아직 어리잖아. 꿈같은 거 없어?"

"음…."

세원은 잠시 고민하다 대답했다.

"세계여행?"

말해놓고 보니 좀 시답지 않은 것 같아서 세원은 말을 돌렸다.

"실장님은 꿈이 뭐였어요?"

한참 동안 대답이 없었다. 골똘히 생각에 잠긴 모양이었다.

그도 그럴 것이 도운은 아버지의 마음에 들기 위해 살아왔을 뿐 꿈같은 건 생각해보지 않았다. 딱히 답변할 말이 떠오르지 않아 도운은 이렇게 답했다.

"난 세계정복."

"뭐야…."

기다리던 세원은 어이없는 답변에 힘없이 웃었다. 그러나 잠깐의 침묵에서 도운의 고뇌를 살짝 엿볼 수 있었다.

집은 다시 조용해졌다. 도운은 세원이 일깨운 이런저런 기억들 때문에 쉽게 잠을 이룰 수 없을 것 같았다. 반면 세원은 잠들었는지 고른 숨소리가 들려왔다.

도운은 아주 작은 목소리로 말했다.

"잘 자."

그리고 도운도 조용히 눈을 감고 억지로 잠을 청했다.

잠결에 도운의 목소리를 들었는지, 세원의 얼굴에 희미한 미소가 피어올랐다.

***

세원의 걱정과 달리 촬영은 순조롭게 진행되었다.

피디 입장에서는 호박이 넝쿨째 들어온 것과 다름없었다. 촬영할 집만 섭외했을 뿐인데 갑자기 기획이 업그레이드되고 세원의 출연도 보너스로 붙어 왔다.

"세원 씨가 우리 복덩이네, 복덩이야. 허헛."

김 피디는 호탕하게 웃었다.

세원은 쑥스러운 듯 웃으며 요리에 열중했다.

메인 출연자인 남자 배우 두 명이 세원의 요리를 집중해서 보고 있었다.

세원이 집을 비우면 게스트에게 똑같이 요리를 해서 대접하는 것이 이들의 미션이었다. 이들도 어느새 세원과 친해져 다정하게 말을 섞을 정도가 되었다.

이 공간에서 마음이 불편한 사람은 딱 한 명, 마당 구석에 간이 의자를 펴고 앉은 도운뿐이었다. 도운은 부글거리는 마음을 가라앉히려 노력하는 중이었다. 선글라스를 쓴 탓에 그의 표정은 잘 보이지 않았다.

첫 번째 요리를 무사히 마친 후에야 세원은 구석의 도운을 흘끔 바라보았다. 촬영에 돌입한 지 무려 두 시간이 지난 시점이었다.

도운은 생긋 웃는 세원을 향해 억지 미소를 지어 보였다. 하지만 세원이 다시 남자 배우들을 바라보자 도운의 얼굴에서 웃음기가 싹 사라졌다.

"…어, 최 팀장."

속이 답답하던 차에 전화가 걸려와 도운은 골목길로 빠져나왔다.

"아직 촬영장이십니까?"

최 팀장이 조심스럽게 물었지만 도운은 다른 얘기를 했다.

"최 팀장, 여기 원래 남자들밖에 안 나왔었나?"

뜬금없는 질문이었지만 최 팀장은 최선을 다해 대답했다.

"네, 가끔 여자 게스트가 나오긴 하는데 거의 다 남자들입니다."

솔직한 대답이 마음에 안 들었는지 도운은 말이 없었다.

최 팀장은 눈치를 보는 듯 뜸을 들이다 말을 이었다.

"저… 사무실에 들어오셔야 할 것 같습니다."

골목에서 담 너머로 집 안쪽을 살피던 도운은 무심하게 물었다.

"무슨 일 있어?"

"송 사장님이 와 계십니다. 직접 만나서 하실 얘기가 있다는데요."

"오늘은 안 된다고 해."

바로 대답이 돌아오지 않는 게 최 팀장답지 않았다. 그제야 도운은 촬영장 엿보기를 관두고 핸드폰을 고쳐 잡았다.

"무슨 일인데?"

"그걸 말씀을 안 하시는데요, 어쨌든 심각한 상황인 것 같습니다."

"…알았어, 금방 갈게."

최 팀장이 이렇게까지 말한다는 것은 당장 가야 한다는 뜻이었다.

도운은 전화를 끊고 바로 바이크에 올라탔다. 그때 집 안쪽이 시끄러워지더니 사람들이 쏟아져 나왔다. 쉬는 시간인 것 같았다.

세원도 쪼르르 도운을 찾아 달려 나왔다. 긴장이 풀렸는지 배시시 웃고 있는 얼굴을 보니 도운도 조금은 화가 가라앉는 것 같았다.

"지금 가요? 조금 있으면 끝나는데 점심 먹고 가요."

"다시 올게. 급한 일이 있어서."

"그러면 아예 도시락으로 만들 테니까 밖에서 먹어요."

세원 분량의 촬영이 끝나면 세원은 집을 비워줘야 했다. 손님들끼리 빈 집에서 1박 2일 동안 촬영을 이어가는 컨셉이었다.

"알겠어, 끝나고 연락할게. 핸드폰 잘 확인해. 그리고…."

턱짓으로 남자배우들 쪽을 가리키며 도운은 말했다.

"조심해."

세원은 어이가 없어 웃음이 나왔지만 도운은 으르렁거리는 표정이었다.

세원은 웃음을 그치고 앞치마 주머니에서 핸드폰을 꺼냈다.

"잘 확인하겠습니다."

그제야 도운은 만족스러운 얼굴로 시동을 걸었다.

"좀 이따 봐."

도운은 쿨하게 골목을 떠났다.

세원은 손을 흔들어 도운을 배웅했다. 도운이 시야에서 사라질 때까지 보고 서 있다가 다시 집으로 들어가기 전에 별생각 없이 핸드폰을 확인했다.

"…!"

핸드폰을 들여다보는 세원의 얼굴이 굳어졌다.

홍지원에게 문자가 와 있었다.

"계약 무효 소송이 대체 무슨 소리요?"

송 사장은 도운을 보자마자 궁금한 것부터 물었다.

계약을 마치고 기분이 좋아진 송 사장이 단번에 식사 약속을 잡으려 홍 검사에게 전화를 걸었던 모양이다.

하지만 홍 검사에겐 의외의 대답이 돌아왔다.

"저희 집도 계약이 완료되었다고요?"

"분명히 그렇게 들었습니다만… 공 실장한테요."

"…그렇다면 계약 무효 소송을 진행해야겠군요."

홍 검사의 입에서 나온 말이 심상치 않아 송 사장은 어찌된 일인가 싶어 잠자코 다음 말을 기다렸다. 그러나 그 말을 끝으로 전화를 뚝 끊어버렸다.

묘하게 기분이 나쁘면서도 사업이 걱정되어 송 사장은 득달같이 도운을 찾아왔다.

물론 도운은 홍 검사의 반발을 예상하고 있었다. 하지만 단번에 소송을 걸어올 것이라고는 생각하지 못했기 때문에 기분이 좋지는 않았다.

"걱정하지 않으셔도 됩니다."

"아니, 어떻게 된 일인데 그래?"

"그 집은 정확하게 소유주와 계약을 진행했습니다. 홍 검사님이 욕심을 부리시는 겁니다."

"그래도 검산데, 이거 뺏기는 거 아니여?"

그럴 리 없겠지만 상상만 해도 기분이 나빴다. 생각보다 빠르게 홍 검사와 진검승부를 벌일 시간이 찾아온 것 같았다.

"절대 그럴 일은 없습니다."

도운의 단호하고도 냉철한 말에 송 사장은 더 묻지 않고 돌아갔다.

"후…."

도운은 사무실 소파에 깊이 몸을 묻었다.

눈을 감고 잠시 생각에 잠겨 있던 도운은 최 팀장을 호출했다.

"네, 실장님."

"홍 검사 쪽 캐시플로우 파악 얼마나 됐지?"

"들어온 흐름은 파악이 되었는데 출처 쪽에서 조금 막혀 있습니다. 의심되는 부분이 있는데 현지 조사가 필요한 상황입니다."

"바로 파견하고, 지금까지 파악된 것 전부 다 갖다줘."

"알겠습니다."

도운의 표정에서 최 팀장은 이번 사안의 심각성을 인지하고 물었다.

"본사로 들어갈 준비할까요?"

최 팀장의 말에 도운은 손목시계를 들여다보았다.

"점심 먹고 바로 출발하지."

오랜만의 나들이에 강 여사는 함박웃음을 지었다.

공원에 돗자리를 펼치고 앉아 세 사람은 도시락을 먹었다. 소녀처럼 기뻐하는 엄마를 보고 세원도 나오길 잘했다는 생각이 들었다. 마침 날씨도 완전히 봄처럼 따스하고 부드러웠다. 밥을 다 먹은 강 여사는 분수를 보러 달려갔다.

세원은 도시락을 정리하면서 도운에게 뭐라고 말을 꺼내야 할지 고민했다. 홍지원이 걸겠다는 계약 무효 소송이 뭔지, 도운에게 어떤 영향을 끼칠지 세원의 경험으로는 알 수가 없었다.

"저…."

도시락도 다 정리했겠다, 점심시간도 다 끝나가는 마당에 더 이상 지체할 수 없어 세원은 입을 열었다.

강 여사를 바라보던 도운이 세원을 돌아보았다. 하지만 세원은 막상 도운을 보자 말문이 막혔다.

"홍 검사 때문에?"

세원의 얼굴에 드러난 표정을 보고 도운이 먼저 말을 꺼냈다. 세원은 화들짝 놀란 눈치였다.

"알고 있었어요?"

"나도 좀 전에 알았어."

도운은 무심한 듯 대답했다. 세원은 그런 도운이 걱정스러웠다.

"괜찮은 거예요? 계약 무효 소송이라는 게… 그때 말한 것처럼 직접 도장을 찍겠다는 거죠?"

"그런 셈이지."

도운은 세원을 진지하게 바라보았다.

"세원 씨한테는 한 푼도 주지 않겠다는 뜻이기도 하고. 물론 어머니한테도."

세원은 한숨을 내쉬었다.

"원래 이 정도는 아니었어요. 이기적이고 제멋대로이긴 해도 적어도 엄마에 대한 고마움은 알고 있는 인간이었어요. 그런데…."

세원은 잠시 다음 말을 망설였다.

도운이 더 얘기해보라는 듯 세원을 지그시 바라보았다.

"…결혼하고 나서 너무 달라졌어요."

그때 도운의 머리를 스치는 말이 있었다.

'아들이 검사면 뭐해. 이상한 여자랑 결혼해가지구 아주 그냥 저 여편네는 찬밥이 됐어'

김 할머니가 계약서에 도장을 찍으면서 던졌던 말이었다.

'그때 분명 며느리가 노령연금에도 손을 댔다고 했지'

대수롭지 않게 넘겼는데 세원의 말을 듣고 나니 의미심장하게 느껴졌다.

"새언니 얘기 좀 해봐. 홍 검사 와이프."

도운은 진지한 자세로 고쳐 앉아 물었다.

세원은 무덤덤하게 대답했다.

"잘 몰라요. 몇 번 보지도 않았고. 근데 엄청난 부잣집 딸이래요. 그래서 결혼을 서둘렀나 봐요, 홍지원도 야망이 컸으니까."

"엄청난 부잣집이라…."

그렇다고 하기엔 너무 푼돈까지 욕심내는 느낌이 들었지만 도운은 더 언급하지 않았다. 지금은 일단 정보를 수집하는 것이 우선이었다.

그리고 서울로 떠나기 전에 확실히 해야 할 일이 한 가지 있었다.

"소송은 내가 해결할 수 있어."

도운의 목소리엔 확신이 있었다.

"그런데 문제가 하나 있어."

세원은 걱정스러운 표정으로 도운을 바라보았다.

"뭔데요…?"

"홍 검사가 다칠 수도 있어. 그래도 괜찮아?"

예상치 못한 질문에 세원의 눈동자가 흔들렸다. 괜찮냐고 묻고 있었지만 도운은 답을 정해놓고 있는 것 같았다.

물론 세원도 홍지원이 밉고 원망스러웠다. 하지만 다칠 수도 있다는 말에는 즉답을 할 수가 없었다.

도운은 예상대로 반응하는 세원에게 답답함을 느꼈다. 착한 것도 과하면 독이 된다. 물러 터지면 잡아먹는 게 세상의 이치였다.

"만약 그렇게 하지 않으면, 내가 다쳐. 그건 괜찮아?"

둘 중 하나를 선택하라는 식의 유치한 질문일 수도 있었지만 도운은 이 대답을 꼭 듣고 싶었다. 이것은 분명한 사실이기도 했다. 홍 검사를 그대로 내버려두면 어떤 폭탄이 될지 알 수 없었다.

도운이 다칠 수도 있다는 말에 세원은 쿵, 하고 심장이 내려앉는 것 같았다.

"그건 안 돼요."

홍 검사보다는 대답이 빨리 나왔다는 것에 도운은 만족스러웠다.

하지만 세원은 이어서 이렇게 말했다.

"그래서 홍지원을 건드리면 안 되는 거예요."

"무슨 말이야?"

"홍지원은 검사잖아요. 홍지원한테는 재력도 있고 권력도 있어요. 아예 이 사업을 망쳐버릴 수도 있다구요. 그럼 결국 실장님이 다칠 거예요."

세원의 말은 진심이었다. 도운이 듬직하고 믿음직스럽긴 해도 세상엔 마음대로 되지 않는 것이 있었다. 그것이 가진 자들의 세상이었다.

하지만 도운은 세원의 간곡한 말에 이렇게 반응했다.

"…내가?"

도운의 표정이 서늘해 보이자 세원은 이상한 기분을 느꼈다. 도운이 낯설게 느껴졌다. 분명 그 얼굴은 처음 보는 것이었다. 아주 냉담하고 차가운 얼굴. 세원의 등골에 오소소 소름이 돋았다.

얼어붙은 세원에게 도운은 재차 확인시켜주었다.

"홍 검사가 다칠 수도 있어. 하지만 나는 안전할 거야."

결국 세원은 홀린 듯 고개를 끄덕일 수밖에 없었다.

"…다녀올게."

그제야 도운은 만족스럽게 웃었다. 다시 다정한 얼굴로 돌아온 도운은 바람에 흩날리는 세원의 머리칼을 귀에 단정하게 꽂아주었다.

세원은 여전히 도운이 걱정스러웠지만 아무 말도 하지 않은 채 미소 지었다.

방금 전에 잠깐 보았던 도운의 얼굴은, 분명히 홍지원을 이길 수 있는 얼굴이었다.

***

"김사님, 벌써 출근하셨습니까?"

이른 아침 사무실로 들어서던 사무관은 홍 검사를 보고 깜짝 놀랐다.

홍 검사는 말없이 등을 보이고 앉아 있었다.

사무관은 의아한 표정으로 대답을 기다렸지만 홍 검사는 묵묵부답이었다. 이를 악물고 분노에 차 있는 그의 표정이 사무관에게는 보이지 않았다.

"검사님…?"

사무관이 다가가려 하자 그제야 홍 검사는 벌떡 자리에서 일어났다.

아무 대답도 없이 그는 손에 쥔 종이를 들고 분쇄기로 향했다.

사무관은 분쇄기에 갈려나가는 종이에 적힌 내용이 궁금했지만 그의 동작이 너무 빨라서 보이지 않았다.

"…진단서 가져왔습니다. 분부대로 초기라는 말은 빼고 치매 판정에 대한 부분만 넣었습니다."

홍 검사는 무심한 표정으로 사무관이 내미는 서류를 내려다보았다. 그리고 분쇄기에 넣은 종이가 다 갈리자 진단서마저 분쇄기에 넣어버렸다.

"…."

아침부터 자신이 챙겨 온 서류가 갈기갈기 찢겨나가는 걸 본 사무관은 기분이 썩 좋지 않았다. 물론 홍 검사 앞에서 티낼 수는 없었다.

"이건 이제 신경 끄시고."

분쇄기가 임무를 마치고 조용해지자 홍 검사는 입을 열었다.

"공남그룹 가계도 조사해서 갖다줘."

"…네."

홍 검사는 사무실을 박차고 나가버렸다. 사무관은 그런 홍 검사의 뒷모습을 보며 고개를 절레절레 저었다. 무슨 일인지 몰라도 심기가 상당히 불편해 보였다.

'공남그룹이라'

사무관은 검색창을 띄우고 단신부터 하나하나 꼼꼼히 읽어나가기 시작했다.

레지던스의 침대는 아주 푹신했지만 세원은 여러 번 잠에서 깨었다. 혹시나 도운이 돌아왔을까 해서였다.

촬영하는 동안 세원이 머물 숙소는 도운의 바로 옆방이었다. 하지만 건물이 방음이 잘 되어서인지, 도운이 돌아오지 않아서인지 밤새도록 옆방은 조용했다.

아침을 맞아 피곤한 얼굴로 일어난 세원과 달리 엄마는 상기된 표정으로 집을 구경하고 있었다.

"여기가 지원이네 집인가?"

"…."

엄마가 말하는 지원이 어느 지원인지 세원은 알 수 없어서 애매하게 고개를 끄덕였다.

"좋네, 좋은 데 사네."

엄마는 푹신한 거실 소파에 앉으며 말했다.

"엄마."

"…?"

세원은 입을 열려다 망설이는 마음이 들어 그만두고는 엄마 옆에 나란히 앉았다. 통창으로 바깥 풍경이 잘 내다보였다.

세원과 함께 바깥을 내다보고 있던 엄마가 말했다.

"늬 오빠가 이렇게 철이 다 들고 말이야."

엄마는 흐뭇한 미소를 지었다.

세원은 불편한 마음에 표정이 어두워졌다.

결국 엄마 쪽을 향해 고쳐 앉고 세원은 물었다.

"엄마. 지금의 오빠가 좋지?"

"그럼, 훨씬 좋지."

엄마는 망설임 없이 말했다.

"만약에 예전의 오빠가…."

"…?"

세원의 말투가 진지해져서인지 엄마가 돌아보았다.

"그러니까 예전의 오빠한테 좀 안 좋은 일이 생기면."

세원은 말하면서 스스로 꼬이는 것 같았다.

"근데 그래야만 지금의 오빠가 무사하다고 하면, 나도 이게 지금 잘 모르겠는데…."

결국 세원은 말을 끊었다.

엄마는 태평한 얼굴로 그런 세원을 바라보았다.

"…아니다. 아니야."

세원은 씁쓸하게 읊조리며 고개를 돌렸다.

이번에는 엄마는 물었다.

"너는 누가 좋은데?"

"뭐?"

"홍세원은 누가 좋으냐고."

"나야 당연히, 아니 나도 엄마처럼 지금의 오빠가 좋지."

"그럼 됐어."

마치 다 알고 있다는 얼굴로 대답하는 엄마였다.

세원은 가끔 엄마가 정말 치매가 맞는지 의심스러웠다. 방금도 엄마는 너무나 확신을 가진 표정이었다.

하지만 한편으로는 그 대답에 다행스럽다는 생각이 들었다. 도운에게 그렇게 말해버려 세원은 일말의 죄책감이 있었던 것이다.

똑똑.

그때 노크소리가 들렸다.

"룸서비스입니다."

제작진이 조식으로 룸서비스까지 챙겨주는 모양이었다.

안 그래도 엄마랑 어디에 가서 뭘 먹어야 하나 걱정하던 차에 세원은 잘 됐다고 생각하며 벌컥 문을 열었다.

"좋은 아침."

도운이었다.

"이게 다야?"

"네, 직계 가족은 그게 전부입니다."

사무관이 가져다 준 서류를 보는 홍 검사의 미간이 찌푸려졌다.

'그럴 리가 없는데. 그 자료까지 손을 댈 수 있을 정도면….'

서류를 덮으며 홍 검사는 조용히 말했다.

"방계 가족까지 싹 다 긁어와."

그리고 서랍에서 명함 한 장을 꺼냈다.

"이 이름을 찾아야 돼."

사무관은 명함을 받아들고 자리로 돌아갔다. 홍 검사의 심기를 불편케 한 인물이 드디어 드러났다.

'공도운'

사무관은 고개를 갸우뚱하며 도운의 이름을 읊조렸다. 이윽고 조용히 그러나 치밀하게 모든 정보와 인맥을 동원하기 시작했다.

"여기서 다 같이 먹는 것도 좋네."

도운의 표정은 밝아 보였다. 평소 공도운의 얼굴이었다.

도운을 마주보며 오믈렛을 먹는 강 여사도 기분이 좋아보였다.

세원만 토스트 조각 하나를 억지로 먹었을 뿐 영 입맛이 없었다.

"…별일 없었어요?"

도운은 대수롭지 않게 대답했다.

"무슨 별일?"

"…아니에요."

세원은 결국 포크를 내려놓고 커피를 홀짝였다. 그녀를 힐끔 넘겨보며 도운은 조용히 말했다.

"잘 해결됐어."

세원이 바라보자 도운은 씩 눈웃음을 지었다. 그저 해실해 보였던 눈웃음이 지금은 의미심장하게 느껴졌다.

"그럼 소송은…."

"당연히 취하했지."

세원은 아무 말도 하지 않았지만 그녀의 온 얼굴이 도운을 향해 말하고 있었다.

'도대체 어떻게 한 거지?'

그 투명한 표정을 보자 도운은 웃음이 나왔다.

"많이 흔들지 않았으니 걱정하지 마. 난 아무것도 안 했어."

그리고 도운은 세원 쪽으로 몸을 기대며 귀에 대고 속삭였다.

"그냥 내가 뭘 알고 있는지를 가르쳐줬을 뿐이야."

갑작스런 밀착에 세원은 긴장했지만 도운은 세원의 뒤로 손을 뻗어 커피 주전자를 가져갔다.

"혼자만 먹고 말이야."

아무렇지도 않게 웃는 도운을 보며 세원은 안도를 해야 할지, 걱정을 해야 할지 알 수 없었다.

"방계가족 리스트에도 없습니다."

사무관의 말대로 몇 장에 걸친 리스트에도 공도운이라는 이름은 찾아볼 수가 없었다.

"그래서 제가 따로 조사를 좀 해봤는데요…."

사무관은 종이 몇 장을 내밀었다. 홍 검사는 무심한 표정으로 종이를 받아들었다.

잠시 후, 글자들을 읽어나가던 홍 검사의 입가에 비릿한 미소가 떠올랐다.

"…혼외 자식이었어?"

홍 검사는 자리를 박차고 일어났다. 사무실 직원들이 조용히 눈빛을 주고받으며 홍 검사의 눈치를 살폈다.

"언제부터 혼외 자식이 이렇게 떳떳한 세상이 됐지?"

직원들은 아무 대답도 하지 않았다. 물론 홍 검사도 대답을 기대하고 던진 말은 아니었다. 그저 악의를 뿜어내기 위해 내뱉은 말이었을 뿐.

홍 검사는 야심만만한 미소를 띤 채 종이를 코르크 메모판에 잘 보이도록 붙여놓았다.

"…두고 보자고."

4

첫사랑

집에서는 촬영을 마친 스탭들이 장비를 정리하고 있었다. 촬영은 이렇게 간헐적으로 진행될 예정이었다.

집으로 돌아온 강 여사를 보고 김 피디가 달려 나와 인사를 했다. 그리고 살짝 뒤처져 있던 세원을 기다렸다가 그녀에게도 따로 인사를 해왔다.

으레 촬영을 잘 마쳤다는 인사일 줄로만 생각했는데 피디가 말했다.

"어제 게스트로 오신 분이 세원 씨를 꼭 만나야 된다고 해서."

"…저를요?"

게스트가 집주인 딸을 만나야 될 일이 무엇인지 예측할 수 없었지만 세원은 군말 없이 피디를 따라나섰다.

세원을 꼭 만나야겠다던 새로운 게스트는 마당 구석에서 옷에

설치했던 마이크를 떼고 있었다.

게스트는 반쯤 뒤돌아 고개를 숙이고 있었지만, 세원은 우뚝 멈춰서고 말았다. 얼굴을 보지 않아도 실루엣만으로 그를 알아볼 수 있었다.

"선배…."

세원은 자신도 모르게 절절한 목소리로 그를 불렀다.

고건태. 세원의 첫사랑.

세원이 서울을 떠나게 만든 바로 그 장본인. 세상을 떠들썩하게 만들었던 열애설의 주인공.

나중에 꼭 다시 만날 것을 약속했던 그날 밤과 똑같은 곳에서, 결국 그를 다시 만날 줄이야.

세원의 목소리는 아주 작았지만 건태는 그 미세한 소리를 낚아채고 고개를 들었다.

정말이지, 앳된 기가 조금 가시긴 했지만 그는 그대로였다.

"…오랜만이네."

건태는 잘 빚은 밀가루 반죽처럼 배시시 웃었다. 그 익숙한 웃음을 보니 세원은 열일곱 살 때로 돌아간 기분이 들었다.

드디어 마이크를 다 떼어낸 건태는 스탭에게 꾸벅 인사하고 세원에게 달려와 악수를 청했다.

"내가 제작진한테 이 집을 추천하긴 했는데, 네가 여기 있을 거라곤 생각도 못했어."

"서울에 있었는데 얼마 전에 내려왔어요."

건태는 웃으며 마주잡은 손을 흔들었다.

"정말 반갑다. 그대로네."

"…선배도요."

세원의 머릿속에 서울에서 고생했던 시간들이 주마등처럼 스쳐 지나갔다. 건태를 만나고 싶어서 노력했던 시간들도 떠올랐다.

하지만 어디서부터 어떤 말부터 해야 할지 정리가 되지 않았다. 하고 싶은 말도, 묻고 싶은 것도 많았는데 막상 마주하고 나니 다 휘발되어버린 것 같았다.

"건태야, 가자."

매니지먼트 실장으로 보이는 사람의 목소리가 재회의 장에 찬물을 끼얹었다.

세원은 어쩐지 머쓱해져서 악수하고 있던 건태의 손을 놓았다.

"좀 이따 서울에서 스케줄이 있어서."

건태의 부연 설명에 조용히 고개를 끄덕일 수밖에 없었다.

"다음 촬영 때 다시 얘기하자."

너무 짧은 만남이었기에 아쉬웠지만 세원은 애써 미소를 지었다.

그제야 둘러보니 대부분의 스탭들이 철수한 후였다. 세원은 툇마루 쪽에 서서 모든 것을 지켜보고 있던 도운과 눈이 마주쳤다.

도운은 아무것도 묻지 않았지만 세원이 괜히 찔려서 다가가 말했다.

"중고등학교 때 선배인데 여기 게스트로 왔어요. 신기하죠?"

도운은 눈을 가늘게 뜨고 말했다.

"…그러네."

세원은 어색하게 웃으며 도운의 시선을 피했다.

"이 집을 선배가 제작진한테 추천했대요. 덕분에 촬영을 하게 된 거였어요."

괜히 집을 둘러보는 세원을 도운은 끈질기게 바라보았다. 상기되어 있는 세원의 볼과 쩔쩔매는 듯한 표정이 신경에 거슬렸다.

"고건태…."

최근 배우로 입지를 굳히고 있는 건태의 이름은 도운도 알고 있었다.

며칠 후, 두 번째 촬영도 순조롭게 진행되었다.

세원은 첫 촬영보다는 긴장이 풀렸는지 여유로운 웃음을 자주 보였다.

건태도 멀찌감치 서서 호박잎을 삶는 세원을 흐뭇하게 지켜보고 있었다. 세원을 만나기 위해 촬영시간보다 훨씬 일찍 서울에서 내려온 참이었다.

세원은 가끔 건태와 눈이 마주칠 때면 쑥스럽게 웃으며 고개를 숙였다.

그리고 이런 촬영장의 풍경을 날카롭게 지켜보는 인물이 있었다.

"처음 보는 것 같은데 누구지?"

김 피디가 메인작가에게 물었지만 메인작가도 모른다는 듯 어깨를 으쓱했다.

"흠흠."

불청객은 괜히 머쓱해서 헛기침을 했다. 철거 허가를 받기 위해 군청에 들어간 도운을 대신해 촬영장을 지켜보러 온 최 팀장이었다.

최 팀장은 도운과 마찬가지로 선글라스를 쓰고 매서운 눈으로 촬영장을 지켜보았다. 도운에게 누누이 말했듯 아직 세원을 신뢰하지 않는 탓이었다.

그러나 막상 만나보니 예상과 달라 놀란 게 사실이었다. 세원은 생각보다 훨씬 평범하고 욕심 없는 인상인 데다, 생각하는 것이 투명하게 드러나는 타입의 사람이었다.

그래도 객관적인 시선을 유지하려 노력하면서 최 팀장은 끈질기게 세원을 지켜보았다.

"이렇게 하면 호박잎 쌈밥이 완성됩니다."

세원이 드디어 요리를 완성하자 남자 배우들이 뜨거운 박수를 보냈다.

세원은 다소 민망해하면서도 기분 좋게 웃었다. 이번 요리는 꼭 잘해보겠다는 배우들의 화려한 리액션이 끝나자 드디어 촬영도 종료되었다.

"수고하셨습니다."

앞치마를 풀며 스탭들에게 인사를 전하는 세원에게 건태가 다가갔다. 최 팀장보다 한 발 빠른 움직임이었다.

책상 위에 놓인 도시락 통을 보고 도운은 의아한 표정을 지었다.

방금 군청에서 돌아온 참이라 정리해야 할 서류가 산더미 같았지만 도운은 도시락 통부터 열었다. 노란 개나리가 예쁘게 얹어진 호박잎 쌈밥이었다.

내용물을 확인한 도운의 표정이 굳어졌다. 동봉된 작은 메모지를 꺼내 펼쳤다.

-같이 못 먹어서 미안해요

아주 짧은 내용이었다.

"뭐지?"

"죄송합니다. 예상치 못하게 고건태가 일찍 도착해서…."

직접 촬영장에 가지 못한 게 화근이었다.

그래도 그렇지 점심은 늘 함께 먹었는데.

도운은 잠시 눈을 감고 화를 눌렀다.

일찍 내려온 건태에 대한 분노인지, 건태를 따라나선 세원을 향한 질투인지 모를 감정이 도운의 마음속에 몰아쳤다.

"용역업체 공고문 바로 올리고 내일까지 계약 완료해."

도운은 어지러운 감정을 누르고 이성적으로 해야 할 일을 전달했다.

"알겠습니다."

최 팀장은 도운의 마음을 바로 알아채고 대답했다. 감정적으로 흐트러진다고 해서 일을 그르치지 않는 것이 도운의 장점이었다.

도운은 손목을 들어 시간을 확인하더니 자리에서 일어났다.

"밥 챙겨 먹고."

다급한 도운의 움직임에 최 팀장은 말했다.

"같이 드시죠. 저도 도시락 받아왔는데…."

그러나 도운은 말없이 쌩하고 나가버렸다.

최 팀장은 그런 도운이 참 알다가도 모를 사람이라고 생각했다.

"어떻게 지냈어?"

레스토랑에서 주문을 마치고, 팬들에게 사인을 여러 장 해주고 나서야 건태는 입을 열었다. 그나마 인근에서는 가장 좋은 레스토랑이었다.

"서울에서 일하다가 지금은 잠깐 쉬고 있어요."

건태는 고개를 끄덕이더니 이번엔 강 여사에게 물었다.

"어머니도 잘 지내셨죠?"

흐뭇하게 건태를 지켜보던 강 여사가 고개를 끄덕였다.

"건태 잘 컸네."

"엄마, 건태 선배 기억해?"

"그럼, 기억하지. 너 건태한테 시집간다고 했잖아."

"엄마!"

세원은 깜짝 놀라 빽 소리를 질렀다. 얼굴이 진달래처럼 붉게 달아올랐다.

엄마와 건태는 세원의 마음도 모르고 재미있다는 듯 웃었다.

화제를 돌리려 세원은 물을 한 모금 마시고 건태에게 물었다.

"선배는 어떻게 지냈어요? 활동하는 거, 계속 지켜보긴 했지만."

건태는 잠시 생각에 잠겼다.

"처음엔 힘들었지만 팬들 덕분에 버텼어. 지금도 그렇고."

팬들에게 매너 좋기로 소문난 건태였다. 그 소문을 듣고 세원은 참 선배답다는 생각을 했던 기억이 났다.

"그런데…."

세원은 저절로 가장 묻고 싶었던 질문이 떠올랐다. 하지만 선뜻 말을 꺼낼 수 없을 때 건태가 먼저 눈치를 챘다.

"은설이?"

세원은 찰떡같이 알아챈 건태 때문에 놀란 표정을 숨길 수 없었다.

건태는 아무렇지도 않게 웃었다.

"자세히 말할 순 없지만 열애설, 사실이 아니야."

"…정말요?"

"대표님께 문제가 좀 생겨서 우리가 총대를 멨어."

"네? 그럼…."

"팬들도 다 알아. 나도 그래서 떳떳하고."

공식 기사만 냈을 뿐 둘은 함께 있는 사진 한 장 찍히지 않았다.

세원은 어쩐지 안심이 되는 기분이 들었다. 울고불고 난리쳤던 스스로가 조금 우스워지기도 했다.

하지만 그 덕분에 서울 생활을 정리할 수 있었으니 고마운 마음도 없지 않았다. 어쩌면 세원에게는 서울을 떠날 핑계가 필요했는지도 몰랐다.

"사실 그래서 너한테도 연락을 못 했어. 서울에 온 건 알고 있었는데…."

세원은 맘 졸이며 건태의 소속사 주변을 서성였던 스무 살 무렵의 자신이 기억났다.

"…미안해."

"아니에요, 다 옛날 일인데요, 뭐."

세원은 마음에 조금은 남아 있던 원망을 숨긴 채 대답했다.

이해해주는 세원이 고맙다는 듯 건태는 수줍은 얼굴로 말했다.

"팬들한테 떳떳하고 싶었거든."

그제야 세원은 건태가 하고 싶었던 말이 무엇인지 알 수 있었다.

가장 힘들 때 건태를 지탱해준 것은 자신이 아니었다. 세원은 멀리 있었고, 편지 한 장 쓰지 못했지만 팬들은 건태의 곁에 있었다.

"선배, 정말…."

건태는 원망이나 비난의 말이 돌아올 것을 각오하고 세원을 마주보았다.

하지만 세원은 웃으면서 이렇게 말했다.

"선배답다."

바르고 온건한 건태. 학창 시절부터 주변 사람이 모두 그를 응원했던 것은 건태의 성실함과 인성 때문이었다. 결국 그것이 빛을 보고 있다는 생각이 들었다.

건태도 편안한 표정으로 마주 웃었다.

"고마워, 난 앞으로도 아직 멀었으니까. 고건태답게 이렇게 살려고."

세원은 고개를 끄덕였다.

"응원할게요."

수년간 응어리져 있던 이루지 못한 첫사랑이, 깨끗하고 아름답게 마무리되는 순간이었다.

잠시 후, 맛있게 조리된 파스타와 서비스로 나온 샐러드까지 야무지게 먹은 세 사람은 건태의 촬영 시간에 맞춰 자리에서 일어났다.

레스토랑 앞에는 건태의 매니지먼트 실장이 밴을 대고 기다리고 있었다.

"태워다 줄게, 타고 가."

세원을 배려한 것인데 강 여사가 건태의 손을 꼭 잡더니 말했다.

"우린 괜찮으니까 가봐. 또 놀러오고."

강 여사의 따스한 돌발행동에 건태는 배시시 웃으며 손을 마주 잡았다.

"네, 어머니. 또 올게요. 건강하세요."

그리고 어쩔 수 없다는 듯 밴에 올라 손을 흔들었다.

세원도 손을 흔들어 배웅했다. 밴은 매끄럽게 도로를 빠져나갔다.

레지던스까지는 걸어가기엔 꽤 먼 거리였다. 엄마가 산책이라도 하고 싶었나, 하는 생각이 들어 물었다.

"엄마, 좀 걷다가 택시 탈까?"

그러나 강 여사는 고개를 가로젓더니 한곳을 손으로 가리켰다.

주차장 구석에 낯익은 고급 세단이 눈에 들어왔다.

"엄마 눈 좋다."

기다렸다는 듯 검은 차는 두 사람 쪽으로 미끄러져왔다.

씩 웃으며 운전석에서 고개를 내미는 남자. 도운이었다.

"어떻게 알았어요?"

"이 동네에서 갈 데 뻔하지, 뭐."

세원은 같이 점심을 먹지 못한 게 미안해 어정쩡하게 서 있었지만 강 여사는 이미 후다닥 차에 올라타고 있었다.

"빨리 타. 나 들어가 봐야 돼."

어쩔 수 없이 세원도 조수석에 올라탔다.

"미안해요."

차가 출발하자마자 세원은 사과부터 했다. 도운은 덤덤하게 답했다.

"알면 됐어."

이번엔 순순히 사과를 받아들이는 도운이었다. 그게 세원을 더 미안하게 했다.

도운은 레지던스까지 아무 말도 하지 않고 운전에 열중했다. 도착해서도 고맙다는 말조차 하지 못하고 세원은 차에서 내렸다.

"저녁에 회식 있으니까 기다리지 말고 밥 먹어."

도운은 차창 너머로 말했다. 그 목소리가 어쩐지 차갑게 느껴져 세원은 고개만 끄덕였다.

허가를 마친 기념으로 만들어진 회식자리였다. 물론 기분 좋은 자리였지만 도운은 지나치게 술을 마다하지 않고 마셨다.

"최 팀장은 왜 안 마셔? 한잔 해."

군청 직원들은 술을 먹지 않는 최 팀장을 걸고넘어졌다.

"오늘은 제가 마시니까 최 팀장은 정신 차리고 있어야죠."

도운이 최 팀장의 잔까지 입에 털어 넣었다. 사람들은 금방 기분이 좋아져서 웃어 넘겼다.

그러나 그를 지켜보는 최 팀장은 불안할 수밖에 없었다.

"괜찮아, 오늘 좀 취하고 싶어."

최 팀장의 심정을 눈치 챈 도운이 먼저 넌지시 말했다.

"근데 그거 알아? 나는 취할 수가 없어."

타고 나기를 술을 잘 먹게 태어난 도운이었다.

최 팀장은 그의 말을 말없이 듣고만 있었다.

"아버지는 술을 못 드시는데 아마도 어머니가 술을 잘 드셨나 보지."

도운은 씁쓸하게 웃으며 한 잔을 또 털어 넣었다.

최 팀장은 도운이 평소 절대 꺼내지 않는 어머니 얘기를 하는 걸 보니 조금 취하긴 취한 것 같다고 생각했다.

"그래도 오늘은 너무 많이 드셨습니다."

"빨리 취해 버려야 애먼 데 안 끌려간다."

도운의 말에도 일리가 있었다. 도무지 한국의 접대 문화에는 적응이 되지 않는 도운이었다. 그런데도 재개발 사업을 여기까지 끌어온 데 최 팀장은 일종의 존경심을 가지고 있었다. 그렇기에 누구보다도 도운을 도와 바람의 언덕 사업을 성공시키고 싶었다.

"…홍세원 씨 말입니다."

뜬금없이 튀어나온 이름에 도운은 진지한 눈빛으로 최 팀장을 바라보았다.

"고향에 내려온 이유를 알 것 같습니다."

도운은 빈 잔에 술을 따르며 말했다.

"그래? 최 팀장 추측대로였어? 재개발 사업을 듣고 돈이 탐나서."

최 팀장은 잠시 망설였다. 자신의 대답이 도운에게 어떤 파장을 끼칠지 예측할 수 없었다.

다만 최 팀장은 이 불안정한 관계가 어떤 식으로든 빨리 정리되길 바랐다. 그래야 바람의 언덕 사업도 안정적으로 흘러갈 수 있을 것 같았다.

"아닙니다. 홍세원 씨가 고향에 내려온 그날은…."

"…?"

도운은 가득 찬 술잔을 손에 들고 재촉하듯 최 팀장을 보았다.

최 팀장은 침을 꼴깍 삼키고 입을 열었다.

"…고건태의 스캔들이 터진 날이었습니다."

***

깊은 밤까지 도운은 돌아오지 않았다.

세원은 오랜만에 생긴 여유 시간에 공부를 하려고 영어책을 펼쳤지만 집중을 할 수 없었다. 혹시나 도운이 돌아오는 소리를 놓칠까 복도 쪽으로 계속 귀를 쫑긋 세우고 있었던 것이다.

자신이 왜 이토록 도운을 간절히 기다리고 있는지는 알 수 없었다. 걱정과 불안과 미안함이 뒤엉켜 있는 것 같았다.

고요한 시간이 지루하게 흘러가고, 결국 자정을 넘긴 시각.

똑똑.

세원의 귀에 미세한 노크 소리가 들려왔다.

잘못 들은 게 아닌가 싶어 세원은 잠시 귀를 기울여보았다.

똑똑똑.

다시 한 번 노크 소리가 들렸다.

그제야 세원은 벌떡 자리에서 일어났다. 혹시 도운이 아닐 수도 있으니 현관 앞 카메라를 먼저 확인해보았다. 그러나 카메라로는 아무도 보이지 않았다.

마음이 급해진 세원은 덜컥 문을 열었다.

어두운 복도로 나와 문을 닫고 살펴보니 노크를 했던 불청객은 벽에 기대 서 있었다.

부드럽게 흘러내린 머리카락이 불청객의 눈을 가리고 있었지만 미세한 조명으로도 세원은 도운을 알아볼 수 있었다.

"이제 끝났어요?"

세원의 목소리에 도운은 살짝 고개를 꺾었다. 수수수 머리카락이 한쪽으로 비켜나며 도운의 매혹적인 눈매가 드러났다.

도운은 말없이 세원을 바라보았다.

세원은 잠옷으로 입는 얇은 원피스 위에 카디건을 걸쳤다. 처음 보는 차림새였기에 세원이 조금은 낯설게 느껴졌다.

"실장님."

세원은 도운이 걱정스러워 한 발 다가섰다.

도운이 갑자기 벽에서 등을 떼고 성큼성큼 다가왔다.

둘은 부딪힐 것처럼 복도 한가운데서 마주쳤다. 도운은 속도를 멈추지 않고 그대로 돌진해 와락 세원을 껴안았다.

"…!"

세원은 도운의 무게를 버티지 못하고 뒤로 밀려났다.

도운은 무너질 것처럼 세원에게 몸을 기댔고 둘은 탱고를 추듯

부둥켜안은 채 움직였다.

뒷걸음질 치던 세원의 등이 현관문에 닿자 그제야 둘은 멈추었다.

생각지도 못한 상황이라 세원의 심장은 미친 듯이 뛰었다. 쿵쿵쿵 뛰는 심장의 감각이 얇은 원피스를 통과해 그대로 도운에게 전해질 것만 같아 더 긴장되었다.

그러나 도운은 아무 말도 없이 세원에게 기대 서 있었다.

"…술을 왜 이렇게 많이 먹었어요."

세원은 침착하게 도운을 일으켜 세워보려고 했다.

하지만 도운은 팔을 풀지 않은 채 세원에게 밀착해 있었다.

"…사랑."

도운은 작은 소리로 뭔가를 읊조렸다.

"뭐라구요?"

"…첫사랑."

"네?"

뜬금없이 무슨 말인가 싶어 세원은 눈을 동그랗게 떴다.

도운은 몸을 일으켜 팔을 풀더니 세원의 어깨를 잡았다.

"첫사랑이 그렇게 중요해?"

가까이서 자신을 들여다보는 도운의 묘한 눈매에 세원은 빠져들 것 같았다.

"무슨 소리예요? 실장님 취했어요."

"내가 취했다고?"

도운은 특유의 눈웃음을 지어 보이고는 세원의 어깨에서 손을 뗐다.

그리고 주머니에 손을 찔러 넣더니 잠시 뜸을 들이다 입을 열었다.

"고건태."

도운의 입에서 나온 이름에 세원은 순간 멍해졌다.

"첫사랑이지?"

"그건…."

뜻밖의 질문에 뭐라고 해야 할지 몰라 세원의 얼굴이 달아올랐다.

도운은 세원의 얼굴을 날카롭게 지켜보았다.

세원은 지금 진심으로 그게 궁금해서 묻는 것인지 확신할 수 없었다.

꼴깍, 침을 삼키고 세원은 천천히 입을 열었다.

"그건 어렸을 때 그냥…."

그제야 세원은 도운이 그걸 어떻게 알았을까, 하는 생각이 들었다.

혹시 떠본 건데 덥석 문 거라면 어쩌지 싶어 올려다보니 도운은 계속 해보라는 듯 조용히 미소를 띠었다.

'저런 표정이 더 무섭다고.'

세원은 난감해하며 다음 말을 찾았다. 그때 세원의 뇌리를 스치는 기억이 있었다.

도운의 차를 얻어 타고 병원에 갔을 때였다. 남자친구를 뭐라 불렀냐는 도운의 말에 세원은 '선배'라고 대답했다.

'남자친구는 아니고, 제 첫사랑이었어요.'

발그레한 얼굴로 그렇게 대답했던 자신이 원망스러웠다. 지금 도운은 그걸 기억하고 묻는 게 분명했다.

"…그냥, 추억이에요. 선배는. 앞으로도 그럴 거고."

아직 건태를 생각하면 마음 한구석이 아린 건 사실이지만, 추억이라는 말이 가장 정확한 표현일 것 같았다. 그도 그럴 것이 세원은 도운을 만난 후로는 건태를 떠올린 적이 없었다.

예상치 못한 재회에 순간 설렌 것도 추억에 대한 아련한 마음이었을 뿐.

하지만 도운은 추억이라는 말에 더 화가 났다. 첫사랑이나 추억 같은 것은, 시간을 돌리지 않는 이상 자신은 절대 차지할 수 없는 타이틀이었다.

"추억이라."

도운은 안 그래도 가까이 한 세원에게 한 걸음 더 다가서며 뚫어져라 바라보았다.

바짝 밀착해오는 도운 때문에 세원의 어깨도 긴장으로 굳었다.

"추억은 현재 진행형은 아니잖아."

세원은 끄덕끄덕 고개를 움직여 동의를 표했다.

도운은 양 손으로 세원의 얼굴을 감싸 쥐며 말했다.

"첫사랑 타이틀은 놓쳤지만…."

아직 도운이 차지할 수 있는 타이틀이 남아 있었다.

세원은 도운이 무슨 말을 하고 싶은 건지 알 수 없었다. 쿵쿵 뛰는 심장을 누르는 데 온 정신을 빼앗겼던 것이다.

도운은 그 다음 말을 하지 않고 점점 더 다가섰다. 이윽고 입술이 맞닿을 것만 같은 순간이 오자 세원은 심장이 멈춰버리는 것 같았다.

세원은 자신도 모르게 꽉 눈을 감아버렸다.

도운은 기다렸다는 듯 좀 더 세게 세원의 얼굴을 감싸 쥐었다.

다음 순간, 도운의 혀끝이 세원의 입술을 파고들었다. 세원의 입술이 파르르 떨려왔다.

도운이 세원의 볼을 누르자 자연스레 세원의 입이 벌어졌다. 그 틈으로 더욱 더 몰아붙이는 도운이었다.

예상치 못한 타이밍에 이루어진, 세원의 첫 키스였다.

"…!"

세원은 화들짝 놀라며 잠에서 깨어났다.

아직 이른 아침이었다. 강 여사는 침대에서 깊은 잠에 빠져 있었다.

세원은 여전히 세차게 뛰는 가슴을 쓸어내리며 간밤의 일이 꿈인지 생시인지 생각했다.

화장실에 가서 자신의 얼굴을 마주하고 나서야 그게 꿈이 아니었음을 확신했다. 보드랍게 부어오른 입술이 격한 키스의 순간을 다시 떠올리게 만들었다.

'어떡해….'

세원의 얼굴이 홍조로 달아올랐다.

강렬한 키스가 끝나고 도운은 세원을 품에 꽉 안았었다. 부드럽게 뛰는 도운의 심장 소리를 들으며 세원은 아주 편안한 느낌이 들었다. 단순히 건태에 대한 질투로 이러는 것일지라도, 세원은 도운을 놓고 싶지 않았다.

"내 방으로 갈래?"

세원이 정신이 든 것은 그 말 때문이었다. 세원은 순간적으로 놀라 도운을 밀쳐냈다.

도운은 웃으며 말했다.

"농담이야."

그리고 친절하게 세원의 머리카락을 귀에 꽂아주며 속삭였다.

"…하지만 언젠간 갈 거야."

세원은 상기된 얼굴로 그런 도운을 바라보았다.

도운은 웃으며 한 발짝 뒤로 물러났다. 잘 자라는 인사를 마지막으로, 도운은 방으로 돌아갔다.

이제야 세원은 그 말의 의미를 침착하게 되새겨보았다. 도운이 진지하게 자신을 좋아해서 그랬다기보다 순간적인 욕정이 끓어오른 탓이었다고 생각할 수밖에 없었다.

세원은 일단 샤워를 하며 마음을 가라앉혀야겠다고 생각했다. 집으로 돌아가서 청소도 하고 새로운 레시피 연구도 하고 할 일이 많았다.

'그리고 같이 점심을 먹어야 하는데.'

도운과 다시 마주칠 생각만 해도 얼굴이 빨갛게 달아올랐다. 세원은 어쩔 줄 모른 채 심호흡을 하며 천천히 샤워실 안으로 들어갔다.

"건강해지는 맛이네."

도운은 만족스러운 표정으로 고개를 끄덕였다.

오늘의 점심 메뉴는 새싹비빔밥이었다. 잘 숙성된 고추장과 신선한 새싹들이 어우러져 입안에 봄 향기가 가득했다.

세원은 다행이라 생각하면서도 평소와 너무 똑같은 도운이 신경 쓰였다. 지난 새벽, 전혀 취한 것 같지는 않았지만 도운이 사실은 만취 상태였을지도 모른다는 시나리오가 머리에 떠올랐다. 최악의 경우 도운은 그 일을 기억 못할 수도 있었다.

"첫 방송 말이야."

도운은 아무렇지도 않게 말을 꺼냈다.

"레지던스에 다 같이 모여서 볼까?"

레지던스라는 말에 세원은 어쩐지 찔렸지만 아무렇지 않게 대답했다.

"그래요."

"치킨도 시켜놓고 맥주도 마시면서."

"…실장님 술 잘 먹어요?"

세원의 뜬금없는 질문에 도운은 씩 웃으며 답했다.

"그럼, 잘 먹지."

그리고 어쩐지 질문의 의도를 알 것 같아서 이렇게 덧붙였다.

"필름 끊긴 적이 없어, 나는."

역시나 그 대답에 세원의 얼굴이 새빨개졌다.

혼자 안절부절 못했을 세원을 상상하니 도운은 기분이 좋아졌다.

"왜?"

하지만 아무렇지도 않게 되물었다.

세원은 빨개진 얼굴로 쩔쩔매며 대답했다.

"그냥 물어봤어요."

"그래?"

도운은 능글맞게 웃었다.

세원은 그런 도운의 눈을 마주보지 못하고 괜히 새싹비빔밥만 열심히 먹어댔다.

오물오물 밥을 먹는 세원을 지켜보던 도운이 흐뭇한 웃음을 꾹 참고 말했다.

"밥 먹고 잠깐 봐."

끝까지 놀리는 말투였다.

역시나. 너무 과하게 놀렸는지 세원의 표정이 뾰로통했다.

"내가 기억 못할 줄 알았어?"

"…."

세원은 말없이 바닥만 내려다보고 서 있었다. 이런저런 생각으로 마음 고생한 스스로가 우습기도 하고 민망하기도 했다.

"날 도대체 뭘로 본 거야, 홍세원."

도운은 어이없는 표정으로 웃으며 세원에게 다가왔다.

또다시 두근, 심장이 뛰는 바람에 세원은 어깨를 움츠려야 했다.

잠시 후 도운이 손을 떼자 세원의 목에는 심플하지만 영롱한 목걸이가 걸려 있었다.

"뭐예요…?"

"저번에 촬영할 때 보니까 목이 허전하더라고. 아무리 시골 아가씨 컨셉이어도 포인트가 되는 액세서리 하나 정도는 있으면 좋을 것 같아서."

그 말에 세원의 얼굴이 또 벌겋게 달아올랐다.

"이런 거 없어도 돼요."

세원은 당장 풀 것처럼 손을 뒤로 가져가며 말했다.

"없어도 되는 거 알아. 근데 내가 주고 싶은 거니까 필요 없어도 가져."

도운의 단호한 말에 세원은 손을 멈추었다. 어정쩡하게 멈춘 손을 도운이 붙잡아 내려주며 말했다.

"고마우면 뽀뽀라도 하든지."

"뭐라구요?"

"왜, 한 번이 어렵지 두 번이 어렵나?"

"조용히 해요!"

세원은 행여나 엄마가 들었을까 봐 마당 쪽 눈치를 보며 발을 동동 굴렀다.

도운은 또다시 세원을 놀리듯 웃으며 바이크에 올라탔다.

"잘 어울려."

그리고 시크하게 시동을 걸고 손을 한 번 흔들더니 가버렸다.

세원은 불편한 마음으로 목걸이를 내려다보았다. 반짝이는 목걸이는 한눈에 봐도 비싸 보였다. 하지만 동시에 설레는 마음도 드는 건 어쩔 수 없었다.

'첫 선물'

세원은 두 손을 펜던트에 얹고 눈을 감았다. 청량한 봄바람 소리에 섞인 도운의 바이크 소리가 더 이상 들리지 않을 때까지 잠시 그러고 서 있었다.

'엄마, 도연아. 나 드디어 연애하나 봐.'

행복한 미소가 절로 세원의 얼굴에 피어올랐다.

"말도 안 돼."

도연은 다음 날 해가 뜨자마자 서울에서 첫차를 타고 바람의 언덕으로 내려왔다.

"계속 만나서 이야기하자던 게 이거였어?"

세원은 머쓱하게 웃으며 도토리묵을 써는 데 열중했다.

좁은 부엌을 오가며 도연은 고개를 절레절레 저었다.

"말이 되냐고. 서울에서도 찾기 힘든 그런 남자를 여기서 만났다는 게. 내가 진짜 촉이 쎄하다 했어."

세원은 덤덤하게 말을 돌렸다.

"그러게, 전부터 너 촉 좋았잖아."

"그러니까! 내가 너 건태 선배 땜에 내려간 것도 딱 알아봤잖아."

"그건…."

세원은 뭔가를 더 변명하려다 말아버렸다.

"알았어, 말 안 할게. 그래도 그렇지, 어떡해애애, 하고 울면서 내려간 게 바로 엊그제 같은데…."

세원은 말없이 다 썰어둔 묵을 괜히 가지런히 모으며 딴청을 했다.

"그래서, 몇 살이야?"

"응? 뭐가."

"그 사람, 몇 살이냐고."

"…."

세원은 바로 대답하지 못했다.

그러고 보니 도운이 몇 살인지 정확히 물어본 적이 없었다. 직급을 고려하면 나이가 꽤 있을 것 같았지만 워낙 동안인지라 가늠할 수가 없었다.

"뭐야, 왜 대답을 못해."

"무… 묵밥에 또 뭐가 들어가더라."

나이를 모른다고 말하기가 좀 그래서 세원은 말을 돌렸다.

하지만 도연은 더 난리를 쳤다.

"몇 살인데 말을 못해. 너, 완전 아저씨 만나는 거 아니야? 돌싱이야? 애도 있어?"

"무슨 소리야, 아니야."

세원은 거세게 반발했지만 도연은 의심을 거두지 않았다.

"…직장이야 공남건설이니까 꽤 좋다고 쳐도. 고향은 어딘데? 부모님은 뭐 하시는데?"

"…."

세원은 또 대답할 말이 없어 잠시 생각해보다가 괜히 성질을 냈다.

"왜 호구조사를 하는데!"

"야! 너 같은 애들이 이상한 남자한테 넘어가기 딱 좋다고."

그때 대문 앞에 멈추는 바이크 소리가 들렸다.

세원은 단번에 도운임을 알아들었지만 그 소리를 처음 듣는 도연은 알 리 없었다.

도연은 세원이 눈치 주는 것을 알아차리지 못하고 말을 이었다.

"분명 이거 건태 선배 땜에 마음이 허전할 때 웬 놈팽이가 파고든 모양인데."

끼익.

대문 열리는 소리를 듣고 나서야 도연은 말을 멈추었다.

집에서 들려오는 낯선 목소리에 도운도 걸음을 늦추었다.

"누구지?"

도운은 어정쩡하게 선 도연에게 날카로운 얼굴로 물었다.

도연은 막상 도운을 마주하자 입이 떨어지지 않았다. 상상과 너무 다른 탓이었다. 도운은 아저씨도 아니었고, 놈팽이도 아니었다. 오히려 반듯하면서도 묘한 인상을 가진, 보기 드문 미남이었다.

"아, 그게, 저는…."

너무 놀라 더듬거리는 도연을 대신해 세원이 대답했다.

"내 친구예요. 김도연. 서울에서 룸메이트였어요."

도연은 가만히 고개를 끄덕였다.

"그런데 놈팽이라는 게…."

평상에 앉으며 도운이 웃는 얼굴로 물었다.

"내 얘기는 아니겠지?"

세원이 가장 무서워하는 표정이었다.

도연도 움찔했는지 나서서 양 손을 흔들어댔다.

"아니에요, 아니에요. 제 구남친 얘기였어요, 호호호."

그제야 도운은 고개를 끄덕이며 부드럽게 웃었다.

“어쨌든 반가워요.”

“네, 저도요.”

도연의 얼굴이 빨갛게 달아올랐다.

‘도대체 네가 왜?’ 하는 표정으로 세원이 바라보았다.

‘그러게’ 하는 표정으로 머쓱하게 웃는 도연이었다.

잠시 후 네 사람은 평상 위에 상을 차리고 둘러앉았다.

시원한 묵밥을 후루룩 마시며 도연은 연신 감탄사를 내뱉었다.

“어머니, 진짜 세원이 나가고 나서 제가 먹는 게 부실해졌어요. 이 손맛이 그리웠다, 정말.”

“맛있어?”

“완전 맛있어. 이것도 촬영할 때 할 거지? 꼭 해라, 진짜 맛있으니까.”

세원은 도운에게도 눈빛으로 맛있는지 물었다.

도운은 씩 눈웃음을 지으며 고개를 끄덕이는 걸로 대답을 대신했다.

둘 사이에 오가는 눈빛을 포착한 도연은 부러움에 배가 찢어질 지경이었다. 그런 도연에게 도운이 친근하게 말을 걸어왔다.

“도연이는 언제 올라가?”

너무 다정한 말투에 문득 놀란 도연은 어머니 앞에서 그가 홍지원이어야 한다는 사실을 곧바로 떠올렸다.

“내일요, 시험이 있어서.”

“중간고사?”

"네."

"그럼 이따 밤에 방송 같이 보자. 세원이 첫 방송."

"아! 오늘이구나, 그래요, 오빠."

"풉."

오빠라는 말에 세원은 사레가 들릴 뻔했다. 도연은 실제 홍지원과 대화도 나눠본 적 없었다. 오빠라 불러봤을 리도 만무했다.

다행히 강 여사는 이상한 분위기를 알아채지 못한 것 같았다. 그저 북적북적한 밥상이 만족스러운 듯했다.

조마조마한 식사 자리가 끝나고, 세원은 조용히 도운을 따라나섰다. 엄마에게 무슨 일이 생기면 전화를 달라고 도연에게 부탁을 해둔 상태였다.

"덕분에 단둘이 오붓한 시간 보내네."

도운은 웃으며 말했다.

"그래도 빨리 가봐야 돼요."

세원은 영 불안해하며 호로록 커피를 마셨다. 바닷가에 새로 생긴 카페는 아담하고 예뻤다.

"나도 빨리 가봐야 돼."

막상 도운이 그렇게 말하자 세원은 아쉬웠다.

"진짜요?"

"가지 말까?"

또 도운에게 넘어가버린 스스로가 우스워서 세원은 편하게 웃어버렸다.

"…가지 마요."

그 말에 드디어 도운은 만족스러운 표정을 지었다.

"이제 슬슬 이사 준비도 해야지."

달콤함에 젖어 잠깐 잊고 있던 이야기였다.

"지금이랑 비슷한 집이 나을까, 아니면 아예 레지던스 같은 스타일이 나을까?"

"엄마가 생각보다 레지던스를 좋아하시긴 하더라고요. 침대도 푹신하고."

"그래도 집에 가시는 걸 좋아하시지 않아?"

"맞아요. 그건 그래요."

잠시 바다를 보며 곰곰이 생각하던 도운이 해결책을 내놓았다.

"비슷한 집으로 하고 침대만 좀 좋은 걸로 새로 놔드리지."

"그치만 침대는."

도운은 엄한 표정으로 세원의 말을 끊었다.

"비싸다는 말할 거면 하지 마."

별 수 없이 세원은 꿀 먹은 벙어리가 되었다. 하지만 아무리 생각해도 도운의 씀씀이는 월급쟁이로 감당할 수 있는 수준이 아닌 것 같았다.

'아무리 비용 처리를 한다고 해도….'

말없이 혼자 생각에 잠긴 세원에게 도운이 말했다.

"슬슬 갈까?"

세원은 아무렇지도 않게 싱긋 웃으며 고개를 끄덕였다.

바다 내음을 맡으며 두 사람은 잠시 말없이 걸었다.

도운은 힐끔 세원을 돌아보더니 손을 내밀었다. 세원은 어쩐지 부끄러워서 멀리 바다를 바라보며 도운의 손을 잡았다.

"쿠키도 사서 넣었으니까 다 같이 먹어."

집에 가서 먹으라고 커피를 몇 잔 더 챙겨준 도운이었다.

"고마워요."

늘 받기만 하는 게 미안해서 세원은 도운의 손을 꽉 잡았다.

"고마우면 뽀뽀라도 하라니까."

도운은 아무렇지도 않게 말했지만 세원은 민망해서 고개를 돌렸다.

"농담 아닌데."

집에서 멀리 나와 있어 그런지 어제와 달리 도운은 세원을 몰아붙였다.

세원은 진심인가 싶어 도운을 힐끔 바라보았다.

도운은 묘한 웃음을 흘리며 세원을 바라보았다. 레지던스의 복도에서 보여준 매혹적인 표정이었다. 바다에서 불어오는 바람이 도운의 앞머리를 헝클어뜨리고 있었다.

천천히 세원은 그를 향해 몸을 돌렸다. 그리고 한 걸음, 한 걸음 다가갔다.

잠시 후 도운의 목 뒤에 매달리듯 손을 얹은 세원은, 눈을 감은 채 발 뒤꿈치를 세웠다.

쏴아아아, 하는 파도 소리만이 귓가를 가득하게 메웠다.

5

같이 있을 거지?

"너…."

툇마루에 커피를 내려놓는 세원을 도연이 수상하게 바라보았다.

"귀가 왜 빨갛지?"

"무슨 소리야."

세원은 저도 모르게 발끈했다.

"아주 좋아 죽는구만."

"조용히 해."

행여나 엄마가 들을까 세원은 안절부절못했다. 엄마에게 도운은 영원히 홍지원이어야 했으니까.

"아이러니한 비밀연애네. 그래도 좋은 사람인 것 같아."

"그치?"

도운의 칭찬이 나오자 세원은 단번에 헤벌쭉 웃어 보였다.

"얼씨구."

"아, 근데…."

세원은 힐끔 엄마 방 쪽을 바라보다가 목소리를 낮추어 물었다.

"공남건설 연봉이 엄청 높아?"

"왜?"

별 생각 없이 쿠키를 베어 물며 도연이 반문했다.

"그냥."

세원은 어쩐지 기가 죽은 표정으로 말을 얼버무렸다.

오물오물 쿠키를 먹으며 도연은 세원이 하고 싶은 말이 뭔지 궁금했다.

"직장인 연봉이 많아봤자지."

"그렇겠지?"

세원에게 바짝 다가앉으며 도연은 말했다.

"좀 찬물 끼얹는 소리일 수도 있지만…."

"…?"

"사기꾼일 수도 있어."

"사기꾼?"

"재개발이라는 게 그런 사람들이 활동하기 좋은 영역이잖아."

"…."

전혀 해본 적이 없었던 생각이라 세원은 조금 충격을 받았다.

"그렇지만 신원이 확실하잖아. 그러니까 아니겠지."

"…좀 이상하긴 했어. 솔직히 나한테 너무 과분한 사람이잖아."

"야! 네가 뭐가 어때서! 이런 시골에 짱박혀 있어 그렇지 이쁘고 조신하고, 요리도 잘하고, 집은 좀 가난하지만 오빠도 검사고, 이정도면 훌륭한 편이지."

칭찬인지 욕인지 모를 말들이 도연의 입에서 흘러나왔다.

"…홍지원을 그런 데 써먹고 싶지 않아. 그리고 난 대학도 안 나왔잖아."

대학 얘기가 나오자 도연은 말을 이을 수가 없었다.

세원도 자신처럼 부유한 부모님만 있었다면 서울에서 좋은 대학을 다닐 수 있었을 텐데, 늘 안타깝게 생각했던 터였다.

그때 강 여사가 벌컥 방문을 열고 나와 둘의 대화는 뚝 끊겼다.

세원은 어색하게 웃으며 말했다.

"엄마, 차 마셔."

"과자도 드세요. 오빠가 사준 건데, 엄청 맛있어요."

도연은 쿠키를 챙겨 건넸다.

"…우리 지원이가 효자야, 그치?"

쿠키를 받아들며 강 여사가 말했다.

도연은 세원의 눈치를 보며 씩 웃었다.

"그러게요."

강 여사는 멀리 바다를 내려다보며 차를 한 모금 마셨다.

그리곤 뜬금없이 이렇게 말했다.

"이 집 팔아서 너도 대학 가, 세원아."

"…?"

예상치 못한 말이라 세원과 도연은 눈을 동그랗게 뜨고 마주보았다.

"생각을 해봤는데."

강 여사는 오도독 과자를 씹어 먹었다.

"지금은 괜찮지만 늬 오빠가 결혼이라도 하면 그땐 못 갈 것 같다."

엄마는 아직 홍지원이 결혼하기 전이라고 생각하는 것 같았다. 하긴, 매일같이 집에 오는 데다 새언니는 보이지 않으니 엄마의 머릿속에서는 그렇게 퍼즐이 맞춰졌을 것이다.

"그러면 되겠다. 그치, 세원아."

도연은 강 여사의 말에 웃었지만 세원은 복잡한 감정이 들었다. 이런 엄마가 낯설었고, 새언니의 존재를 모르는 게 가여웠다.

그래도 일단 엄마를 붙들고 질문을 던져보았다.

"근데 엄마, 그러면 우리 이사를 가야 돼. 괜찮겠어?"

그러자 엄마는 대수롭지 않은 표정으로 고개를 끄덕였다.

"그래, 나는 지원이만 있으면 돼."

다행인지 불행인지 모를 대답에 세원은 다소 허무했지만 도연은 쿡쿡 세원의 옆구리를 찌르며 웃었다.

"공부 열심히 해야겠다, 너."

"…그러게."

시골집의 평화로운 오후가 조용히 흘러가고 있었다.

첫 방송이 얼마 남지 않은 시간.

세원은 강 여사와 도연을 데리고 레지던스로 자리를 옮겼다. 제작진이 장기 숙박을 끊어두었기 때문에 촬영이 없는 날에도 지유롭게 와 있을 수 있었다.

"이야, TV 큰 거 봐라. 여기 진짜 좋다. 나 며칠 더 있다 갈래!"

"또 오면 되지."

소소하게 상을 차리며 세원이 대답했다.

도연은 푹신한 소파에 완전히 반한 듯 누워 일어날 줄을 몰랐다.

"여기 중에 골라서 알아서 시켜."

세원은 치킨 집 전단지를 몇 장 건네주고 조용히 레지던스에서 나왔다. 도운을 마중하러 나갈 생각이었다.

타이밍이 좋았는지, 엘리베이터에서 내리자마자 로비에서 도운과 딱 마주쳤다.

"어디 가?"

도운의 질문에 세원은 다소 당황해서는 아무렇게나 대답했다.

"맥주… 사러 가는데, 같이 가실래요?"

"최 팀장이 사오기로 했어."

"아…."

대화는 실없이 마무리되었지만 세원은 다시 올라갈 기미를 보이지 않았다. 미적거리며 선 걸 보아하니 하고 싶은 말이 따로 있는 것 같았다.

결국 도운은 로비 한쪽 구석에 마련된 소파 자리로 세원을 이끌었다.

"홍세원 씨, 이번엔 뭐가 문제야?"

장난스럽게 묻는 도운에게 세원은 선뜻 어떻게 말을 꺼내야 할지 알 수 없었다. 그래서 세원은 일단 목걸이를 풀었다.

"이거."

도운은 눈을 가늘게 떴다.

"마음에 안 들어?"

"그게 아니고…."

세원은 목걸이를 내밀었다.

"아무리 생각해도 너무 비싼 것 같아서."

"별로 비싼 거 아니야."

딱 잘라 말하는 도운이었다.

그렇게 말하니 또 할 말이 없어서 세원은 어정쩡하게 목걸이를 쥐고 있었다.

"진짜 하고 싶은 말이 뭐지?"

도운의 성격 상 돌려 말하는 건 통하지 않았다. 결국 세원은 솔직하게 말하기로 결심했다.

"…실장님에 대해서 아는 게 너무 없는 것 같아요."

묘한 표정이 도운의 얼굴 위에 떠올랐다.

그 표정이 뭔지 읽어내려고 세원은 노력했지만 최 팀장이 로비에 도착하는 바람에 둘의 대화는 끊겨버렸다.

"이따 다시 얘기하지."

도운이 먼저 자리에서 일어나는 바람에 세원도 따를 수밖에 없었다.

목걸이는 여전히 손에 쥔 채였다. 묻고 싶은 것이 많았는데 결국 아무 말도 하지 못했다.

방송은 기대 이상이었다.

"대박이다, 홍세원!"

도연은 세원의 어깨를 마구 쳤다. 방송을 탄 직후 세원의 이름이 실시간 검색어에 올랐다.

그러나 세원은 부담스러웠다. 방송에서 자신은 모든 것을 버리고 고향에 내려온 최고의 효녀로 그려졌다. 서울 생활을 정리한 데는 여러 디테일한 상황이 얽혀 있었지만 그런 것들은 다 생략되었다.

시골에서의 생활도 마찬가지로, 엄마를 위해 요리하고 건강식을 고민하는 모습만 아름답게 편집되어 방영되었다.

마음이 불편한 세원과 달리, 강 여사는 집이 TV에 나오는 걸 신기해하며 방송을 지켜보았다. 재개발이 불가피하다는 상황 또한 피디가 공들여 연출해주어 최 팀장도 만족스러운 눈치였다. 바람의 언덕 재개발 사업은 방송이 끝나자마자 안내 페이지가 마비될 정도였다.

"고생 많으셨습니다. 앞으로도 잘 부탁드립니다."

세원을 곱게 보지 않던 최 팀장도 방송이 끝나고는 세원에게 깍듯하게 인사를 해왔다. 세원의 정갈하고 반듯한 이미지는 사업에 확실히 도움이 될 것 같았다. 최 팀장은 다시 한 번 도운의 안목에 감탄하지 않을 수가 없었다. 그가 예측한 대로 상황이 정확히 흘러갔다.

그런데 막상 도운이 아무 말도 없었다. 그의 반응이 궁금해 세원이 돌아보자 도운의 얼굴이 심각하게 굳었다.

최 팀장에게 도운이 말없이 핸드폰 화면을 보여주었다. 문자를 보여주는 것 같았다. 세원도 그 내용이 궁금했지만 앉은 자리에서는 화면이 보이지 않았다.

"…바로 올라가셔야겠네요. 준비하겠습니다."

최 팀장의 말에 도운은 까딱, 고개를 끄덕였다.

최 팀장은 서둘러 일어났고, 도운도 상의를 챙겨 자리를 털고 일어났다.

"무슨 일이에요?"

조심스레 묻는 세원에게 도운은 애써 덤덤한 표정으로 대답했다.

"나도 가봐야 알 것 같은데. 갔다 와서 연락할게."

레지던스를 나서는 그의 뒷모습을 그저 바라볼 뿐, 세원은 아무것도 묻지 못했다.

"왜 그래? 괜찮은 거야?"

우려 섞인 도연의 질문에도 세원은 아무 대답을 할 수 없었다.

***

도운이 최 팀장을 동행해 급하게 도착한 곳은 서울의 한 대학병원이었다.

맨 꼭대기 층 VIP 병실 보호자 대기실에서 아버지의 큰 아들, 공 사장이 도운을 기다리고 있었다. 공남기업의 전자와 IT 사업 쪽을 맡아 좋은 성과를 올린 그는 성실함과 대쪽같은 성격으로 유명했다.

물론 그도 둘째만큼은 아니었지만 도운을 배척하는 세력 중 하나였다. 그런데 그가 아주 오랜만에 도운에게 개인적인 연락을 취해 온 것이다.

"금방 왔네."

힐끔 손목시계를 들여다보며 공 사장은 말했다.

도운은 꾸벅, 목례를 했다. 아무리 형이라도 나이 차가 꽤 나는 데다 데면데면한 사이라 대하는 게 쉽지 않았다.

공 사장은 앉으라는 듯 옆자리를 가리켰다.

도운은 시키는 대로 나란히 앉았다. 도심의 밤 풍경이 잘 내려다보이는 자리였다.

"내가 연락했다고 하지 마."

"…알겠습니다."

"나도 정말 연락할 생각은 없었다."

도운에 대한 미움이 박혀 있는 말이었다. 도운은 원망 대신 감사의 말부터 했다.

"알려주셔서 고맙습니다."

공 사장은 그런 도운을 힐끔 보더니 힘없이 웃었다.

"차라리 야비하고 치사한 놈이었으면 좋았을 걸. 마음껏 미워하게 말이지."

"…"

도운은 그의 입장을 이해하기에 아무 말도 하지 않았다. 자신은 어쨌든 떳떳하지 못한 관계에서 태어난 자식이니까.

잠시 침묵이 흐른 뒤 공 사장은 자리에서 일어났다.

"비행기 때문에 가봐야겠다. 아버지는 어쨌든 아침까진 면회가 안 될 거야."

도운은 잘 알아들었다는 듯 고개를 살짝 숙여 인사했다.

그 길로 공 사장은 보호자 대기실을 나가버렸다. 그가 나간 후에야 도운은 편안히 숨을 내뱉었다.

"아침 면회하기 전에 담당의부터 만나게 해줘."

"알겠습니다."

뒤에서 대기하던 최 팀장이 단번에 도운의 말을 알아듣고 대답했다.

"호텔로 바로 이동하실 수 있게 준비해놨습니다."

하지만 도운은 다시 소파에 앉아 창밖의 밤 풍경을 내다보았다.

"조금만 있다가 가지."

도운의 어깨에 내려앉은 무게가 무거워 보여 최 팀장은 군말 없이 뒤에 섰다.

"최 팀장도 잠깐 앉아."

그런 최 팀장도 살뜰히 챙기는 도운이었다.

최 팀장은 좀 전의 형제처럼 나란히 도운 옆에 앉았다. 창밖으로 도심의 불빛이 화려하게 일렁였다.

"…최 팀장이 내일 내려가서 군청 업무를 마무리해줘야겠네."

잠시 창밖을 바라보던 도운이 먼저 챙긴 것은 역시나 일이었다.

"알겠습니다. 병원 들렀다 바로 내려가겠습니다."

도운은 기다렸다는 듯 최 팀장을 향해 고개를 돌리더니 다시 말했다.

"그럼, 부탁 하나 해도 될까?"

도운답지 않은 질문에 최 팀장은 의아했지만 늘 그렇듯 알겠다고 대답했다.

하지만 도운의 '부탁'은 예상하지 못한 것이었다. 그래도 총괄 비서의 역할을 겸하는 일당백 최 팀장이라 결국 긍정의 대답을 내놓을 수밖에 없었다.

"…알겠습니다."

그제야 도운은 조금 편안해진 얼굴로 자리에서 일어났다.

다음날 늦도록 도운에게서는 연락이 없었다.

세원은 이제나 저제나 연락이 올까 핸드폰을 들여다보며 한숨지었다. 이렇게 도운과 연락 없이 떨어져 있어 보니 자신의 삶에 그가 얼마나 스며들었는지 조금 알 것 같았다.

어젯밤에는 아무 말도 해주지 않아 원망뿐이었는데, 오늘은 애써 무덤덤하려 했던 마지막 얼굴만 떠올라 걱정만 가득했다.

세원은 깊은 한숨을 내쉬며 툇마루에 걸터앉았다.

그때였다. 대문 밖에서 익숙한 목소리가 들려왔다. 도란도란 대화를 나누는 두 사람의 목소리는 점점 세원의 집에 가까워졌다.

그들이 대문을 두드리기도 전에 세원은 문을 열었다. 도연과 최 팀장이었다.

"그러니까 저보고 지금 서울에 가라는 건가요?"

"…네."

뜬금없는 제안이었다.

도운을 만날 수 있어 들뜨기도 했지만 세원은 엄마가 걱정되어 집 쪽을 돌아보았다. 그런 마음을 알아채고 최 팀장이 설명을 보탰다.

"도연 씨한테는 제가 잘 말씀드려 놨습니다."

"그래도…."

세원은 아픈 엄마를 친구에게 맡긴다는 게 내키지 않았다.

"물론 가기 싫으시면 가지 않으셔도 됩니다."

망설이는 세원을 보자 최 팀장이 입을 열었다.

"그건 아닌데요."

세원은 다급하게 말을 던져놓고는 다시 우려 섞인 말을 보탰다.

"…혹시라도 제가 방해가 되면 어쩌죠?"

"절대 그럴 일은 없습니다."

도운을 잘 아는 최 팀장이 단호하게 말했다.

그래도 망설이는 세원의 등을 떠민 것은 도연이었다. 부엌에서 살짝 열린 문틈으로 듣다 참을성을 잃은 도연이 마당으로 뛰쳐나온 것이다.

"빨리 짐 싸."

세원을 방으로 끌고 들어온 도연이 가방을 찾았다.

그래도 세원이 묵묵부답으로 서 있자 결국 도연이 행동에 나섰다. 가방을 열고 파우치와 세면도구 등을 마구잡이로 넣어버렸다. 그리고 가방을 억지로 안겼다.

"네가 팀장님이랑 친해지고 싶어서 그러는 거니까 올라가라면 좀 올라가, 눈치 없는 것아."

"뭐?"

"오래 만난 여자 친구가 있었는데, 여기 일이 하도 바빠서 헤어진 눈치야."

세원의 등을 떠밀며 도연이 작은 소리로 말했다.

"야, 너 진짜야?"

얼떨결에 마당까지 밀려 나온 세원이 집요하게 물었지만 도연은 대답 대신 최 팀장을 향해 배시시 웃음을 흘렸다.

"…?"

최 팀장은 아무것도 모른 채 의아한 표정인데 세원의 눈에는 의미심장하게 비춰졌다.

"저, 그럼 서울 다녀오겠습니다."

세원은 가방을 품에 꼭 쥐며 말했다.

갑자기 마음을 바꾼 게 수상했지만 최 팀장은 예의바르게 대답했다.

"터미널까지 태워다드리겠습니다."

최 팀장과 대문을 나서면서도 세원은 끈질기게 도연을 돌아보았다. 도연은 장난처럼 윙크를 던질 뿐이었다.

세원의 마음은 복잡했다. 도연의 뜬금없는 말을 어디까지 믿어야 할지 알 수 없었다. 하지만 밑도 끝도 없이 그 말을 믿고 싶은 것도 있었다. 무엇이든 좋으니 도운에게 갈 수 있는 핑계가 있었으면 했다.

두근두근. 서울행 고속버스에 올라타는 세원의 심장이 떨려왔다. 오랜만에 서울에 가기 때문이라 애써 생각했지만 머릿속으로는 온통 도운을 만나 가장 먼저 던질 말을 고민하고 있었다.

***

도운은 병실에 앉아 잠든 아버지의 얼굴을 물끄러미 바라보았다.

도운의 인생을 통틀어 가장 오랫동안 아버지의 얼굴을 들여다보는 시간이었다.

아버지는 집에 자주 오지도 못했고, 오더라도 오래 머무르지 못한 탓이었다.

어머니는 그런 아버지를 절대 원망하지 않았다. 그 덕분에 도운의 마음속에도 아버지에 대한 미움은 없었다.

찬찬히 뜯어본 아버지의 얼굴에는 자신과 닮은 구석이 꽤 많았다. 도운은 이상한 기분을 느꼈다.

"방송 잘 봤다."

아침, 잠에서 깨어나 도운을 본 공 회장이 처음 꺼낸 말이었다.

공 회장은 도운을 보고 놀라지도, 어떻게 알고 왔는지 묻지도 않았다. 그저 그는 이렇게 말했을 뿐이다.

"잘 해결할 줄 알았다."

도운도 걱정을 숨긴 채 덤덤하게 대답했다.

"감사합니다."

공 회장은 도운을 향해 손을 뻗어왔다. 좀 더 가까이 오라는 뜻이었다.

도운은 의외라고 생각하면서도 아버지에게 다가갔다.

평소 다른 사람들 앞에서는 늘 두 배, 세 배로 조심하는 부자지간이었다.

병실 안에는 최 팀장 외에도 경호원들이 있었다. 도운은 그들이 신경 쓰였지만 공 회장은 오늘만큼은 막내아들을 가까이서 보고 싶었다. 응석 한 번 제대로 받아주지 못한 자식. 그럼에도 불구하고 너무나 번듯하게 잘 자라주었다.

공 회장은 울컥 올라오려는 감정을 꾹 참고 목소리를 눌러 말했다.

"첫째가 부른 거냐."

도운은 고개를 끄덕였다.

"괜찮다고 했는데도…."

그렇게 말하면서도 공 회장은 첫째아들에게 고마움을 느꼈다. 도운을 불러달란 말을 자신은 결코 먼저 할 수 없었다.

"왜 미리 말씀하지 않으셨습니까."

"수술도 아니고 시술이었다, 간단한."

"그래도…."

공 회장의 병명은 부정맥이었다. 요즘엔 흔한 병이라지만 그래도 심장병인지라, 도운은 의사에게 내용을 듣고 크게 걱정이 들었다.

"…사업이 더 중요하지."

공 회장은 단호하게 말했다. 누구보다도 바람의 언덕 재개발 사업을 응원하는 사람이 바로 공 회장이었다. 공 사장도 아마 그 뜻을 알고 방송이 끝나길 기다렸다 연락을 취한 것 같았다.

도운은 또다시 무거운 책임감이 들었다. 물론 최선을 다하고 있었지만 재개발 사업은 한순간이라도 긴장을 늦추면 어그러지기 쉬웠다.

완공까지 따지면 앞으로 수년이 더 걸릴 수도 있었다. 문득 그 때까지 아버지가 건강하실지 생각하니 도운은 더욱 마음이 무거워졌다.

"그래서 말인데…."

도운의 생각을 읽은 것처럼 공 회장이 입을 떼었다.

"이제 슬슬 널 호적에 올릴까 한다."

"…!"

예상치 못한 말에 도운은 아무 대답도 할 수 없었다.

"물론 반대가 심하겠지만 더 늦기 전에 해결을 해놔야겠다."

"저 때문에 그러시는 거라면 괜찮습니다."

"네 의견을 물은 게 아니다."

공 회장은 단호하게 말했다.

"내 자식이니까 내 호적에 있는 게 당연한 거야. 그래야 건설을 넘겨줄 때도 수월할 거고…."

공 회장은 한 발을 더 나아갔다.

도운은 놀라서 황급히 말했다.

"그건 아직…."

"물론 그건 아직이다."

도운의 말을 끊어버리며 공회장이 말을 이었다.

"천천히 올라가는 게 낫지. 그러니까 일단 상무부터 달아."

불도저 같은 공 회장이었다.

"여기까지 이끌어 온 걸로 그 정도는 충분할 거다. 일단 변호사를 불러야겠어."

도운은 공 회장이 너무 급하게 의사결정을 한다는 생각이 들었다. 게다가 지금은 공 회장의 건강 회복이 급선무였다.

"너무 무리하시는 겁니다. 일단 퇴원하시고 다시 생각을…."

공 회장은 고개를 절레절레 저었다.

"아플 때 해야 먹힌다. 건강할 땐 안 먹혀."

농담 반, 진담 반인 말에 도운은 반박을 할 수가 없었다.

"최 팀장이라고 했나? 이리 좀 와보게."

최 팀장은 재빠르게 공 회장 곁으로 다가섰다.

"내 비서 통해서 변호사 좀 불러줘. 최대한 빨리 말이야."

도운이 눈치를 주었지만 최 팀장은 아랑곳하지 않고 넙죽 대답을 했다.

"알겠습니다."

오전의 대화는 그렇게 끝나버렸다.

공 회장은 바로 눈을 감고 쉬고 싶으니 나가라는 제스처를 취했다. 물론 도운은 나가지 않고 병실을 지켰지만 그 후로는 관련된 이야기를 다시 할 수가 없었다.

-곧 도착한다고 합니다.

도운의 상념을 깨운 것은 최 팀장에게서 온 문자 메시지였다.

온종일 외부 일정이 있던 공남그룹의 변호사가 이제야 병실에 도착할 것이라는 알림이었다. 이미 해가 넘어가고 있어 병실엔 어둠이 내리고 있었다.

병실 창문에 커튼을 치며 도운은 잠시 도심 풍경을 내려다보았다.

호적에 올라가는 것도, 상무 직함을 다는 것도 도운에겐 너무 급작스러운 일이었다. 물론 기뻐할 만한 일이었지만 그에 따를 후폭풍을 생각하면 벌써부터 머리가 지끈지끈 아파왔다.

'소희가 알면 좋아하겠군.'

후계자가 되면 당장이라도 도운과 결혼하려고 달려들 것이다.

그때 불쑥 세원의 얼굴이 떠올랐다.

'홍세원도… 좋아할까?'

지난 밤, 세원은 도운에 대해 너무 아는 게 없다며 불만을 토로했었다. 하지만 도운의 상황과 처지는 간단하게 설명할 수가 없었다.

촤락.

도운은 커튼을 마저 닫고 돌아섰다. 동시에 병실 문이 왈칵 열렸다. 노크도 없는 방문이었다.

서울의 고속버스터미널에 도착하기 직전이었다.

"대학병원?"

일부러 느지막이 문자로 도운이 있는 곳을 알려준 최 팀장이었다.

세원은 깜짝 놀라 입을 틀어막았다. 도운이 연락할 수 없었던 이유를 이제야 알 것 같았다.

"여기요!"

급하게 택시를 잡아타며 세원은 발을 동동 굴렀다.

분명 도윤에게 뭔가 문제가 생겼다. 당장 입원해야 할 만큼 심각해 자신에게 연락도 하지 못했던 것이다.

일만큼은 완벽주의자인 도운은 최 팀장을 쫓아내듯 내려 보냈을 것이고, 그런 도운이 걱정된 최 팀장이 세원을 대신 올려 보낸 게 분명했다.

어느 정도 시나리오가 나오자 세원은 마음이 더 급해졌다. 도운에 대한 의구심 따위는 이미 멀리 날아가고 없었다.

"무슨 일 있어요?"

극도로 불안해하는 세원을 보며 택시 기사가 물었다.

"아무래도 빨리 가야 할 것 같아서요. 부탁 좀 드릴게요."

"퇴근 시간이라 쉽지 않은데…."

그렇게 말하면서도 택시기사는 부웅, 하고 속도를 냈다.

빠르게 스치는 풍경을 바라보며 세원은 도운이 무사하길 간절히 기도하고 또 기도했다.

"어떻게 이러실 수가 있습니까!"

벼락같은 고함이 병실을 가득 채웠다. 둘째 아들 공 이사였다.

뒤집어엎을 기세로 병실에 들어서던 공 이사는 아버지 곁에 도운이 와 있는 것을 보고 멈칫했다.

"…이런 거였어?"

뒤이어 변호사가 쭈뼛거리며 조용히 들어왔다.

시끄러운 소리에 잠에서 깬 공 회장이 콜록콜록 불안한 기침을 내뱉었다.

“그래도 병실인데 조용히 하시죠.”

결국 도운이 한 마디를 던졌지만 공 이사는 코웃음을 쳤다.

“아버지가 아프신 틈을 타서 사리사욕을 채우는 게 누구더라?”

“그만해라, 다 내 뜻이니까.”

“아버지!”

고함을 지르는 공 이사에게선 술 냄새가 확 풍겨왔다.

공 회장은 크게 한숨을 내쉬며 눈을 감았다. 이런 상황이 오기 전에 정리를 해버리고 싶었건만. 둘째는 이런 쪽으로 수완이 좋았다.

변호사는 공 회장과 눈을 마주치지 못한 채 고개를 숙였다. 공 회장은 그가 괘씸했지만 지금은 따지지 않기로 했다.

“일단 다들 앉아라. 차근차근 얘기하자.”

힘들게 몸을 일으키는 공 회장의 말을 따르지 않을 수 없기에 공 이사와 변호사는 나란히 접객용 소파에 앉았다.

도운도 아버지 옆에 두었던 간의의자에 그대로 앉았다.

어색한 공기가 병실 가운데를 조용히 지나갔다.

“간단한 시술이었지만 마취에서 깨고 나니 죽었다 살아난 느낌이 들었다.”

공 회장의 말에 공 이사는 잠시 번뜩이던 눈빛을 내려놓았다. 변호사에게 얘기를 듣자마자 엄청나게 화가 나긴 했지만, 그래도 지금 아버지는 환자였다.

“무엇보다도, 내가 이대로 죽으면 도운 엄마 얼굴을 어떻게 볼까 싶더라.”

“…”

공 이사는 뭔가 불만이 있는 표정이었지만 딱히 대꾸는 하지 않았다.

숙연한 분위기가 잠시 흘렀다.

도운은 어머니의 얼굴을 떠올려보려 했다. 그러나 강 여사의 얼굴밖에 떠오르지 않았다.

"그래서 잘못된 것도 바로잡고, 인정할 것은 인정하려고 하는 거니까…."

이번엔 참지 못하고 공 이사가 입을 열었다.

"어떻게 바로잡으실 건데요. 아버지의 잘못이 바로잡을 수 있는 부류입니까?"

분명 도운을 향한 말이었다. 도운의 존재 자체가 바로 아버지의 잘못이라고 말하는 것과 같았다.

공 회장은 침착하게 반박했다.

"잘못된 것은 그쪽이 아니야."

의외의 말이었다. 세 사람의 시선이 일제히 공 회장을 향했다.

"잘못된 것은… 순서다."

잠시 망설이던 공 회장은 눈을 감고 말했다.

"먼저 바람을 피운 건 너희 엄마다."

뜬금없는 말에 공 이사의 얼굴이 구겨졌다.

"아뇨, 그건 아버지가 다른 살림을 차리셔서 그런 겁니다."

그 말에 공 회장은 표정 하나 바뀌지 않은 채 말을 이어나갔다.

"그러니까 순서가 잘못 되었다는 거다."

"지금 무슨 말씀을!"

"금고에 증거가 들어 있다. 사람을 시켜서 조사했지. 30년… 30년 이상 난 그것을 꺼내지 않았어."

확고한 공 회장의 말에 공 이사의 눈빛이 흔들렸다.

"그래서 어머니가…."

도운에 대해 별다른 말이 없었던 것일까. 어머니는 철저히 도운을 외면했지만 그렇다고 완전히 내치지는 못했었다.

"난 도운이를 키우라고 한 적도 없고, 거두라고 한 적도 없다."

"그래도 다른 여자가 낳은 자식이잖아요!"

쿵, 그 말이 끝나기 무섭게 두터운 병실의 문이 소리를 내며 흔들렸다.

대화에 열중하던 네 사람의 시선이 병실 문으로 향했다. VIP 병동은 공회장의 병실 외에는 전부 다 비어 있었다.

도운이 벌떡 일어나 문으로 향했다. 별 생각 없이 다시 문을 닫으려던 도운은 깜짝 놀랄 수밖에 없었다.

세원이 바들거리며 서 있었다. 도운이 얼른 복도로 나왔다.

"미, 미안해요."

세원은 사과부터 했다. 본의 아니게 엿듣고 놀라 문까지 흔들어버린 것에 대한 사과였다.

자신은 그저 도운이 걱정되어 급하게 올라온 것뿐이었다. VIP 병동엔 함부로 들어갈 수 없다며 관계자가 막아섰지만, 방송에 나온 걸 알아보더니 신원이 확실하다며 문을 열어준 것뿐이었다.

"여긴 어떻게…."

도운은 침착하게 물었지만 세원의 눈가는 촉촉하게 젖어들었다.

“걱정돼서… 연락이 없어서….”

도운은 안쪽을 살피고 병실 문을 닫았다.

일단 비어 있는 옆 병실로 밀어 넣으며 말했다.

“밤에 연락하려고 했는데 내가 늦었네. 미안. 여기서 조금만 기다려.”

세원은 억지로 울음을 참으며 고개를 끄덕였다.

도운은 조용히 병실 문을 닫고 다시 공 회장에게로 돌아갔다.

텅 빈 병실에 혼자 남은 세원은 그대로 주저앉아 눈물을 쏟았다. 화를 낼 줄 알았건만 너무나 다정한 도운의 말에 눈물이 멈출 줄 몰랐다. 걱정했던 만큼 도운이 보고 싶었다. 상상과는 달리 무사한 것을 보니 그렇게 안심이 될 수가 없었다.

하지만 준비했던 말은 나오지가 않았다. 결국 도운에게 건넨 첫마디는 미안하다는 말이었다. 그런 스스로가 더욱 바보같이 느껴져 세원은 울음을 그칠 수가 없었다. 불 꺼진 병실에는 어둠만이 깊어지고 있었다.

시간이 얼마나 흘렀을까.

병실 접객용 소파에서 잠이 들었던 세원은 드르륵, 문이 열리는 소리에 눈을 떴다. 도운의 실루엣이 조용히 다가오는 것을 보며 세원은 무거운 몸을 일으켰다.

도운은 말없이 세원의 앞에 마주앉아 물이 든 컵을 건넸다. 세원은 아기새처럼 물을 받아 마셨다. 그런 세원을 물끄러미 바라보며 도운은 생각에 잠겼다.

도운이 최 팀장에게 부탁한 것은 내려가는 길에 도연을 태워가라는 것이었다. 중간고사를 치르고 도연은 다시 바람의 언덕에 내려오겠다고 했었다. 최 팀장과 시간이 얼추 맞을 것 같아 태워주라고 한 것뿐인데, 그 덕에 세원이 지금 자신의 곁에 와 있었다. 최 팀장이 강 여사를 도연에게 맡기고 세원을 서울로 보낸 것이었다.

결국 그것은 도운을 혼자 두고 내려가는 걸 끝까지 걱정한 최 팀장의 배려였다.

"휴!"

물 한 컵을 다 마신 세원이 안도의 한숨을 내쉬었다.

컵을 내려놓다가 도운과 눈이 마주치자 머쓱하게 웃었다. 아직 붓기가 가라앉지 않은 얼굴은 한층 앳되어 보였다.

"놀랐지?"

침묵을 깨고 도운이 입을 열었다.

세원은 잠시 멈칫했다. 놀란 건 사실이지만, 도운이 말하는 게 뭔지 알 수 없었다.

도운도 마찬가지였다. 세원이 어디서부터 들었는지, 어디까지 알고 있는지 확실치 않았다.

다만 확실한 건 세원이 문에 몸을 부딪히기 직전의 말이었다.

'그래도 다른 여자가 낳은 자식이잖아요!'

너무나 거친 표현이었지만 사실은 사실이었다.

도운은 씁쓸하게 웃으며 말했다.

"얽혀 있는 게 많아서 이혼이 쉽지 않았나 봐."

아마도 그의 부모님에 관한 이야기 같았다.

"어머니는 몇 년이나 기다렸지만…."

쓸쓸한 표정이 도운의 얼굴에 떠올랐다.

도운은 더 말을 잇지 않고 자조적으로 웃었다. 세원은 위로를 건네고 싶은 마음에 그에게 손을 뻗었다.

그때 복도에서 말소리가 들려와 세원은 우뚝, 손을 멈출 수밖에 없었다.

"다들 가셨어?"

"네, 회장님도 잠드셨습니다."

"그래, 새벽에 체크만 잘 해줘."

"걱정 말고 퇴근하세요."

교대하는 간호사들의 대화 같았다.

"근데 저기 문이 왜 열려 있지?"

순간 세원과 도운은 동시에 병실의 문을 바라보았다.

도운이 완전히 닫지 않은 문이 살짝 열려 있었다. 그 틈으로 복도의 불빛이 새어 들어왔다.

"…!"

세원은 놀란 눈으로 도운을 바라보았다. 불도 켜지 않은 병실에 앉은 두 사람을 발견하면 간호사가 소리라도 지를 것 같았다.

드르륵.

하지만 문을 열었을 때 병실엔 아무도 없었다. 간호사는 휙 병실을 한 번 둘러보았다.

병실 안에 딸린 화장실 문 뒤에 도운과 세원이 몸을 밀착한 채

숨을 죽이고 있었다.

세원은 도운의 가슴께로 얼굴을 묻은 채 잽싸게 챙긴 물 컵을 손에 꽉 쥐고 있었다.

간호사는 병실 안의 커튼을 잘 열어놓더니 조용히 문을 닫고 나갔다.

그와 동시에 두 사람은 안도의 한숨을 내쉬었다.

화장실 문을 살짝 열어 간호사가 나간 걸 확인한 도운이 세원을 돌아보고 고개를 끄덕였다.

화장실 밖으로 나가려는데 도운의 소매 자락을 잡았다.

도운이 발걸음을 멈추고 세원을 돌아보았다. 두 사람의 간격은 아직 가까웠다.

세원은 발그레한 얼굴로 침을 꼴깍 삼키더니 용기를 내서 말했다.

"…실장님 잘못 아니에요."

도운은 잠시 세원을 응시했다. 놀란 것 같기도 하고, 화난 것 같기도 한 무표정이었다.

세원은 조금 지나친 말이었나 싶어 한 마디를 더 보탰다.

"그게 그러니까… 실장님은 태어나고 싶어서 태어난 게 아니잖아요."

말하고 보니 뜻이 제대로 전달되지 않고 있다는 느낌이 들었다. 스스로도 혼란스럽게 느껴졌다. 하고 싶은 말은 그저, 도운이 혼외자라 해서 그걸로 괴로워하지 않았으면 한다는 거였는데.

도운은 천천히 세원을 향해 몸을 돌렸다.

세원은 떨리는 눈빛으로 그의 가슴께만 바라보고 섰다.

도운은 세원을 향해 한 걸음 다가섰다.

좁은 화장실에서 세원은 뒤로 물러날 곳이 없었다. 손에 들고 있는 컵만 애꿎게 꽉 쥐었다.

도운은 조용히 세원의 손에서 컵을 가져갔다.

탁, 하고 컵이 뒤쪽 세면대에 놓이는 작고 둔탁한 소리가 좁은 화장실을 메웠다.

괜히 그 소리에 더 긴장한 세원에게 도운은 허리를 굽혔다.

그리고 어둠 속에서 세원의 얼굴을 찾아 저돌적으로 입술을 포갰다.

예상치 못한 상황에 세원은 살짝 숨 쉬는 것을 잊었다.

도운은 더욱 몸을 밀착해오며 간절하게 세원의 입술을 찾았다.

좁은 공간이 두 사람의 격한 숨소리와 입술 마주치는 소리로 가득 차올랐다.

참아왔던 모든 감각을 폭발시키듯 세원에게 키스하던 도운은 문득 입술을 떼고 세원을 바라보았다.

세원이 전하고자 했던 위로는 도운에게 정확히 전달되었다. 도운의 잘못이 아니라는 말은, 그저 태어나보니 혼외자였던 도운에게 지금까지 아무도 해주지 않았다.

세원도 천천히 눈을 떴다.

부끄러움과 열의로 달아오른 얼굴은 도운을 더욱 자극했다. 시리도록 투명한 눈빛이었다.

도운은 헝클어진 세원의 머리를 쓰다듬으며 자연스럽게 손을 세원의 쇄골로 옮겼다. 흐트러진 원피스 틈으로 예쁜 모양의 쇄골이 드러나 있었다. 세원의 가느다란 목과 쇄골을 손으로 훑으며, 도운은 끈질기게 세원을 바라보았다.

도운을 마주보는 세원의 심장은 터질 것처럼 뛰었다. 도운의 매혹적인 눈매는 발현된 적 없는 세원의 욕망을 자극했다.

"홍세원."

"…."

도운이 낮고 부드러운 목소리로 이름을 부르자 세원은 떨리는 눈빛으로 그를 올려다보았다.

그러나 도운의 입에서는 의외의 말이 나왔다.

"목걸이 어디 있어?"

아차, 하는 표정이 세원의 얼굴 위로 지나갔다. 도운에게 돌려주겠다고 목걸이를 뺐다가 그대로 레지던스 식탁 위에 둔 것 같았다.

미안하다고 말하려는 찰나, 도운은 세원의 턱을 위로 들어올렸다.

"헛!"

그리고 세원의 쇄골에 아주 진하게 키스했다. 선명하게 붉은 자국이 남도록.

"안 돼요…."

세원이 뒤늦게 혼잣말처럼 읊조렸지만 이미 늦었다.

도운은 엄지 끝으로 붉은 자국을 문지르며 말했다.

"그러니까 챙겨서 하고 다녀. 안 하고 나타날 때마다 이렇게 만들어버릴 거니까."

다시 부드럽게 키스를 쏟아 부으며 도운은 손을 원피스 앞섶으로 집어넣었다. 제지할 타이밍을 놓칠 정도로 자연스러운 손길이었다.

낯선 촉감에 세원은 온몸이 떨려오는 것을 느꼈다.

어둠 속에서 도운의 손은 순식간에 세원의 속옷 안쪽까지 파고 들었다.

"잠깐만…."

세원이 놀라 저지하자 도운은 순순히 손을 멈추었다. 잠시 그대로 숨을 고르는 도운이었다. 세원의 속살을 터치한 도운은 이미 폭발 직전이었다.

천천히, 도운은 세원을 바라보았다. 세원의 투명한 눈빛 속에 설렘과 두려움이 고루 섞여 있었다.

"오늘, 같이 있을 거지?"

부탁인지 명령인지 모를 말투였다.

세원은 떨리고 두려웠지만 오늘 밤 도운을 혼자 두고 싶지 않았다.

게다가 그의 샐쭉한 눈. 저 눈을 마주보면서 세원은 고개를 가로젓는 게 불가능하다는 걸 알았다.

***

스위트룸의 침대는 레지던스 침대와 비교할 바가 아니었다.

처음 느껴보는 푹신함에 세원은 해가 뜨는 것도 모르고 늦은 아침까지 잤다.

바스락거리는 시트 소리가 경쾌하다고 느끼며 한참을 더 뒤척이고 나서야 세원은 눈을 떴다. 잠시 동안 잠이 덜 깬 채로 여기가 어디인지 생각할 시간을 가졌다.

도란도란 누군가와 통화하는 도운의 목소리가 거실에서 들려왔다. 계약이니, 업체니 하는 말이 들리는 걸로 보아 업무 통화인 것 같았다.

세원은 지난밤이 떠올랐다.

두 사람은 손을 잡고 간호사의 눈을 피해 몰래 병실을 빠져나왔다.

스위트룸에 들어서자마자 도운은 폭발하듯 세원에게 달려들었다. 거칠면서도 젠틀하게, 과격하다가도 부드럽게….

차츰 기억이 떠오르자 세원의 얼굴이 붉게 달아올랐다. 간밤의 감각이 하나둘 재생되어 온몸이 화끈거리기 시작했다.

전화를 끊은 도운의 발걸음 소리가 침실을 향해 다가왔다.

세원은 어떤 얼굴로 도운을 마주해야 할지 몰라 황급히 다시 이불을 쓰고 누웠다.

"…어제 내가 너무 심했나?"

침대 끝에 걸터앉은 도운은 장난스럽게 말하며 살짝 이불을 걷었다.

눈을 감고 잠든 척하지만 자신도 모르게 세원은 이불을 움켜쥔 손에 힘이 들어갔다.

"…."

도운은 그걸 단번에 알아차렸다. 그의 얼굴에 장난기 어린 미소가 떠올랐다.

"룸서비스나 미리 시켜놔야겠군."

일부러 큰 소리로 말하고 일어선 도운은 몇 걸음 걸어 나가다

발끝을 세운 채 다시 침대 곁으로 돌아와 숨었다.

세원은 이불 속에서 조용히 실눈을 떴다.

살짝 이불을 걷고 둘러보는데, 발치의 스툴에 원피스가 위태롭게 걸쳐져 있는 게 보였다. 조심스레 이불을 부여잡은 채 세원은 몸을 일으켰다.

"잘 잤어?"

도운이 침대 위로 고개를 내밀었다.

깜짝 놀란 세원이 꺅, 소리를 내며 이불을 밟았다. 그대로 세원은 이불에 돌돌 말린 채 침대 옆 바닥으로 넘어졌다.

다시 몸을 일으켜보려 했지만 도운이 조금 더 빨랐다. 세원의 위로 다가와 가두듯 손을 짚었다.

"언제 일어났어요…?"

세원은 이불을 당겨 얼굴을 가리며 개미 기어가는 목소리로 말했다.

하지만 도운은 대답 대신 장난스럽게 이불을 끌어 내렸다. 세원의 희고 보드라운 속살이 아침 햇살을 받아 숨김없이 드러났다.

"잠깐만."

세원은 다시 이불을 당겨 올려보려 했지만 도운이 누르고 있어 쉽지 않았다.

도운은 속살을 가린 세원의 풍성한 머리칼을 마저 쓸어 넘겼다. 아무런 방어막도 없이 모습을 드러낸 쇄골은 눈이 부시도록 아름다웠다.

"목걸이, 잘 있네."

도운은 만족스러운 표정으로 고개를 숙여 세원의 뼈 위에 부드럽게 키스했다.

"아앗…."

도운의 입술에 자극을 받아 세원의 몸이 미세하게 떨려왔다.

도운은 고개를 들어 세원을 바라보았다.

세원도 홀린 듯 도운의 몸으로 시선을 빼앗겼다.

도운은 가운 외엔 아무 것도 걸치지 않았다. 게다가 가운은 아주 느슨하게 묶여 있어 그 안쪽으로 탄탄한 복근을 볼 수 있었다.

가만히 세원을 보던 도운이 특유의 눈웃음을 짓더니 가운의 끈을 완전히 풀어버렸다.

세원은 발그레한 얼굴로 시선을 돌렸지만 도운은 똑바로 마주보라는 듯 세원의 턱을 잡았다.

결국 세원은 도운의 뜻대로 그의 탄력 있는 몸을 바라보았다.

잠시 후, 도운은 세원의 손을 끌어다가 천천히, 자신의 가운 안쪽으로 집어넣었다.

부드러우면서도 단단한 근육이 손끝에 만져졌다. 세원의 손길을 따라 도운의 피부엔 오소소 소름이 돋았다.

잠시 그의 복근을 쓸어내리던 세원이 손을 허리 쪽으로 옮기자 가운은 완전히 흘러내렸다.

마침내 도운의 단단한 치골이 햇살 아래 완연히 모습을 드러냈다.

어찌할 바를 모른 채 세원의 손이 멈춰버리자 도운이 그녀의 손을 잡고 더욱 아래로 끌어 내렸다. 세원은 본능적으로 손을 빼보려 했지만 도운이 허락할 리 없었다.

“이번엔 홍세원이 먼저 시작한 거야.”

딱히 부정하지 않은 채 떨리는 심경으로 세원은 눈을 감았다.

환한 햇빛 아래의 탐닉은 어젯밤과는 또 다른 느낌이었다.

세원의 손길에 아래가 빠근해진 도운 또한 이불을 완전히 걷어내고 세원의 보드라운 속살에 얼굴을 묻었다.

노련한 도운의 움직임에 세원은 단번에 달아올랐다. 그런 자신이 부끄러워 몸을 뒤틀었지만 도운은 입술을 떼어내더니 귓가에 속삭였다.

“가만히 있어.”

“하아….”

세원은 제대로 대답도 못한 채 본능적으로 손에 쥔 도운을 자신 쪽으로 끌어당겼다.

그 흐름에 따라 도운이 몸을 밀착해왔다.

두 사람의 몸이 아무런 방해물 없이 촘촘하게 맞닿았다.

세원은 도운의 뒷덜미를 강하게 끌어안았다.

동시에 도운은 세원의 허벅지 안쪽을 파고들었지만 세원이 여전히 몸에 힘을 주고 있어 쉽지 않았다.

“가만히 있으라니까.”

도운은 힘이 잔뜩 들어간 세원의 허벅지 안쪽을 부드럽게 손으로 훑으며 달래듯 말했다.

“…그래야 내가 들어갈 수 있어.”

도운의 손이 조금씩 움직였다. 작은 움직임에도 강렬한 자극이 만들어졌다.

다시 도운을 꽉 끌어안으며 세원은 말했다.

"부끄러워…."

말과는 달리 그녀의 표정은 황홀감에 젖어 있었다. 그 모습이 도운을 강하게 자극했다. 도운은 좀 더 강하게 세원에게 몸을 밀착했다.

"그게 중요한 게 아니야. 중요한 건."

조금씩 파고들며 도운은 속삭였다.

"지금 이 느낌…."

"아앗… 좋아."

도운의 말이 끝나기도 전에, 수줍은 진심이 세원의 입에서 터져 나왔다.

도발적인 반말에 더는 참을 수 없어진 도운이 강하게 세원을 파고들었다.

"악!"

세원의 허리가 크게 휘어졌다. 바르르 떠는 세원을 받치며 도운이 말했다.

"홍세원…."

"……."

"내가 더 좋아해."

또 한 번의 불꽃같은 시간이 두 사람의 아침을 지나가고 있었다.

"…너무해요."

애써 앞섶을 여며 보았지만 끈이 없는 가운은 자꾸 힘없이 늘어졌다. 세원은 가운을 신경 쓰느라 커피를 마시지도, 샐러드를 먹지도 못하고 있었다.

도운은 천연덕스럽게 웃었다. 크루아상에 버터를 바르며 말했다.

"나도 끈 없잖아. 포기하고 그냥 편하게 먹어."

세원도 결국 도운처럼 가운 자락을 늘어뜨리고 크루아상을 받아들었다.

도운은 장난스럽게 바라보며 따뜻한 커피를 따라주었다.

룸서비스로 온 브런치 세트는 풍성했다. 싱싱한 샐러드와 갓 구운 크루아상 외에도 제철 과일과 쿠키, 구운 버섯과 베이컨, 스크램블 에그로 상이 가득 차 있었다.

세원은 점점 긴장이 풀려 가운은 잊어버린 채 편하게 맛있는 음식들을 먹었다.

"그런데 아버지는 괜찮으신 거예요?"

문득 생각났다는 듯 세원이 물었다.

구운 버섯과 베이컨을 썰던 도운이 손을 멈추고 세원을 바라보았다.

"너무 빨리 물어보는 거 아니야?"

세원의 얼굴이 부끄러움으로 달아올랐다.

"미안해요."

"또 사과한다."

"그치만…."

해명하려는 세원을 향해 도운은 씩 웃었다.

도운은 버섯과 베이컨을 세원의 접시로 옮겨주며 말했다.

"홍세원 놀리는 재미가 너무 쏠쏠하단 말이야."

"…."

세원은 분한 표정으로 입을 앙다물었지만 그마저도 도운의 눈에는 새끼고양이가 으르렁대는 것 같았다.

"식기 전에 빨리 먹어."

도운은 새끼고양이를 달래듯 말했다.

"아버지는 괜찮아. 나도 놀라서 달려온 건데 심각한 병은 아니야."

그제야 세원의 표정이 살짝 풀렸다.

"어쨌든 다시 가봐야 되죠?"

도운은 천천히 고개를 가로저었다.

병실엔 둘째 형이 가 있을 것이다. 그가 있는 이상 도운이 가봤자 또 다시 싸움만 생길 것이 뻔했다.

도운은 오후 늦게 비행기로 서울에 도착하는 큰 형만 만나보고 내려갈 작정이었다.

"…오후까지 여유 있으니까 서울 구경이라도 할까?"

오물오물 버섯을 씹던 세원은 신이 난 표정으로 마구 고개를 끄덕였다.

"가보고 싶었던 데 있어?"

도운은 별 생각 없이 물었다.

오히려 세원이 반짝거리는 눈으로 대답했다.

"남자친구… 생기면 같이 가보고 싶었던 데가 있어요."

무심결에 튀어나온 남자 친구라는 말에 세원은 당황했지만 도운은 아무렇지 않게 물었다.

"어딘데?"

"경복궁."

예상치 못한 곳이었다.

세원은 기대감을 숨기지 못한 얼굴로 도운을 바라보았다.

그 표정에 도운은 피식 웃었다.

"좋아, 대신 밤에는 내 차례야. 나도 가보고 싶은 데가 있어."

"…어딘데요?"

도운은 눈을 가늘게 뜨며 장난스럽게 말했다.

"비밀."

***

"…좋을 때다."

평상에 드러누워 핸드폰을 들여다보던 도연이 심드렁한 표정으로 중얼거렸다.

핸드폰으로 전송된 폴라로이드 사진 속에서 도운과 세원은 한복을 입고 정갈하게 서 있었다. 서로를 바라보는 눈빛에 다정함이 뚝뚝 흘러넘쳤다.

한눈에 보기에도 고급스러운 한복에 스냅 사진 서비스까지 갖춰진 패키지였다.

-이런 건 어디서 알았대?

세원에게서 쑥스러움이 묻어난 답장이 돌아왔다.

-인터넷에서 봤는데, 건태 선배가 한복이 잘 어울릴 것 같아 기억해놨었어.

뒹굴, 배를 깔고 엎드리며 도연이 물었다.

-그래도 지금은 실장님이 더 좋지?

메시지를 읽은 세원의 얼굴에 홍조가 떠올랐다.

대답할 필요가 없을 만큼 너무나 당연한 사실이었다.

-집에는 별일 없었지?

세원은 벅찬 마음을 누르며 말을 돌렸다.

도연도 아무렇지 않게 대화를 넘겼다.

-주민센터에서 왔다간 거 말고는 정말 아무 일도 없었어. 심심할 정도로.

"…주민센터?"

예상치 못한 단어였다. 얼추 주민센터에서 방문할 때가 되긴 했지만 보통은 방문 전에 미리 확인을 하는 편이었다.

-지나가다 들렀다던데?

세원이 답이 없자 도연이 한마디를 더 보탰다. 그제야 세원은 그럴 수도 있겠다는 생각이 들었다.

"홍세원!"

도운의 목소리에 세원은 고개를 들었다. 공항에 먼저 도착한 세원은 공 사장을 만나러 간 그를 한참 동안 기다렸다.

도운은 큰 걸음으로 걸어왔다. 몇 시간밖에 걸리지 않았지만 마치 몇날 며칠이나 떨어져 있었던 사람처럼 반가운 얼굴이었다.

"오래 기다렸지?"

세원은 대답 대신 빙긋 웃음을 지었다. 도운에게 풍기는 달콤하면서도 시원한 향은 언제 맡아도 좋았다.

"슬슬 들어가면 되겠다."

시간을 확인하고 도운이 말했다. 세원은 고개를 끄덕이고 가방을 챙겨들었다.

다정하게 손을 잡고 두 사람은 게이트로 향했다. 같이 비행기를 타고 고향으로 돌아가다니, 신혼여행이라도 다녀온 기분이 들어 세원은 행복감에 차올랐다.

공항에 도착한 도운은 택시를 잡았다. 당연히 최 팀장이 마중을 나올 거라 생각했던 세원은 의아한 생각이 들었다.

도운은 택시 문을 열어주며 세원에게 말했다.

"밤엔 내가 가보고 싶었던 데 가기로 했잖아."

비밀의 장소. 비행하느라 잠시 잊고 있었다.

"알겠어요."

도운은 택시 기사에게 주소 하나를 알려주었다.

세원은 주소를 통해 어떤 곳인지 유추해보려 했지만 떠오르는 곳이 없었다. 게다가 비밀이라고 했으니 놀라는 척이라도 해야 할 것 같아 세원은 더 깊이 생각하지 않았다.

세원의 집 방향으로 한참을 달린 택시는 이윽고 새로 정비된 해안도로에 진입했다.

"이제 거의 다 왔어."

시원한 밤바다만 바라보던 세원은 도운의 말에 문득 주변을 살펴보았다.

세원의 집과 약간 거리가 있는 곳이었지만 완전히 낯선 동네는 아니었다. 차가 다닐 수 있을 만큼 넓은 골목에서는 바다가 훨씬 잘 내려다 보였다.

잠시 후 택시는 어느 집 앞에 멈춰 섰다. 어두워 잘 보이지는 않았지만 고즈넉한 곳에 위치한 정갈한 집이었다.

쏴아아아!

차에서 내리자 파도소리와 바닷바람이 함께 불어 닥쳤다. 세원은 단번에 이곳이 마음에 들었다.

"여기… 뭐예요?"

계산을 마치고 내린 도운에게 세원이 물었다.

도운은 대답 대신 씩 웃기만 했다.

"일단 들어가자."

삐릭.

카드키를 인식한 현관문이 부드럽게 열렸다.

남의 집에 들어가는 기분이 들어 세원은 망설였지만 도운은 거침없이 세원의 손을 잡아끌었다.

"보여주고 싶은 게 있어."

세원은 침을 꼴깍 삼키고 어두운 집 안으로 들어섰다.

유럽식으로 은은한 조명이 밝혀진 집은 비어 있었다. 몇몇 대가구를 빼고는 이사를 나갔는지 생활감이 없었다. 전반적으로 인테리어는 소박하면서도 정갈했고, 센스 있는 색감으로 집인의 톤이 정돈되어 있었다.

도운이 닫힌 방문 하나를 열자 침실이 나타났다. 크고 푹신한 침대가 빈 방 한가운데에 웅장하게 놓여 있었다.

그제야 세원은 집의 용도를 알아챘다.

"설마…."

"이정도 침대면 좋아하시겠지?"

도운은 아직 놀라기엔 이르다는 듯 입을 떡 벌리고 선 세원을 돌려 세웠다.

"보여주고 싶은 건 이게 아니야."

"…?"

세원이 보고 있는 것은 다이닝 룸이었다.

부엌과는 별개의 공간으로 마련된 다이닝 룸엔 큰 창이 나 있어 바로 바다가 내려다 보였다. 창문이 아주 조금 열려 있을 뿐인데도 시원한 바람이 힘차게 안으로 들어왔다.

"여기서 밥도 먹고 차도 마시고."

넋을 잃고 밖을 바라보는 세원을 흐뭇하게 보던 도운은 힘을 주어 중문을 밀었다.

드르륵 소리에 세원이 돌아보자 부엌과 다이닝룸의 중간을 가로지르는 미닫이문이 시원하게 열렸다. 순식간에 다이닝룸이 부엌의 조리 공간으로 확장되었다.

"와아!"

세원은 입을 떡 벌리고 갑자기 넓어진 공간을 둘러보았다.

"마음껏 요리도 할 수 있어."

는 가지고 싶었던 넓은 조리대가 눈앞에 펼쳐져 있었다. 세원은 깨끗한 상판을 손으로 쓸어 보았다.

"…이런 집을 어떻게 찾았어요?"

"마음에 들어?"

"마음에 드는 거 이상이에요. 이런 집에 정말 살아보고 싶었어요."

감격스런 표정으로 세원이 대답했다.

도운은 세원의 곁에 다가와 같은 바다를 바라보며 섰다.

창문에서 들어오는 바람에 세원의 머리칼이 세차게 물결쳤다.

도운은 어깨동무를 하듯 세원의 어깨 위로 손을 올려 바람에 흔들리는 머리카락을 예쁘게 귀에 꽂아주었다.

"좋아할 줄 알았어. 그런데…."

"…?"

세원은 고개를 돌려 그를 올려다보았다.

은은한 불빛을 받은 도운의 눈매는 더 매혹적이었다. 도운은 특유의 눈웃음을 던지며 말했다.

"진짜 보여주고 싶은 건 이게 아니야."

"또 있어요?"

동그랗게 토끼눈을 뜬 세원이었다.

"왜 그런 말들을 하잖아, 하늘에 있는 별이라도 따다 주겠다고."

세원은 고개를 갸우뚱했다.

"이리 와봐."

도운은 다시 한 번 세원을 잡아끌었다.

단층집엔 옥상과 연결되는 지붕 밑 다락방이 있었다. 어렸을 때

봤던 만화 속 주인공의 집과 같은 모습이었다.

"와…."

다락방을 통과해 옥상에 올라선 세원은 감격스런 기분이었다. 너무나 예쁘고 쓸모가 많은 공간이었다.

게다가 옥상엔 돗자리가 펼쳐져 있고 아기자기한 캠핑의자도 몇 개 놓여 있었다. 도운이 일부러 가져다 두었는지 돗자리 위에는 피크닉 바구니와 와인도 놓여 있었다.

도운은 세원을 데려다 돗자리 위에 앉혔다. 앉자마자 바다로부터 바람이 불어왔다.

도운은 세원의 어깨를 쥐고 천천히 그 자리에 눕혔다.

세원이 완전히 편안하게 눕자, 도운도 옆에 나란히 누웠다.

그제야 세원은 도운의 말이 무엇인지 깨달았다. 하늘에 있는 별들이 자신을 향해 쏟아져 내려오고 있었다.

"진짜네요."

세원은 감격한 채 말했다. 쾌청한 공기와 시원한 바람, 거기에 쏟아지는 별까지 어우러지니 세상에 부러울 것이 없는 기분이었다.

"이리 와."

도운은 세원에게 팔을 뻗으며 말했다. 자연스럽게 세원은 그의 팔을 베고 누웠다.

"여기 원래 어떤 부부가 귀농하려고 매입해서 깨끗하게 리모델링해둔 집이었어."

분명 센스가 뛰어난 부부였을 것이다. 소박하면서도 결코 촌스럽지 않은 감각이 집안 구석구석에서 느껴졌다.

"그런데 왜 여기 안 살고…."

기다렸다는 듯 도운은 웃으며 말했다.

"예상치 못하게 임신을 했다더라고."

아이를 키우기에도 결코 좁은 집은 아니었다. 의문이 풀리지 않은 얼굴로 바라보자 도운이 덧붙였다.

"세쌍둥이를."

"아…."

그제야 세원은 고개를 끄덕였다.

"넷도 아니고, 다섯 식구가 살기엔 좀 좁겠네요."

"그래서 말인데."

도운은 진지하게 세원을 향해 돌아누웠다.

"…?"

세원도 고개를 돌려 도운을 마주보았다.

"우리도 여기서 세쌍둥이 만들어볼까?"

"뭐예요…."

어두운 와중에도 세원의 얼굴이 붉게 물드는 게 보였다.

"왜, 신혼집으로 별로야?"

세원은 쑥스러움에 시선을 돌리며 말했다.

"아니, 그건 좋은데…."

"뭐?"

도운은 세원을 품에서 떼어내며 장난스럽게 되물었다.

"좋다고?"

"그, 그게 아니라."

세원은 발그레한 얼굴로 말을 얼버무리더니 다시 하늘을 보고 누웠다.

잠시 그 옆얼굴을 물끄러미 바라보던 도운이 말했다.

"…어디 가지 마."

밑도 끝도 없는 말에 세원은 다시 도운을 돌아보았다.

도운은 진지하면서도 소년 같은 표정이었다. 잠시 그의 눈동자를 마주보다 세원은 그를 끌어안았다. 절대로 그를 놓지 않을 것처럼 꽉.

천천히, 도운이 손을 올려 세원의 볼에 붙은 머리카락을 쓸어내렸다. 그리고 세원의 입술을 찾아 부드럽게 키스했다.

조용히 시작된 두 사람의 키스는 쏟아지는 별빛 아래 점점 불이 붙기 시작했다.

"진짜, 여기서?"

떨리는 목소리로 세원이 말했다.

도운은 거침없이 세원을 탐하며 대답했다.

"…세 쌍둥이."

바람처럼 달려드는 도운의 몸짓에 파르르, 자극적인 감각을 느끼며 세원의 몸이 떨렸다.

6
후계자

"…이거 먹어."

결국 늦은 밤이 되어서야 세원은 집에 도착했다. 미안한 마음에 세원은 대뜸 툇마루 위에 마카롱 박스를 올려놓았다.

"대박!"

단번에 흥이 난 표정으로 도연이 와서 앉았다. 서울에 우리나라 최초로 입점한, 세계적으로 유명한 마카롱 브랜드였다.

"젊은 아가씨니까 이런 거 좋아할 거야."

헤어질 때, 도운은 어느새 사두었던 마카롱을 세원의 손에 쥐어 주었다. 자신은 도연에게 따로 사례할 생각조차 못했기에 세원은 도운의 센스에 감탄할 수밖에 없었다.

"그리고 이건 어머니 거."

게다가 강 여사에게 마카롱이 생소할까 싶어 엄마 몫으로 수제

양갱을 따로 준비했다.

"…고마워요."

"잘 전해드려."

도운은 밀린 업무 때문에 사무실로 돌아가 새벽까지 일할 예정이었다. 못내 아쉬운 표정으로 세원은 그를 배웅했다. 정말 꿈만 같은 1박 2일이었다.

"야, 이거 진짜 맛있다."

도연은 환한 표정으로 마카롱을 음미했다.

"어머니! 어머니도 드세요!"

도연이 부르는 소리에 강 여사는 삐거덕대는 방문을 열었다.

"세원이 왔어?"

엄마는 기분이 좋아 보였다. 낮에 주민센터에서 다녀간 사람과 즐거웠나, 하는 생각을 하며 세원은 강 여사에게 양갱을 내밀었다.

"엄마 건 따로 있지."

"와아!"

강 여사는 아이 같은 표정으로 작은 양갱박스를 받아들고 좋아했다.

"늦었지만 지금 먹을래? 차 끓여올게."

강여사는 고개를 끄덕였다.

"내 거도!"

옆에서 도연이 늦을세라 거들었다.

"알겠어."

흐뭇한 표정으로 자리에서 일어나려던 세원은 문득 불길한 예감에 다시 엄마를 바라보았다.

흰 양갱 박스에 붉은 흔적이 묻어 있었다. 놀란 세원은 엄마의 손을 낚아채듯 잡았다.

"왜 그래…."

엄마는 얼른 손을 빼냈다. 갑작스런 상황에 도연도 눈을 동그랗게 떴다. 세원은 이게 뭔가 싶어 도연을 바라보았다.

엄마의 엄지손가락에 인주가 선명하게 묻어있었다. 분명히 지장을 찍은 흔적이었다.

***

불길한 예감이 적중할 확률이 높은 이유는 생존 본능 때문일 거라고, 세원은 생각했다.

다음날 아침 일찍 주민센터에 다녀오는 길이었다. 예상대로 주민센터에서는 지장을 찍어가기는커녕 집에 방문한 사람도 없다고 했다.

"정말로?"

놀라서 눈을 동그랗게 뜬 도연을 앉혀놓고 세원은 처음부터 다시 시작하기로 했다.

"일단, 여자라고 했지?"

도연은 고개를 끄덕였다.

"나이는?"

"음…. 뭐 그냥 30대?"

어려운 질문이었는지 도연은 고심 끝에 말했다. 여자는 한눈에 나이를 간파하기 힘든 얼굴을 가지고 있는 것 같았다.

"그리고, 아!"

도연은 갑자기 생각난 것이 있었다. 도연의 말을 메모하던 세원이 고개를 들었다.

"가방."

도연은 호들갑을 떨며 다가앉았다.

"가방! 가방이 에르메스였어."

"에르메스?"

"어어, 게다가 신상이었어. 그래서 공무원 월급으로 샀을 것 같진 않고 원체 부잣집 딸인가 보네 싶었지."

명품을 알아보는 능력이 이럴 때 도움이 될 줄은 몰랐다. 어쨌든 중요한 정보인지라 세원은 종이에 적어 넣었다.

"…누군지 알 것 같아."

"진짜?"

긴가민가 싶었는데 에르메스에서 확실해졌다.

새언니.

그래도 혹시나 하는 마음에 사진을 보여주고 정확하게 확인을 받으려 세원은 자리에서 일어났다. 하지만 집 안 어디에도 새언니의 사진은 없었다. 강 여사가 혼란을 느낄까 싶어 세원이 치운다고 치워두었는데 어디에 뒀는지 도통 기억이 나질 않았다.

세원은 난감했다. 새언니의 전화번호는커녕 이름조차 가물가물했다. 그렇다고 홍지원에게 물을 수도 없었다. 무슨 꿍꿍이인지 지금으로선 알 수 없었으니까. 세원은 새언니의 사진을 얻을 만한 곳이 어디일지 생각하고 또 생각했다.

"내가 몽타주를 그려볼까? 나름 미술 전공인데."

지켜보던 도연이 덩달아 다급해져선 말했다. 하지만 세원은 고개를 가로저었다.

"그건 기억에 의존하는 거라 부정확해. 내가 갔다 와야겠어."

"어딜?"

"잠깐만 집에 있어."

세원은 메모한 것과 지갑, 핸드폰만 들고 후다닥 집을 나섰다.

급하게 세원이 향한 곳은 시외버스 터미널이었다. 도운과의 점심 약속을 펑크 내고 싶지 않았기에 두 배로 마음이 바빴다. 솔직하게 무슨 일인지 말하고 싶지도 않았다. 도운은 분명 걱정할 것이었고, 어떻게든 도움을 줄 것이었다. 그리고 세원은 결국 도운에게 고맙다는 말 외에는 해줄 수 있는 게 없을 것이다.

지긋지긋하지만 쉽게 끊어낼 수도 없는 가족이라는 관계. 그래도 표면적으로 그럭저럭 유지되던 시스템을 완전히 망가뜨린 것은 새언니였다. 잊을 만하면 나타나 묘하게 불쾌한 말을 던지며 파장을 일으키곤 했던 새언니가 최근 잠잠하긴 했다.

'수상하다고 생각을 했어야 했는데'

시골집엔 나타나지 않을 거라는 세원의 생각은 순진했다. 새언니는 필요하면 그 이상도 할 수 있는 사람일지 몰랐다.

나름 가까운 지역의 도시여서 세원은 금방 버스에서 내릴 수 있었다. 바로 택시를 잡아탄 세원은 지방검찰청으로 향했다.

"할 말이 뭔데?"

예상치 못한 동생의 방문에 홍 검사는 불쾌한 표정이었다. 세원은 녹차를 한 모금 마시며 무슨 말로 시간을 끌어야 할지 생각했다.

홍 검사가 다시 입을 열었다.

"멋대로 촬영한 거 사과라도 하러 온 거면 빨리 하지 그래."

세원은 뜨거운 녹차를 꿀꺽 삼켰다. 목구멍 안쪽에서 열기가 느껴졌다.

"사과? 엄마 집에서 엄마가 촬영하는데 내가 왜 사과를 해야 돼?"

"엄마 집에서 네가 촬영한 거잖아."

"엄마가 나한테 하라고 해서 한 거야. 그게 싫었음 주기로 한 돈을 제때 줬어야지."

남매는 잠시 동안 말없이 서로를 노려보았다.

"…얼마 받았냐?"

결국 그 얘기. 지긋지긋하다고 생각하며 무슨 상관이냐고 세원도 맞받아치려던 참이었다.

검사실의 문이 벌컥 열렸다.

"검사님, 잠시만."

홍 검사는 매서운 눈길로 세원을 바라보며 말했다.

"너, 그대로 앉아 있어."

세원은 대답하지 않은 채 홍 검사가 나가길 기다렸다. 드디어 검사실이 텅 비었다. 세원은 바로 자리에서 일어나 홍 검사의 책상으로 갔다.

예상대로, 책상 위엔 두 사람의 결혼사진이 인쇄된 액자가 놓여 있었다. 액자를 들여다보며 세원은 만감이 교차했다. 엄마는 그토록 아들을 사랑했지만 책상 위에 엄마의 흔적은 아무 것도 없었다.

세원은 침착하게 액자를 촬영했다. 새언니의 얼굴이 잘 나오도록 한 장을 더 찍은 다음 바로 도연에게 사진들을 전송했다. 그리고 답장이 올 때까지 괜히 홍 검사의 책상 근처를 구경했다.

홍 검사가 자리를 비운 시간은 채 5분이 되지 않았지만 그 사이 세원은 사라지고 없었다.

대신 세원은 테이블 위에 메모를 한 장 남겼다.

-언니가 엄마한테 지장을 받아갔어

메모를 읽은 홍 검사는 테이블 앞 소파에 그대로 앉았다. 골치가 아프다는 듯, 눈을 감아버린 그의 표정이 구겨졌다. 홍 검사는 주머니에서 핸드폰을 꺼내 세원에게 전화를 걸었다.

세원은 전화를 받지 않았다.

세원이 집에 없다는 사실을 알아차린 도운도 전화를 걸었다.

세원은 번갈아 번쩍거리는 핸드폰 화면을 그저 내려다보고 앉아 있었다. 법원 근처의 카페였다. 재빨리 터미널로 가서 버스를 탔다면 얼추 점심시간에 맞출 수도 있었다. 그러나 세원은 배터리가 다 된 사람처럼 그저 앉아만 있을 뿐이었다.

봄바람에 팔락거리던 A4 용지가 급기야 테라스 너머로 날아갔다. 세원은 누군가 종이를 주워주자 그제야 천천히 자리에서 일어났다. 점잖게 생긴 젊은 남자가 웃으며 종이를 건네주었다. 그의 표정은 친절했지만 세원은 자신도 모르게 낚아채듯 종이를 받았다.

“중요한 서류일수록 잘 챙기셔야죠.”

뜻 모를 말을 하는 남자.

“…고맙습니다.”

세원은 꾸벅 인사를 하고 다시 카페에 가서 앉았다. 다행히 남자는 종이에 적힌 내용은 보지 못한 것 같았다. 사실 딱히 중요한 서류는 아니었다. 기밀문서 같은 것도 아니었다. 다만 세원에게만 아주 중요한 사실이 적힌 종이였다.

공남그룹 가계도.

좀 전에 홍 검사의 코르크 메모판에서 뜯어낸 것이었다. 반듯하게 그려진 가계도에 손으로 곁가지가 그려져 있었다. 혼외자 공도운 실장. 실장이라는 글자 위엔 최근에 수정했는지 두 줄이 찍찍 그어져 있고 상무라고 적혀 있었다.

도운이 공남그룹의 혼외 자식이었다니….

세원은 어떻게 받아들여야 할지 알 수가 없었다. 아직 완전히 머릿속이 정리되지 않는 가운데, 잠시 잠잠해졌던 핸드폰 화면에 문자가 떠올랐다. 홍 검사에게 온 문자였다.

-검사실 문건 유출은 심각한 범죄다

CCTV라도 확인했는지 협박에 가까운 문장이었지만 세원은 절로 비웃음이 나왔다.

-현직 검사가 사람 뒷조사하는 건 범죄 아니고?

세원의 답장이 전송되자마자 다시 핸드폰에 불이 났다. 세원은 어쩔 수 없이 전화를 받았다.

"그걸 왜 떼어갔는데?"

안 그래도 머리 아파 죽겠는데 홍 검사가 자꾸 왜 이러는 건지 알 길이 없었다.

세원은 거울처럼 똑같이 홍 검사의 질문을 받아 넘겼다.

"오빠는 그걸 왜 조사했는데?"

"하…."

핸드폰 너머로 홍 검사는 깊은 한숨을 내쉬더니 말했다.

"…보통이 아닌 놈이라서."

"…."

도운은 보통이 아니긴 했다. 비범할 정도로 문제가 생기면 바로 바로 해결해 온 그였다. 그리고 그건 아마도 그가 공남그룹의 아들이기에 가능했을 것이다. 세원은 다시 머리가 아파지려 했다.

"너도 조심해라. 더 엮이지 않는 게 좋을 거다."

정말이지 가장 듣고 싶지 않은 훈수까지 나왔다. 이미 늦어버렸다. 돌이키려 해도 돌이킬 수 없었다. 이미 그렇게 깊은 밤을 보내버렸는데….

"…새언니한테 오빠가 시킨 거지?"

세원은 전화를 끊기 위해 말을 돌렸다.

"…내가 시킨 거 아니야. 그리고 내가 해결할 거다."

역시나 홍 검사는 속사포처럼 말을 쏟아내더니 뚝 전화를 끊어버렸다.

테이블 위에 핸드폰을 놓아두고 세원은 엎드렸다. 피곤하고 힘들었다. 새언니고 뭐고, 지장이고 뭐고 지금 문제는 그게 아니었다.

마음이 이끌리는 대로 가고 싶었다. 그저 남들처럼 평범한 연애일 줄 알았다. 도운도 그저 평범한 사람일 줄 알았다. 지나치게 돈이 많은 것 같긴 했지만.

그때부터 이성적으로 생각했어야 했다. 홀린 것처럼 그에게 무작정 빠져들기 전에.

물론 세원이 느끼기에 도운의 마음은 절대 거짓이 아니었다. 세원을 바라보는 눈빛, 무심한 듯하면서도 따스한 말 한마디, 그것을 통해 전해지는 것은 분명 진심이었다.

'하지만 아마도… 시한부인 진심.'

바람의 언덕 사업이 끝날 때까지, 도운이 서울로 돌아가 본격적으로 후계자가 될 준비를 하기 전까지. 어쩔 수 없이 시골에 머물며 화려한 삶과 동떨어져 있을 동안만 유지될 것 같은 진심이었다.

벌써 도운이 서울로 떠나고 시골집에 홀로 남겨진 것처럼 세원은 눈물을 흘리기 시작했다. 그런 상황이 오면 자신은 결코 그를 붙잡을 수 없을 것이다.

도운은 계속 연락이 없는 세원을 걱정했다. 오후부터는 일이 계속 몰아치는 바람에 해가 어둑어둑 지고 나서야 핸드폰을 확인할 수 있었다.

여전히 세원에게 온 전화는 없었다. 차근차근 메시지함을 확인하던 도운은 세원이 보낸 메시지를 발견했다. 시간을 확인해보니 꽤 오랜 시간동안 기다렸을 것 같았다.

도운은 바로 자리에서 일어나 건물 1층으로 향했다. 밝게 밝혀진 건물의 로비 의자에 세원이 앉아 있었다.

도운은 다급히 세원에게로 다가갔다. 세원은 도운을 보고 아무렇지 않게 웃더니 갈색 봉투를 건넸다.

"오늘 밥 같이 못 먹어서 미안해요."

"…근데 저녁도 같이 안 먹으려고?"

봉투 안에는 정성스럽게 만든 샌드위치가 들어 있었다. 세원은 애써 미소 지으며 말했다.

"바쁠 것 같아서."

"홍세원이랑 밥 먹을 시간 정도는 있어."

도운은 목덜미를 가린 세원의 머리칼을 뒤로 넘겼다. 환한 불빛 아래 드러난 목에 영롱한 목걸이가 다시 걸려 있었다.

도운은 천천히 세원의 얼굴을 살펴보았다.

"무슨 일 있는 거 아니지?"

세원의 얼굴엔 아직 울음의 흔적이 남아 있었다. 세원은 황급히 시선을 돌리며 고개를 저었다.

결국 도운은 세원의 턱을 쥐어 자신을 보게 했다.

"홍세원 이상해."

세원은 몸을 뒤로 빼며 말했다.

"여기서 이러면 사람들이 봐요."

"보면 어때."

도운은 장난스럽게 더 다가왔다. 당장이라도 키스할 것 같은 기세에 세원은 놀라 순간적으로 그를 밀쳐내고 벌떡 일어났다.

놀란 것은 도운도 마찬가지였다. 세원은 울음이 터질 것 같은 표정으로 도운을 보다 결국 뛰쳐나가 버렸다. 곧장 도운이 따라나서려 했지만 샌드위치 봉투가 바닥에 떨어지는 바람에 그럴 수 없었다. 소스가 흘러내려 봉투를 적셨다. 도운은 젖은 부분을 피해 봉투를 집어 들었다. 세원이 갑자기 왜 저러는지, 도운은 도통 알 수가 없었다.

세원 또한, 도운이 다가오는 걸 쳐낸 자신의 마음을 알 수 없었다. 쉽게 결론 나지 않는 생각에 잠긴 채, 세원은 터벅터벅 어둑해진 골목길을 걸어 올라갔다.

대문 앞에 다다를 즈음이었다. 익숙한 실루엣이 눈에 들어왔다. 세원의 눈썹 한쪽이 비쭉 위로 올라갔다. 대문 앞에 서 있는 건 도운의 바이크였다.

삐걱, 낡은 대문을 열자 세원이 만든 샌드위치를 사이좋게 나눠 먹는 세 사람이 보였다. 엄마와 도연 그리고 도운이었다.

세원은 허탈하면서도 반가운 마음이 들었다. 샌드위치를 먹다가 눈이 마주친 도운이 씩 눈웃음을 지어 보였다. 가지고 있는 교통수단이라곤 두 다리밖에 없는 세원보다 그가 기동성이 훨씬 좋았다. 세원이 아무리 밀어낸다 한들 더 빠르게 다가올 남자.

"별일 없었어?"

도연이 걱정스러운 얼굴로 조심스레 물었다. 세원은 고개를 끄덕이며 대문을 닫았다.

"이거 너도 먹어. 실장님이 사온 건데 엄청 맛있어."

모른 척 하라는 듯 도운은 세원을 향해 살짝 윙크를 해 보였다.

터미널에 도착한 후 세원은 집에 들르지 않고 읍내에서 재료를 사 레지던스에서 샌드위치를 만들었다. 도운에게 조금이라도 더 신선한 걸 먹이기 위해서였다. 당연히 엄마와 도연은 샌드위치에 대해 몰랐다.

이 남자, 어떻게 그런 것까지 다 알고 둘러댔을까.

새삼 감탄이 들었지만 지금은 그 마음을 숨기고 싶었다. 세원은 조용히 부엌으로 향했다.

세원은 양이 부족해 보여 간단하게 감자 샐러드와 야채 구이를 만들어냈다. 평상에 둘러 앉아 맥주까지 곁들여 마신 후 세 사람은 오붓하게 골목 입구까지 밤 산책을 했다.

골목 입구엔 최 팀장이 차를 가지고 마중을 나와 있었다. 세 사람을 레지던스까지 태워가기 위해서였다. 세원만 내일 오랜만에 있을 촬영을 앞두고 재료 준비를 위해 집에서 잘 예정이었다.

조수석에 타려다 말고 도운은 탁, 차 문을 닫았다.

"난 술 좀 깨면 바이크 가지고 갈게. 놓고 가기가 좀 그러네."

"…알겠습니다."

최 팀장은 더 묻지 않고 순순히 차를 출발시켰다. 도연과 강 여사는 해맑은 얼굴로 도운에게 손을 흔들었다.

물론 그것은 핑계에 불과했다.

집으로 돌아온 도운은 대문을 밀어보았지만 굳게 잠겨 있었다.

"…."

무슨 일인가 싶어 다시 마당으로 나왔던 세원이 대문 아래로 보이는 도운의 신발을 보았다.

"홍세원, 오늘 무슨 일 있었지?"

저녁도 먹지 않고 내내 방에 들어가 있던 세원이었다. 세원은 촬영 준비 때문이라고 둘러댔지만 거짓말이라는 걸 도운은 알고 있었다.

대문 너머 세원은 대답이 없었다.

"…문 열어봐."

재차 도운이 말하자 그제야 삐그덕거리며 대문이 열렸다. 세원은 어두운 얼굴로 고개를 숙이고 있었다.

"아무 일도 없었어요."

"어디 갔다 온 건데?"

"잠깐… 시장에 갔다가 시간이 오래 걸렸어요."

아무래도 말하기가 싫은 것 같았다. 도운은 캐묻기를 포기하고 말했다.

"걱정시키지 마."

"…."

"그리고 도망가지도 말고."

세원이 고개를 들어 도운에게 물었다.

"실장님이야말로… 도망가지 않을 수 있어요?"

뜬금없는 질문이었는지 도운의 얼굴에서 표정이 사라졌다. 무표정할 때 도운의 얼굴은 원래 차가운 편이었다. 어쩐지 지금은 정색하는 것처럼 느껴졌다.

"자신 없으면 지금이라도."

놔달라고 말하려던 참이었는데 도운이 말을 가로챘다.

"내기할래? 누가 먼저 도망가는지."

그러더니 도운은 씩 눈웃음을 지어 단번에 해동된 것처럼 부드러운 얼굴로 변했다. 세원이 좋아하다 못해 사랑하는 얼굴.

그 얼굴에 세원은 마음이 와르르 무너지는 것을 느꼈다. 아직은 그를 잃고 싶지 않은가 보다. 이렇게 빨리 보낼 수는 없는가 보다.

도운은 떨리는 세원의 눈동자를 바라보며 볼을 쓰다듬었다.

"나는 절대 아니야, 홍세원."

촉촉하게 젖은 세원의 눈빛이 달빛에 반사되어 빛났다.

"먼저 도망가는 사람."

그 말에 기계적으로 세원은 고개를 끄덕였다.

"오늘 자고 가도 되지?"

도운은 바로 세원을 가볍게 안아 들더니 그대로 방으로 직행했다.

"잠깐만."

세원이 말릴 틈도 없었다. 도운은 세원을 안은 채 방 안으로 들어섰다. 세원의 방에는 처음 들어와 보는 것이다. 늘 궁금했던 방문 너머를 드디어 구경하는 그의 눈빛엔 호기심이 가득했다.

"너무 좁아서 여기는 좀…."

민망했던지 세원이 묻지도 않은 말을 했다. 홍지원의 방에 비하면 아주 좁은 방이었다. 깨끗하고 단정하긴 했지만.

방을 둘러보던 도운은 세원을 마주보더니 말했다.

"나중에 신혼집에선 홍세원이 제일 큰 방 써."

세원은 부끄러운 듯 웃었다.

"같이 써야죠, 신혼집이면."

참을 수 없다는 듯 도운은 세원의 입술에 키스를 쏟아 부었다. 그리고 조심스럽게 세원을 바닥에 내려놓으며 말했다.

"…이 집에선 처음이네."

세원이 대응할 틈도 없이 도운은 원피스 안쪽을 파고들었다. 간지러움과 짜릿함이 동시에 세원을 덮쳐왔다. 말없이 방문을 닫고 세원은 자신의 얼굴 위로 부드럽게 쏟아지는 도운의 머리칼을 쓸어 내렸다. 쇄골에 닿는 도운의 혀끝이 온 감각을 자극했다.

세원도 도운의 수트를 벗겨내기 시작했다. 손을 뻗어 하나하나 그의 셔츠 단추를 풀어내면서 세원은 인정해야했다. 돌이킬 수 없이, 자신은 도운의 것이 되어버렸음을.

한결 뜨거워진 눈빛으로 세원을 눕히더니 도운은 위로 올라왔다. 크고 듬직한 몸이 좁은 방 안을 가득 채웠다. 도운의 단추를 다 열어낸 세원은 셔츠를 걷어내고 단단한 근육을 매만졌다. 세원이 이 집에 살게 된 이래 가장 뜨거운 밤이 흘러가고 있었다.

***

다음 날 아침, 세원의 집은 오랜만의 촬영으로 몹시 분주했다. 부지런히 차려입고 달려온 도연은 게스트가 바뀌었다는 말에 완전히 울상이었다.

"나도 건태 선배 보고 싶다고!"

건태가 고정 멤버가 아니라는 건 알았지만 이렇게 빨리 바뀔 줄은 몰랐기에 세원도 조금은 아쉬운 마음이 들었다. 하지만 가장 아쉬운 건 도운이 일찌감치 출근을 해버렸다는 것이다.

'이제 촬영장에 있을 필요도 없다는 건가'

매의 눈으로 촬영장을 감시하고 질투심에 눈을 가늘게 뜨는 도운이 보고 싶었다. 하지만 중요한 회의가 있다고 하니, 가지 못하게 잡을 수도 없었다.

잠시 후 고정 멤버들이 속속 촬영장에 도착했다. 이제는 세원과 꽤 친해진 배우들이 상냥하게 인사를 해왔다.

"…대박."

울상이었던 도연의 얼굴도 단번에 환해졌다. 건태 선배는 바로 잊었는지 도연은 발그레해진 볼로 인사했다.

"안녕하세요!"

사뭇 조신한 목소리에 세원은 웃음이 나왔다. 그러면서도 눈은 바쁘게 대문 쪽을 살폈다. 혹시나 도운이 다시 나타날까 싶어서였다.

하지만 대문이 열리고 나타난 것은 김 피디와 메인 작가였다.

"세원 씨, 잘 잤어요?"

"방송 반응이 좋아도 너무 좋아요."

세원은 겸손하게 웃었다.

"잘 만들어주셔서 그렇죠, 감사합니다."

김 피디는 만족스러운 얼굴로 말했다.

"자, 오늘도 파이팅해야죠. 오늘의 요리는…?"

"달래 파스타입니다."

"좋습니다. 슬슬 시작해볼까요?"

"네."

비록 도운은 없었지만 화기애애한 분위기였다. 기분 좋은 아침.

"와, 오늘 요리는 진짜 예뻐서 못 먹겠다."

작은 참꽃마리를 송이송이 플레이팅하는 것을 본 배우들이 찬사를 보냈다. 소박하게 담긴 달래 파스타는 꽃송이와 함께 한 폭의 그림처럼 완성되었다.

"맛도 있어야 할 텐데요."

세원은 자신 있었지만 겸손하게 말하며 접시에서 손을 떼었다. 배우들의 박수 소리와 함께 작은 카메라로 달래 파스타가 면밀히 촬영되었다. 잠시 후 근접 촬영이 끝나자 드디어 시식이 시작되었다. 후루룩 파스타를 흡입한 멤버들은 만족스러운 표정으로 고개를 끄덕였다.

"봄의 맛이네요."

"한국의 맛이기도 하고."

"은근히 이태리의 맛도 느껴지고."

주거니 받거니 보내지는 찬사에 세원은 쑥스러워 시선을 돌렸다. 그 시선의 끝에 심각한 얼굴로 통화를 하는 도연의 얼굴이 걸려들었다. 세원과 눈이 마주친 도연은 황급히 얼굴을 가리고 살짝 열린 대문 틈으로 나가버렸다. 무슨 일인지 궁금했지만 아직 촬영 중이라 세원은 호기심을 삼킬 수밖에 없었다. 게다가 점심시간이 훌쩍 넘었는데도 도운은 나타나지 않았다.

'회의가 길어지나….'

불길한 생각이 들었지만 별다른 생각 없이 세원은 다시 촬영에 집중했다.

밥 때를 놓치는 것은 도운이 정말 싫어하는 일이었다. 일할 때 상당히 철저하고 집요하리만큼 꼼꼼한 도운을 직원들이 군말 없이 따르는 이유 중 하나이기도 했다. 도운은 식사 시간과 퇴근 시간만큼은 보장받길 원했고, 자신이 원하는 만큼 직원들에게도 똑같이 그것을 보장해주었던 것이다.

하지만 오늘, 도운은 시간에 맞춰 자리에서 일어나지 못했다. 회의 사안이 시급하고 중요한 탓이 아니었다. 문제는 장 탐정이 품에서 꺼낸 사진이었다.

"…보고가 늦어진 이유입니다. 어제 드디어 꼬리를 밟았습니다."

장 탐정은 그 사진을 화이트보드 위에 자석으로 고정시켰다. 사진 속 얼굴은 전혀 예상치 못했기에 도운의 표정이 심각하게 굳어졌다.

"…!"

도운보다 더 놀란 것은 최 팀장이었다. 최 팀장은 신음을 삼키고 걱정스러운 얼굴로 도운을 바라보았다.

"어제라고…?"

사진 속 얼굴은 분명 세원이었다. 처음 보는 낯선 카페였지만 심란한 얼굴로 그곳에 앉아 있는 건 세원이 맞았다.

도운은 어제 저녁, 다소 이상하게 굴었던 세원을 떠올렸다. 하루 종일 연락도 되지 않았고.

"오해가 있는 것 아닙니까? 단순히 저기에 갔다는 것만으로 의심할 수는 없습니다."

최 팀장이 도운을 대신해 날카롭게 반문했다. 그 말에 장 탐정은 자신만만하게 답했다.

"홍세원 씨가 보고 있던 것이 뭔지 아십니까?"

사진 속 세원은 테이블에 놓인 종이를 바라보고 있었다. 사진에서는 종이 모서리 부분만 보여 정확하게 알 수 없었다.

뜸을 들이는 장 탐정을 도운이 재촉했다.

"뭐죠?"

장 탐정은 크게 숨을 내쉬더니 말했다.

"공남그룹 가계도입니다."

도운의 표정이 묘해졌다.

최 팀장은 조용히 일어나 자리를 떴다. 아무래도 오늘은 같이 식사를 할 수 없다고 말해두어야 할 것 같았다. 아니, 오늘은 같이 식사를 하지 않는 게 나을 것 같았다.

잠시 회의실 안에 적막이 흘렀다.

"…확실합니까?"

도운은 여전히 반신반의한 채 물었지만 장 탐정은 확신을 가지고 대답했다.

"확실합니다. 바람에 날아간 것을 제가 주워드렸거든요. 게다가… 최신 정보도 업데이트 되어있었습니다. 공도운 상무님."

"그게 무슨…"

아직 공식 결재가 나지 않은 사안이었다. 그 사실을 아는 사람은 극소수에 불과했다.

도운은 믿고 싶지 않은 얼굴로 화이트보드를 바라보았다. 위임장, 홍 검사, 재개발 프리미엄 등의 단어가 어지럽게 적혀 있는 보드판 위에, 세원의 말 없는 얼굴이 조용히 붙어 있었다.

세원은 얼마 먹지 못하고 포크를 내려놓았다. 재료를 챙겨 들고 레지던스로 자리를 옮겨 다시 한 번 달래 파스타를 만들었지만 전혀 입맛이 없었다.

오물오물 맛있게 파스타를 먹던 강 여사가 말했다.

"더 먹어, 맛있는데."

억지로 웃으며 세원이 대답했다.

"…속이 안 좋네."

그제야 도연도 세원의 상태가 심상치 않음을 눈치 챘다.

"별일 아닐 거야, 밥부터 먹어."

자신을 지켜보는 두 사람 때문에 세원은 억지로 한 입을 더 먹었다. 그제야 엄마와 도연도 놓았던 포크를 다시 집어 들고 먹기 시작했다.

기계적으로 입을 오물거리며 세원은 생각에 잠겼다. 도운에게서는 아무 연락도 오지 않았다.

'어제 일의 복수인 건가.'

말없이 점심을 제쳐버린 것에 대한 장난스런 보복이었으면 했다. 하지만 아무리 생각해도 그런 분위기가 아니었다. 심각한 문제가 터진 것 같다는 불길한 예감을 떨칠 수 없었다.

탁, 결국 세원은 더 먹었다간 체할 것 같아 수저를 내려놓았다. 음식 남기는 걸 싫어하는 세원도 오늘은 어쩔 수 없었다.

"…그래, 억지로 먹지 마라. 내가 먹을게."

강 여사가 조금 남아 있던 파스타를 접시 채 가져갔다.

"어머니, 진짜 맛있죠? 세원이 식당 차려도 되겠어요."

도연이 분위기를 풀어보고자 넉살 좋게 말했다. 강 여사도 고개를 끄덕이며 기분 좋게 웃었다. 자신이 이렇게 흔들릴 때 도연이라도 곁에 있어 다행이었다. 세원은 잠시 두 사람을 바라보다 문득 물었다.

"너 언제 올라가?"

"며칠만 더 있다 슬슬 가려고. 이제 수업도 하나둘 시작하고…."

도연이 서울로 가 버릴 걸 생각하니 세원의 얼굴이 어두워졌다. 도연도 눈치를 챘는지 사람 좋게 웃으며 말했다.

"얼마 안 남았으니까 마음껏 활용해."

그리고 문 쪽으로 살짝 턱짓을 해 보였다. 이미 복도 밖을 달려 나가고 있는 세원의 마음이라도 읽은 것 같았다.

"…고마워."

세원은 작게 입을 모아 말하고는 바로 자리에서 일어났다.

"고마우면 맛있는 거 사와!"

뛰쳐나가는 세원의 등 뒤에다 도연은 실없는 말을 던졌다. 진심이기도 했지만 세원의 미안함을 덜어주기 위한 말이기도 했다.

세원은 대답할 겨를도 없이 고개를 끄덕이며 현관을 나섰다.

그 시각, 회의실에서는 도윤의 자장면이 테이블 위에서 조용히 불어가고 있었다.

마음이 불편했지만 최 팀장은 장 탐정을 위해 후루룩, 억지로 자장면을 흡입했다. 장 탐정은 차분한 태도로 탕수육까지 챙겨 먹고 있었다.

"그런데 실장님이 왜 저렇게까지 심란해하시는 겁니까?"

최 팀장의 표정을 살피며 장 탐정이 물었다.

답이 돌아오는 데는 생각보다 오랜 시간이 걸렸다. 잠시나마 생각할 시간을 확보하려고 꼭꼭 면을 씹어 먹는 듯했다. 최 팀장의 반응을 보고 장 탐정은 확신이 들었다.

"…두 분 사이가 평범한 개발자와 집 주인 관계는 아닌가 보네요."

꿀꺽, 입 안에 있던 면을 드디어 삼킨 최 팀장이 말했다.

"클라이언트의 프라이버시입니다."

"네, 물론."

장탐정은 아무렇지도 않게 대답했다.

그가 탐정이라고 불리는 이유는 실제로 일본에서 탐정 자격증을 취득했기 때문이다. 홍 검사 쪽을 본격적으로 조사하기 위해 최 팀장이 소개를 받아 고용했다. 그리고 오늘이 바로 그간의 조사를 종합적으로 보고하는 날이었다.

그런데 초반부터 홍세원의 이름이 나왔으니 도운도, 최 팀장도 놀랄 수밖에 없었다.

"절대 아닙니다."

도운은 생각해볼 여지도 없다는 듯 강하게 말했다. 최 팀장이 오늘 점심을 같이 하지 못할 것이라고 도연에게 전화를 넣고 돌아온 직후였다. 선언에 가까운 도운의 강한 부정으로 회의실은 단번에 냉랭해졌다.

먼저 침묵을 깬 것은 최 팀장이었다.

"…점심 먹고 마저 하시죠."

그제야 도운은 점심시간이 한참 지났다는 것을 깨달았다.

"두 분께서 괜찮으시다면 간단하게 시켜먹는 게 어떨까요?"

심란한 도운을 배려한 최 팀장의 제안이었다.

"탐정님 좋을 대로 하시죠. 난 알아서 시켜줘."

그리고 도운은 자리를 박차고 나가버렸던 것이다.

"사업하는 데 가장 중요한 게 바로 사사로운 감정에 휩싸이지 않는 것일 텐데요."

장 탐정의 말에 억지로 마지막 자장면을 입에 욱여넣던 최 팀장이 고개를 들었다.

이번에는 빠르게 면발을 씹어 넘기고 말했다.

"사업상의 조언을 듣기 위해 탐정님께 의뢰한 게 아닙니다."

물론 그러시겠죠, 하는 여유로운 표정으로 장 탐정은 고개를 끄덕였다.

그런 장 탐정이 얄미웠지만 한편으로는 자신이라도 정신을 차리고 있어야겠다고 최 팀장은 생각했다. 혹시라도, 정말 만에 하나라도, 세원이 장 탐정의 주장대로 움직이고 있다면.

긴장감에 절로 침이 꼴깍 삼켜졌다.

"기다리고 있었어."

헐레벌떡 뛰어온 세원은 건물 앞에 서 있던 도운과 마주쳤다. 어찌나 열심히 뛰었는지 세원은 한동안 숨을 고르느라 말을 잇지 못했다.

"기다렸다고요?"

도운이 던진 의외의 말에 질문부터 했다. 자신을 기다렸다는 도운의 표정은 사실 그렇게 반가워 보이지 않았다. 힐끔, 건물 쪽을 보더니 도운은 주변에 사람이 없음을 확인하고 말했다.

"나한테 할 말 있으면 지금 해."

"…."

갑작스러운 말이라 세원의 생각은 머릿속에서 엉켜버리고 있었다. 무슨 상황인지 예상조차 할 수 없었다.

하지만 이럴 땐 괜히 머리를 굴리는 게 더 좋지 않다는 걸 세원은 경험상 알았다. 어차피 도운에게 다 말하고 싶어 온 것이다. 세원은 심호흡을 하고 입을 열었다.

"그저께, 그러니까 우리가 서울에 있을 때. 집에 새언니가 왔었어요."

도운은 눈을 가늘게 떴다.

"처음엔 새언니인 줄 몰랐는데, 왜냐면 도연이한테는 주민센터 직원이라고 했어요. 문제는…."

세원은 잠시 말을 멈추고 작은 한숨을 뱉었다.

"새언니가 엄마한테 지장을 받아갔다는 거예요."

"…위임장을 받아간 거군."

지장이라는 말을 들은 도운이 혼잣말처럼 말했다.

그런 거였어? 그런 표정이 세원의 얼굴 위에 떠올랐다.

"하지만 계약서는 저한테 있는데, 위임장이 의미가 있나요?"

걱정스러운 표정이었지만 확신을 가진 반문이었다.

일단 도운은 대답하지 않은 채 대화를 넘겼다. 세원의 말부터 전부 들어볼 필요가 있었다.

"또 할 말은?"

"그러니까, 그래서…."

빠르게 바뀌는 대화의 흐름을 놓치지 않으려 애쓰며 세원이 대답했다.

"…홍지원을 만나러 갔었어요. 무슨 꿍꿍이인지 알아내려고요."

어쨌든 세원은 지검에 간 사실을 이실직고했다. 도운은 계속 해보라는 듯 고개를 끄덕였다.

"그런데…."

기억을 떠올리던 세원의 얼굴에 엷은 그늘이 졌다.

그때 세원은 무슨 꿍꿍이인지 제대로 알아내지 못한 채 홍 검사의 방에서 뛰쳐나왔다. 공남그룹 가계도를 발견했기 때문이다. 이 대목에 이르자 세원은 어떻게 대답해야 할지 혼란스러웠다.

세원은 망설이는 눈빛으로 고개를 들었다. 도운이 자신을 꿰뚫어보는 시선으로 내려다보았다.

나, 거기서 당신이 공남그룹 아들이라는 걸 알았어요.

솔직한 대답이 목구멍까지 올라왔지만 세원은 입이 떨어지지 않았다. 말할 수 없는 것인지, 말하기 싫은 것인지. 세원도 스스로의 마음을 알 수 없었다. 다만 확실한 건 이걸 말하는 순간, 이별이 성큼 다가올 것만 같았다. 이제 겨우 걸음마를 떼었을 뿐인 사랑이 모래처럼 손아귀를 빠져나갈 것만 같았다.

세원은 아무 말도 못한 채 가만히 팔을 들어올렸다. 말할 수 없지만 놓을 수도 없다는 듯, 도운의 손목을 잡았다. 바스락, 비싼 수트의 소매가 미세한 소리를 내며 구겨졌다.

도운은 참을성 있게 기다렸지만 세원은 입술만 달싹거릴 뿐 말할 생각이 없어 보였다. 전부 다 솔직하게 말해주길 바랐던 도운이었기에 그 시간은 괴롭게 느껴졌다.

그때였다. 세원의 눈이 동그랗게 커졌다. 놀라움과 충격이 뒤섞인 표정이었다.

시간을 벌 요량인가 싶어 도운은 뒤돌아 세원이 보는 걸 찾았다. 장 탐정이 느긋하게 안에서 걸어 나오고 있었다.

세원의 얼굴이 딱딱하게 굳어갔다. 간절하게 잡았던 도운의 손목 또한 어느 틈에 놓은 상태였다. 장 탐정은 아무렇지도 않게 세원에게 목례를 하고는 도운에게 말했다.

"커피 사오겠습니다."

그대로 지나치는 장 탐정에게 세원이 뭔가 말하려 돌아서는 순간, 도운이 그녀의 손목을 잡았다.

"한 잔 더 사와요, 홍세원 씨 몫까지."

의외다 싶어 장 탐정의 눈썹이 살짝 움직였지만 별다른 말은 없었다. 세원은 장 탐정의 뒷모습에서 눈을 떼지 못했다.

"이게 뭐죠?"

화난 표정으로 돌아보는 세원의 손목을 놓고 도운이 말했다.

"왜 말 안했어?"

"하…."

세원은 헛웃음을 터뜨렸다.

"내가 카페에서 마주친 남자 얘기까지 실장님한테 해야 돼요?"

"그 얘기가 아니잖아."

"나 미행했어요?"

"상무로 진급한 거."

"…!"

"병원에서 들었지?"

"뭐라구요?"

전혀 예상치 못한 말에 세원의 얼굴이 황당함으로 물들었다.

"어디서부터 들었어?"

"아니, 그게 지금…."

"홍 검사 말고 또 누구한테 말했어."

"공도윤!"

말도 안 되는 방향으로 자신을 몰아붙이는 도윤을 향해 세원은 새된 소리를 질러버렸다.

그제야 도윤은 잠시 말을 멈추고 입을 다물었다. 세원은 분노와 억울함이 뒤섞인 표정으로 말했다.

"나 아니에요. 병원에서는 실장님 혼외자라는 거 말고는 아무것도 못 들었어요."

진심어린 말에 도윤의 마음이 흔들렸다. 지금 이 순간 누구보다도 세원을 믿고 싶은 건 바로 자신이었다. 꽈악. 입술을 깨물며 도윤은 생각했다. 만약 정말로 세원이 아니라면.

"검사실에서…."

세원은 잠시 말을 끊고 깊은 한숨을 내쉬었다.

"…실장님 뒷조사를 했어요. 거기서 본 거예요, 가계도. 내가 알려준 게 아니라."

홍 검사가 자신을 조사하는 것은 진작부터 알고 있었다. 하지만 그 정도 정보까지 손을 뻗칠 수가 있다고? 도윤은 쉽게 믿을 수 없었다.

이번에는 세원이 도윤을 재촉하듯 바라보았다.

"실장님 차례예요."

무슨 말이냐는 듯 내려다보는 도윤에게 세원은 떨리는 목소리로 물었다.

"나, 미행했어요?"

"아니요."

예상치 못한 대답이 뒤에서 날아들었다.

어느 새 커피를 사들고 돌아온 장 탐정이었다.

"제가 조사한 건 홍 검사 부부입니다. 거기에 홍세원 씨가 제 발로 걸어 들어온 거죠."

"아…."

장 탐정의 말을 들은 세원은 그제야 알 것 같다는 표정을 지었다.

"…실장님도 홍 검사를 뒷조사하고 있었던 거군요."

"어쩔 수 없었어."

도운은 차분하게 말했지만 세원의 귀엔 변명으로만 들렸다.

"결국 못 믿은 거죠? 나를."

목소리는 냉정했지만 세원의 눈빛은 아니라고 말해달라는 것 같기도 했다.

"…너도 못 믿잖아. 홍 검사."

"그래도 이건 달라요."

애매해진 분위기에 건물로 들어가지도, 대화에 끼어들지도 못한 채 장 탐정이 물었다.

"저 먼저 들어갈까요?"

세원에게서 시선을 떼지 않은 채 도운이 대답했다.

"아뇨, 같이 들어가죠."

그리고 도운은 다시 세원의 손목을 잡았다.

"다같이."

세원은 기다렸다는 듯 건물 안으로 들어섰다. 툭, 재빠른 세원의 움직임에 손목을 잡았던 도운의 손이 가볍게 떨어졌다. 세원의 뒷모습을 착잡하게 바라보다 도운도 장 탐정과 함께 건물로 들어섰다.

또 다시 긴 회의가 이어질 예정이었다.

***

이 자리에 앉은 사람 중 가장 가시방석인 사람은 자신일 거라고, 최 팀장은 생각했다. 세원이 회의실에 들어온 것도 놀라웠지만 아무렇지도 않게 앉혀두고 회의가 시작된 것이야말로 예상치 못한 일이었다.

'정말 이대로 진행하는 겁니까?'

차마 입 밖에 내지는 못하고 최 팀장은 눈빛으로 도운에게 물었다. 단번에 알아들은 도운은 진지한 표정으로 고개를 끄덕였다.

둘 사이에 오가던 눈빛을 캐치한 장 탐정이 입을 열었다.

"저는 반대입니다."

나머지 세 사람의 시선이 장 탐정에게 모여들었다. 장 탐정은 침착하게 브리핑 서류를 정리하며 말했다.

"저희 쪽의 정보와 향후 전략이 저쪽으로 넘어갈 수도 있습니다."

분명히 세원을 염두에 두고 하는 말이었다. 세원의 얼굴이 붉게 달아올랐다.

"아닙니다, 정말…."

답답해 미칠 것 같은 심경이었다. 하지만 아니라는 말 외에는 더 할 수 있는 말이 없어 세원은 더더욱 속이 터질 것 같았다.

"만약 정말로 그렇다면."

치고 들어온 것은 도운이었다.

"오히려 지켜보면 되겠네요. 오늘의 정보가 그쪽으로 흘러 들어가는지, 들어가지 않는지."

"…리스크가 큽니다."

장 탐정은 완강하게 대답했지만 도운은 지지 않았다.

"결정은 내가 합니다."

수사의 의뢰인은 도운이었으므로 장 탐정도 더는 할 말이 없었다.

이번에는 세원이 질문을 던졌다.

"그쪽은 누구신데요. 신원이 확실하다고 할 수 있나요?"

장 탐정을 향해서였다.

"아, 제 소개가 늦었네요. 죄송합니다."

장 탐정은 속주머니에서 명함을 꺼내 건넸다. 세원은 차분히 명함을 읽었다.

탐정이라. 언제부터였을까. 도운은 사람을 고용해 뒷조사를 했다. 세원은 실망과 의심을 거두지 못한 채 도운을 바라보았다.

"…이 사람은 어떻게 믿어요?"

장 탐정에 관한 질문이었지만 결국 세원에 대한 물음이었다.

왜 나는 못 믿고, 이 사람은 믿어요.

도운의 눈동자가 흔들렸다.

"일단 브리핑을 들어보시죠."

눈치껏 장 탐정이 먼저 입을 열었다.

"실장님 뜻대로, 전부 다 말씀드리겠습니다."

세원은 명함을 테이블 위에 올려두고 장 탐정에게로 시선을 돌렸다. 웃지 않는 세원의 옆얼굴은 낯설었다. 평소엔 보기 힘든 당찬 표정이 위에 떠올라 있었다.

"요약해서 말씀드리겠습니다."

오전에 어느 정도 보고를 마친 상태라 세원을 위해 꼭 필요한 정보만 전달할 작정이었다. 장 탐정은 붉은 자석을 들어 화이트보드 한가운데 붙였다.

"이 모 씨. 피해자입니다."

피해자라는 말에 세원의 미간이 살짝 찌푸려졌다.

"이 모 씨는 홍세원 씨 집에 대한 재개발 사업권을 구매했습니다. 프리미엄을 지급하고 계약권을 넘겨받은 겁니다."

"뭐라구요?"

예상치 못한 말이라 세원은 당황한 것 같았다.

"누구한테 그걸 구매해요?"

장 탐정은 조용히 반응을 살폈다. 도운과 최 팀장은 침묵하고 있었다. 대답할 사람은 자신뿐이었다.

"…홍 검사 부인한테요."

"말도 안 돼."

세원의 머리가 빠르게 돌아갔다. 새언니가 멋대로 찍어간 지장.

그리고 도운이 말한 위임장.

"하지만… 계약서는 저한테 있어요. 제대로 숨겨놨어요."

"그건 어차피 의미가 없습니다. 계약서에 찍힌 건 인감이고, 위임장에 찍힌 건 지장이니까요."

"그럼 이게 무슨…."

세원은 설명해달라는 듯 도운을 바라보았다. 도운은 불편한 심경으로 입을 열었다.

"그래서 이 모 씨가 피해자인 거야. 사기를 당한 거니까."

세원의 얼굴은 사색이 되었다. 선불리 인정하기 힘든 사실이었다.

"홍 검사 부인은 소유권자가 치매라서 위임장을 지장으로 대체했다고 둘러댔어요. 인감은 찾고 있는 중이라고요. 게다가 세원 씨가 방송에 나와 유명인이 되었으니, 피해자는 믿고 돈을 넣은 거죠."

순간적으로 현기증이 와서 세원은 눈을 감았다. 이야기를 듣고 나니 자신까지 한통속이라고 생각하는 것도 무리는 아닌 것 같았다.

"장 탐정이 잠복하다 꼬리를 잡았어. 사실 우리랑은 상관없는 일이야. 피해자만 돈을 잃은 거지, 계약은 문제없어."

듣던 중 다행이었지만 기뻐하긴 일렀다. 여태껏 조용히 듣고만 있던 최 팀장이 조심스레 입을 열었다.

"문제는… 저희 회사나 홍세원 씨한테 피해자가 보상을 청구할 수도 있습니다. 물론 법적으로는 그에 대해 책임이 없지만 이미지엔 큰 타격을 입을 수 있겠죠."

"법적으로 책임이 없다는 건 홍세원 씨한테는 해당되는 말이 아닙니다."

장 탐정이 날카롭게 틈을 파고들었다.

"무슨 뜻이죠?"

세원이 떨리는 목소리로 물었다. 장 탐정은 세원을 유심히 바라보며 대답했다.

"홍세원 씨가 그들과 같은 편이 아니라는 것을 증명하기 힘들 겁니다. 가족이니까요."

삐….

가족이라는 말에 세원의 머릿속에 이명이 울렸다. 지긋지긋한 그 말. 이렇게까지 발목을 잡을 줄은 몰랐다.

침착해야 해, 세원은 애써 자신을 타일렀지만 마음처럼 되지가 않았다. 이미 눈에는 눈물이 조금씩 차올랐다. 이럴 때 울면 안 되는데, 이럴 때 울면 지는 건데.

이를 악물고 버티는 세원은 곧 쓰러질 것처럼 휘청거렸다. 최 팀장은 걱정스러운 눈빛으로 도운을 보았고, 장 탐정은 지금 이런 행동들이 연기는 아닐지 냉정하게 지켜보았다.

도운은 흔들리는 마음을 다잡아야 했다. 세원이 정보를 발설했다 하더라도, 이런 사기극일 줄은 몰랐으리라 믿고 싶었다. 세원을 진정시키려 도운은 편안한 목소리로 물었다.

"어디까지 알고 있었지?"

세원을 도와주고 싶어 꺼낸 말이었지만 세원은 오히려 그 말에 확 정신이 드는 것 같았다.

'어쩜 이렇게 나를 몰라요'

세원의 표정은 진심으로 그렇게 말하고 있었다. 하지만 세원은 그 말을 입 밖으로 꺼내지는 않았다.

잠시 후에야 세원은 입술을 깨물며 말을 꺼냈다. 목소리에는 울음기가 섞여 있었다.

"…내가 알고 있었던 건, 새언니가 집에 왔다 갔다는 것. 엄마의 지장을 찍어갔다는 것. 이게 전부예요."

장 탐정은 미심쩍은 표정으로 세원의 말을 꼼꼼하게 메모했다.

"실장님한테 먼저 말 하려다 걱정할 것 같고 일이 커질 것 같아서… 직접 제가 건너간 거예요."

"홍 검사한테요?"

정확하게 기록하기 위해 장 탐정이 물었다. 세원은 장 탐정을 원망 섞인 눈빛으로 바라보며 고개를 끄덕였다.

"오빠한테 무슨 일인지 직접 알아보고 잘 해결하라고 했어요. 얼굴을 보고 말하진 못했어요. 왜냐면…."

세원은 테이블 위에 나뒹굴고 있던 자신의 사진을 집어 들었다.

"이 종이를 발견했기 때문에."

낯선 카페에 앉아 하염없이 공남그룹 가계도를 들여다보던 자신의 모습. 누구에게도 말 못 하고 혼자 엎드려 눈물을 삼켰는데 그게 이렇게 돌아오다니.

"검사실에 붙어 있었어요. 너무 놀라서 바로 뜯어 나왔어요. 홍 검사는 문건을 유출했다고 난리가 났고."

잠시 듣고 있던 장 탐정이 물었다.

"그걸 보고 왜 그렇게까지 놀라셨죠?"

당연히 나올 줄 알았던 질문이었다. 하지만 세원은 바로 대답하지 못했다. 세원은 조용히 입술을 깨물며 눈을 감았다.

도운이 결국 나섰다.

"그건 아마."

하지만 동시에 세원이 입을 열었다.

"실장님을 좋아하고 있었으니까."

애써 참고 있던 눈물이 세원의 볼 위로 주룩, 흘러내렸다.

뜻밖의 고백에 회의실은 조용해졌다. 더는 참지 못하고 세원은 자리에서 일어났다.

도운이 따라나서려 했지만 최 팀장이 말렸다. 장 탐정은 조용히 이들을 지켜보았다.

최악의 고백이었다.

퉁퉁 부은 눈은 잘 떠지지도 않았다. 회의실에서 도망쳐 나온 세원은 혼자 있고 싶은 마음에 정처 없이 걸었다. 걷고 또 걸었지만 갈 곳이 없었다. 집에선 촬영이 한창이었고 레지던스엔 엄마와 도연이 있었다.

그때 세원은 도운이 보여주었던 새 집을 떠올렸다. 미래에 대한 희망으로 가득했던 집.

기억을 더듬어 찾아온 집은 휑했다. 여전히 소박한 아름다움을

뽐내고 있었지만 절망적인 기분 때문인지 그저 어둡고 적적해 보였다.

다락방과 연결된 작은 옥상엔 도운이 가져다 두었던 캠핑용 의자가 그대로 놓여 있었다. 털썩, 의자에 앉은 세원은 쓰러지듯 머리를 기대고 누웠다. 참았던 눈물이 다시 흘러내리기 시작했다. 세찬 바람도 세원의 눈물을 날려 보내기엔 역부족이었다.

설움이 몰려들었다. 자신을 몰아붙이는 장 탐정의 눈은 매서웠다. 하지만 가장 견디기 힘든 것은 의심의 눈빛으로 자신을 바라보는 도운이었다. 아니, 그런 도운을 이해하는 자신이었다.

세원은 씁쓸하게 웃었다. 차라리 더 의심하고 더 밀어내주었으면 하는 마음이 들었다. 스스로 도운을 떠나기는 너무 힘들 테니까.

천천히 눈을 감고 세원은 심호흡을 했다. 생각보다 너무 빨랐지만… 달콤했던 시간들과 이별해야 할 때인 것 같았다.

"여보세요."

"드디어 받네. 어디야."

계속 외면하던 도운의 전화였다.

목소리를 들으니 다시 설움이 솟구쳤지만 세원은 꾹 참았다. 애써 담담한 목소리로 물었다.

"피해 금액, 얼마예요? 내가 갚을게요."

"그걸 왜 홍세원이 갚아. 어딘지나 말해."

"어차피 내가 책임지게 될 거라면서요."

"홍세원."

도운의 목소리가 좀 더 단호해졌다. 하지만 세원도 굽히지 않았다.

"얼만지 알려주면 어딘지 말 할게요."

핸드폰 너머로 한숨 섞인 호흡이 들려왔다. 그래도 세원은 침착하게 기다렸다.

결국 도운이 다시 입을 열었다.

"내가 누구인지 미리 말 못해서 미안해. 굳이… 말해야 하는 사실인 줄 몰랐어."

예상치 못한 사과였다. 세원은 굳은 얼굴로 입술을 깨물었다. 도운이 평범한 회사원이라고 생각한 것은 사실 자신의 착각이었다. 세원의 세계에 재벌 그룹의 후계자 같은 사람은 있어 본 적이 없었으니까.

마찬가지로 도운도 그 사실을 애써 밝혀야 하는 사람과 관계를 맺어본 적이 없었을 것이다. 도운이 만나왔던 사람들 또한 어느 그룹의 딸이거나 어느 기업의 아들이었을 테니까.

"…."

간신히 울음을 삼켜낸 세원은 깊게 숨을 내쉬고는 다시 마음을 다잡았다.

"얼만지 말해줘요. 어떻게든 갚을게요."

앵무새처럼 같은 말만 반복하는 세원이 답답해 미쳐버릴 것 같았지만 대답하지 않을 도리가 없었다. 결국 도운은 입을 열었다.

"오천만 원."

드디어 얻어낸 대답. 그러나 예상치 못한 금액에 세원은 몸을 일으켜 앉았다. 적지 않은 액수였지만, 세원의 생각보다는 적었던 것이다.

"왜…."

납득할 수 없다는 듯 세원이 말했다.

"왜죠…? 그 정도 돈이 없을 리 없잖아요."

아무리 돈이라는 게 많으면 많을수록 좋다 해도 쉽게 이해가 가지 않았다. 홍지원은 검사인 데다 새언니는 남부러울 것 없는 집안의 딸이었다. 두 사람은 고급 아파트에 살고, 외제차를 몰고, 해외여행도 자주 나갔다. 그런데 오천만 원을 위해 위험을 무릅쓰고 사기를 쳤다고?

"만나서 얘기해."

이제 세원이 어디인지 말할 차례였지만 세원은 차마 입이 떨어지지 않았다.

세원은 눈을 감고 핸드폰을 귀에서 떼었다.

쏴아아아, 파도 소리만이 세원의 귀를 가득 채웠다. 도운이 보고 싶으면서도 보고 싶지 않았다. 갈 곳을 모른 채 떠도는 마음이 파도소리와 함께 너울쳤다.

그때, 파도 소리 틈으로 불협화음이 끼어들었다. 누군가 계단을 오르는 소리, 다락방을 건너오는 소리, 그리고 벌컥. 문을 여는 소리.

설마, 하면서도 떨리는 마음으로 세원은 돌아보았다. 마음속에 기대가 있었나 보다. 그를 보자마자 다 흘린 줄 알았던 눈물이 다시 쏟아져 내렸다.

"찾았다, 홍세원."

도운은 천천히 문을 닫고 말했다.

"…이리 와."

세원은 꽈악, 의자의 손잡이를 붙잡았다. 저도 모르게 벌떡 일어나 도운의 품으로 달려갈 뻔했기 때문이다.

도운은 침착하게 그 모습을 보고 있었다. 평소엔 순한 것 같아도 독하고 고집 센 구석이 있는 여자였다. 그렇기에 더 자존심이 상했을 것이다.

너무 힘을 주어 부들부들 떨리는 세원의 손을 바라보며, 도운은 천천히 입을 열었다.

"오천만 원은 걱정 안 해도 돼."

또 무슨 일이냐는 눈빛으로 세원이 올려다보았다. 걱정과 안도가 섞여 있었다.

"왜…?"

도운이 그 돈을 대신 해결해준 것만은 아니길 바라며 세원이 혼잣말처럼 반문했다.

도운은 깊은 숨부터 내쉬었다. 이제껏 세원을 몰아붙인 것에 대한 미안함과 허무함 때문이었다.

세원이 떠난 후, 사무실에는 정적만 흘렀다.

동시에 울리는 핸드폰 소리로 사무실이 시끄러워진 건 그로부터 이삼십 분은 족히 흐른 후였다. 장 탐정과 도운의 핸드폰이 거의 시차를 두지 않고 울렸다. 또 일이 생겼다는 예감이 강하게 세 사람을 스쳐갔다. 장 탐정이 먼저 발신자를 체크하고 말했다.

"피해자입니다."

도운도 핸드폰을 꺼내 전화를 건 사람의 이름을 읽었다.

"…홍 검사군요."

"…."

최 팀장이 의미심장한 표정으로 두 사람을 번갈아보았다. 도운은 고개를 끄덕여보이고는 사무실 밖으로 나갔다. 사무실에 남은 최 팀장은 초조한 심정으로 장 탐정의 통화 내용에 귀를 세웠다.

"네, 네… 알겠습니다."

장 탐정은 별다른 말없이 금방 전화를 끊었다.

"돈을 돌려받았답니다."

"아…."

다소 허무한 해결이었다.

"다행이네요."

"하지만 찜찜하군요."

장 탐정의 의견에 최 팀장도 십분 동의하는 바였다.

잠시 후 통화를 마친 도운이 사무실 안으로 들어오며 물었다.

"홍 검사가 해결했다는데, 사실입니까?"

장 탐정은 고개를 끄덕였다. 최 팀장도 이의가 없다는 표정이었다. 도운은 여러 생각이 스치는 얼굴로 사무실을 서성였다.

"역시 홍세원이네요."

도운을 멈춰 세운 것은 장 탐정의 말이었다.

"홍세원 씨가 나가자마자 연락을 취하고, 먹히지 않을 것 같으니까 홍 검사는 발을 빼고. 타이밍이 딱 맞아떨어집니다."

하지만 도운은 눈을 가늘게 뜨며 장 탐정을 바라보았다.

“만약 그렇다고 한다면 더욱 타이밍을 두고 발을 뺐을 겁니다. 지금 탐정님이 눈치 채신 것처럼 너무 수가 읽히는 방법이니까요. 오히려 저는….”

소파로 돌아가 편안하게 앉으며 도운은 말을 이었다.

“이게 홍세원이 한 패가 아니라는 증거라고 생각합니다.”

“왜죠?”

장 탐정처럼 세원도 물었다. 자신이 결백하다는 데도 이유를 묻는 세원을 보며 도운은 참 그녀답다는 생각을 했다.

도운은 의자 하나를 더 끌어다 펼쳤다. 앉고 나니 무릎이 닿을 것 같을 정도로 가까운 거리라 세원은 살짝 몸을 움츠렸다.

“내 유일한 약점이 홍세원이니까.”

세원의 눈을 아주 가까이서 들여다보며 도운은 말했다.

“그래서 정말로 홍세원이 한 패라면 난감했을 거야. 홍 검사에게 휘둘릴 수밖에 없는 상황이었거든.”

“실장님이요?”

세원은 자신도 모르게 실소를 흘렸다.

“절대 안 그랬을 걸요.”

건물 앞에서 냉담하게 묻던 도운이 떠올랐던 것이다.

도운은 세원의 반응이 무리는 아니라고 생각했다. 그래서 덤덤하게 말을 이어 나갔다.

“그런데 홍 검사가 알아서 문제를 해결하고, 직접 보고까지 해왔어. 홍 검사가 아직 내 약점을 모른다는 뜻이지. 내가 쥐고 있는 홍 검사의 약점은 여전히 유효하고."

잘 이해가 안 간다는 듯 세원은 한쪽 눈썹을 올렸다. 생각을 곱씹던 세원의 머릿속에 지난 사건이 스쳐 지나갔다.

홍지원이 재개발과 관련해 계약 무효 소송을 걸겠다고 했을 때였다. 도운은 자신이 해결하는 것은 문제가 없지만 홍 검사가 다칠 수도 있다고 했다. 그리고 다음 날, 홍지원은 바로 꼬리를 내렸다. 연달아 세원은 지원의 경고도 떠올렸다. 홍 검사가 도운을 뒷조사한 이유.

'보통이 아닌 놈이라서.'

세원은 도운을 바라보며 말했다.

"정말 엄청난 약점을 쥐고 있나 보네요."

도운은 어깨를 으쓱 해보이며 뒤로 기대앉았다. 그게 뭔지는 가르쳐주지 않겠다는 무언의 제스처였다.

"장 탐정은 모르는 일이야. 나랑 최 팀장 그리고 홍 검사만 알지."

도운을 빤히 바라보던 세원이 입을 열었다.

"그래서 이제 내가 결백한 걸 믿는다구요?"

"처음부터 믿었어. 다만…"

"거짓말."

도운의 말은 세원의 단호한 목소리에 가로막혔다. 세원은 설움과 분노가 섞인 눈빛으로 도운을 보았다.

"…완전히 다른 방향으로 다시 조사할 거야."

상무 진급 얘기에 도운이 필요 이상으로 흥분한 건 사실이었다.

해명을 하고 싶었지만 이번에도 세원은 끝까지 듣지 않았다.

"아까 하던 말이나 마저 해봐요."

단호한 세원의 태도에 도운은 반듯하게 자세를 고쳐 앉으며 물었다.

"무슨 말이었지?"

"새언니. 오천만 원을 위해 사기를 칠 이유가 있냐구요."

도운은 난감한 표정이 되었다. 어차피 세원을 믿는다면 전부 다 말해야 했다. 다만 도운은 세원이 또 스트레스를 받을까 봐 그게 걱정이었다.

"아직 우리도 전부 다 파악한 건 아니야."

"알겠으니까 얘기해 봐요."

결국 도운은 입을 열었다.

"홍 검사 부부, 지금 폭탄 돌리기 상태야."

"…폭탄 돌리기?"

알아듣지 못할 말에 세원이 되물었다.

"아파트는 월세가 세 달이나 밀렸고, 외제 차 할부금도 연체 상태. 생활비를 안 준 게 아니라 못 준 거였어."

세원은 진심으로 큰 충격을 받은 표정이었다.

"말도 안 돼. 아파트는… 친정 부모님이 해주신 거라고 했는데 그게 월세라구요?"

난처한 표정으로 도운은 고개를 끄덕였다.

"계약서 사본을 확인해봤는데 처음 입주할 때부터 월세 계약이었어."

눈물도, 탄식도 나오지 않았다. 세원은 천천히 의자 뒤로 허리를 기댔다.

예상보다 놀란 반응에 당황한 건 도운도 마찬가지였다. 아직 도운이 파악하지 못한 사연이 더 있는 것 같았다. 하지만 지금 묻기엔 좋은 타이밍이 아닌 것 같아 도운은 가만 손을 내밀었다. 도운의 손은 촉촉하고 따뜻했다. 그 촉감이 전원이라도 넣은 것처럼, 점차 세원의 눈에 초점이 돌아왔다.

"괜찮아?"

오늘 도운이 처음으로 던진, 세원을 걱정하는 말이었다. 그 말이 반가우면서도 원망스러웠지만 세원은 아무 대답도 할 수 없었다. 그저 이 모든 것이 꿈이었으면 했다. 세원은 이마에 손을 짚은 채 잠시 눈을 감았다.

도운의 손에 힘이 들어왔다. 꽉 잡은 손을 통해 도운의 심장 박동이 느껴졌다. 그 감각을 따스하게 느끼던 세원이 말했다.

"내가 말했어요."

"…?"

"홍 검사한테 내가 말한 거예요, 실장님 승진한다고."

이번에는 자신이 정보를 흘렸다고 주장했다.

"홍세원."

그게 거짓말임을 뻔히 알기에 도운은 힘주어 세원의 이름을 불렀다. 하지만 세원은 아랑곳하지 않았다.

"그러니까 나, 멀리 둬요. 가까이 있어서 좋을 거 없어요."

가만히 듣던 도운은 다정하게 물었다.

"화 많이 났어?"

"그게 아니라,"

세원의 목소리가 커졌다.

'내가 뭐라고 나한테 이래. 기회를 줄 때 도망가요.'

하지만 정말 해야 할 말은 입 밖으로 나오지 않았다. 오히려 도망가지 말라는 듯 도운의 손을 마주 꽉 잡았다.

흔들리는 세원의 눈빛과 달리 도운은 세원을 똑바로 바라보았다.

"…여기 어떻게 왔어."

다소 뜬금없는 말을 꺼냈다.

세원은 시선을 떨구었다. 그러고 보니 이대로 돌아서면 이 집은 어떻게 되는 걸까.

"그냥… 기억을 더듬어서 왔어요."

세원의 마음이 다시 무거워졌다. 도운 없이 혼자 엄마를 건사하고 홍 검사 부부를 버텨낼 수 있을까. 이제는 불가능할 것만 같았다.

"아니, 그거 말고. 비밀번호."

입에서 나온 비밀번호라는 단어에 세원의 심장이 뛰기 시작했다. 벌떡, 자리에서 일어나며 세원이 말했다.

"그동안 고마웠어요. 비밀번호는, 아무거나 눌러봤는데 열렸어요. 그럼…."

어정쩡하게 목례를 하고 뛰쳐나가듯 문 쪽을 향했다.

"거짓말."

세원은 자신도 모르게 발걸음을 멈추고 섰다.

도운은 천천히 자리에서 일어나더니 세원을 가로질러 문 앞에 가서 섰다. 듬직한 도운의 몸이 세원이 나갈 수 없도록 문을 가로막았다.

도어락 앞에서 세원이 당황했던 건 사실이었다. 당연한 건데도 문이 잠겨 있을 거란 생각은 하지 못했다. 발길을 돌리기 전에 세원은 혹시나 하고 몇 개의 번호 조합을 눌러보았다. 도운의 핸드폰 번호와 차 번호. 전혀 아니었다. 날짜 쪽으로 생각을 바꿔보았지만 도운의 생일은 알지도 못했다. 마지막 희망을 걸고 자신의 생일을 입력해보았지만 그 역시 아니었다.

피식, 웃음이 나왔다. 애초에 그런 것이 비밀번호일 거라고 기대한 자신이 우스웠다. 더는 입력할 수 있는 번호 조합이 떠오르지 않아 포기하려 할 때, 세원은 생각했다.

'나라면 어떤 번호를 할까.'

도어락을 만지작거리며 세원은 날짜 하나를 떠올렸다. 그리고 괜히 그 번호를 순서대로 눌렀다.

삐리릭. 문이 열렸다.

우연의 일치라고 생각했다. 도운이 이런 사소한 날짜를 기억할 리 없다고. 그런데 지금 그가 비밀번호를 어떻게 알았는지 묻고 있는 것이다.

세원은 고민했다. 말을 했다가 비웃음을 사거나 동정을 받을 수도 있다는 생각이 들었다. 하지만 끼워 맞출 수 있는 날짜가 떠오르지 않았다.

세원은 살짝 돌려 말하기로 결심했다.

"…서울을 떠나 온 날이에요. 혹시나 하고 입력해봤는데 문이 열렸어요."

어물쩍 넘어가려는 대답이었지만 도운은 씩 웃었다.

"이제 보내줘요, 가서 일해요."

갑자기 일하라는 말은 왜 나오는 것인지, 이상한 맥락이라고 생각하면서도 세원은 말을 멈출 수가 없었다. 어쨌든 빨리 이 자리를 떠나고 싶었다. 이제 울음도 말라붙었으니 집에 가서 한 숨 푹 자고 싶었다.

"그날 우리 처음 만난 날이잖아."

예상치 못한 말이었다. 세원은 그대로 서서 도운을 바라보았다.

"…기억하고 있었잖아, 너도."

덤덤한 목소리로 한마디를 더 보태는 도운이었다.

둘 사이로 처음 만난 그날처럼 세차게 바람이 불었다. 세원의 옷자락이 바람을 못 이겨 팔락거렸다. 도운의 머리칼도 부드럽게 헝클어졌다. 아까 전 문을 열고 옥상에 들어왔을 때와 마찬가지로 문에 기대어 선 채, 도운은 다시 한 번 말했다.

"이리 와."

이번에는 세게 잡을 손잡이가 없었다. 주먹을 꽉 쥐고 버티던 세원은 잠시 후 고개를 들었다. 도운은 그 자리에 그대로 서 있었다.

세원은 한 걸음, 한 걸음 천천히 다가갔다. 마치 문을 향해 그대로 나가버릴 것처럼. 하지만 문 앞에는 도운이 서 있었고, 그래서 세원은 그의 품에 그대로 얼굴을 묻어버렸다. 내내 쌓여 있던 긴장과 설움이 이제야 조금 가라앉는 것 같았다.

도운은 팔을 들어 따스하게 세원의 어깨를 감싸주었다.

"미안해."

작게 속삭이는 도운의 말이 바람결에 흩어졌다.

7
두 가지 가능성

"…배고파."

잠자코 세원을 끌어안은 채 서 있던 도운이 말했다. 점심을 완전히 거른 탓에 긴장이 풀리니 허기가 몰려왔다. 점심을 먹는 둥 마는 둥 한 세원도 배가 고픈 건 마찬가지였다.

세원은 도운의 품에서 살짝 떨어져 그를 올려다보았다.

"라면… 먹고 갈래요?"

찬장에서 본 라면이 생각난 터였다.

장난기 어린 세원의 말에 도운은 다시 그녀를 꽉 껴안았다.

"화 풀렸나 보네."

이제야 진정 안심이 되는 기분이었다.

세원도 도운의 허리를 마주 안으며 말했다.

"화난 적 없어요."

도운의 얼굴에 미소가 피어올랐다. 고개를 숙여 세원의 이마에 쪽, 입술을 맞추었다.

잠시 후 두 사람은 식탁에 마주앉았다.

마당에서 뜯은 파를 넣어 끓인 라면을 도운은 진수성찬처럼 감탄하며 먹었다.

그도 그럴 것이 도운에게 라면은 엄청난 별미요리였다. 도운의 어린 시절, 라면은 금기 음식이었기 때문이다.

창밖으로는 해가 지기 시작한 바다가 보이고 선선한 바람이 불어왔다. 더할 나위 없이 소소하게 행복한 저녁이었다.

"더 먹어, 다 불겠다."

세원이 한참 동안 흐뭇한 표정으로 도운을 바라만 보자 도운이 재촉하듯 말했다.

그제야 세원도 젓가락을 들어 라면 가락을 호로록 입에 넣었다. 불과 몇 시간 전만 해도 이별을 각오하고 있었는데 이러고 있어도 되는 걸까.

다시 찾아온 평온을 불안하게 여기며 세원은 천천히 면발을 씹었다.

세원의 심란한 마음을 눈치 챘는지 도운이 말을 꺼냈다.

"두 가지 가능성이 있어."

오물오물 라면을 먹던 세원이 도운을 보았다.

"우리는 당연히 홍 검사가 와이프와 함께 저지른 일이라고 생각했어."

다시 시작된 홍 검사 이야기에 세원의 얼굴이 어두워졌다.

그래도 도운은 멈추지 않고 말을 이어 나갔다.

"그런데 홍 검사가 나한테 이상한 얘기를 하더라고."

"무슨…?"

도운은 세원의 앞 접시를 집어와 라면을 좀 더 덜어주었다.

"다 먹으면 얘기해줄게."

정말이지 자신을 너무나 잘 아는 도운이었다.

잠시 후 세원이 깨끗하게 그릇을 비우고 나서야 도운은 다시 말을 꺼냈다.

"어머니가 손수 집을 넘겨주셨다."

"네?"

세원은 토끼눈을 떴다.

"다만, 치매 때문에 지장을 찍어주셨다."

"그게 무슨…."

"문제될 게 없을 줄 알고 지인에게 좋은 투자처라고 소개했다."

어이가 없어 세원은 말을 이을 수조차 없었다.

"…일단 홍 검사의 설명은 그래. 와이프의 해명이겠지."

"말도 안 돼요."

잠시 동안 생각을 정리한 세원이 입을 열었다.

"첫째, 새언니는 도연이한테 주민 센터 직원이라고 거짓말을 했어요."

도운은 의자 뒤로 기대앉으며 세원을 지켜보았다.

"둘째, 엄마가 그랬을 리 없어요."

세원은 집을 팔아 대학에 가라고 했던 엄마의 말을 떠올렸다.

"셋째, 만에 하나 새언니 말이 다 사실이라 해도 우리 집을 멋대로 처분할 권리는 없어요."

"만약 다 사실이라면 그럴 권리는 있지. 집주인이 된 거니까."

"법적 권리 말구요, 사람 대 사람으로서."

지나칠 만큼 순진한 말에 도운은 순간 할 말을 잊었다. 세상엔 그런 것이 통하지 않는 사람이 훨씬 더 많았다. 하지만 세원은 아직 인간에 대한 기본적인 신뢰를 가지고 있는 것 같았다.

'그게 홍세원의 매력이긴 하지.'

도운은 입 밖으로 나오려던 반대 논리를 꾹 누르고 말을 돌렸다.

"문제는 홍 검사가 어디까지 알고 있느냐는 거야."

"…."

다시 대화의 주제가 새언니에서 홍 검사로 바뀌자 세원의 표정이 어두워졌다. 그래도 혈육이기에, 아직까지도 엄마가 목숨처럼 아끼는 아들이기에 새언니보다는 훨씬 더 신경 쓰이는 게 사실이었다.

"아까 두 가지 가능성이 있다고 했지."

그러고 보니 그 말을 하다 끊겼다.

"첫 번째 가능성은 홍 검사가 모든 걸 알고 있고, 둘은 완벽하게 한 패라는 것."

"두 번째 가능성은… 홍지원은 모르고 있고, 새언니의 단독범행이다?"

도운이 하려는 말을 세원이 완성했다. 정확하게 맞추었다는 뜻으로 도운은 어깨를 으쓱해 보였다.

세원은 얼떨결에 말을 던졌을 뿐 정말 그 말일 줄 몰랐기에 당황한 표정을 지었다.

"말이 돼요?"

"되기도 하고 안 되기도 해. 그래서 두 가지 가능성이라고 한 거야."

이번엔 도운의 말이 한 번에 캐치되지가 않았다.

곰곰이 머리를 굴리는 세원에게 도운이 질문을 던졌다.

"홍세원이 말해봐. 홍 검사가 와이프에 대해 잘 모르고 있을 가능성이 얼마나 되지?"

"어떤…."

"이를테면, 평소 둔한 성격인지. 경제권을 와이프에게 다 넘겼는지. 와이프가 엄청난 빚을 지고 있는 걸 알았을 때 어떻게 행동할 사람인지."

야망이 큰 만큼 철저한 사람. 그게 지원이었다.

지원이 새언니와 결혼한 건, 그것도 로스쿨을 졸업하자마자 결혼을 서두른 건, 사실 새언니의 재력 때문이었다. 지긋지긋한 가난에서 벗어나 사교계의 신데렐라가 되기 위해서는 검사라는 직함만으로 부족했다. 그런 홍지원이 새언니의 빚에 대해 알았다면.

쉽게 정리가 되지 않아 세원은 벌떡 일어나 다이닝 룸을 서성였다.

"잘 모르겠어요."

아무리 친오빠라도 생경하게 지내온 데다 결혼 이후로는 거의 왕래가 없어 가늠하기 어려웠다.

"둔한 성격은 아니에요. 경제권도 전부 넘겼을 리 없어요. 다만 변수는…."

서성거리다 말고 세원은 도운을 보았다.

"새언니를 너무나도 사랑하게 되었다면…?"

홍 검사와는 어울리지 않는 가정이었기에 도운의 눈썹 한쪽이 비죽 올라갔다. 이것은 뭐랄까, 그저 홍세원다운 대답이었다.

도운은 자리에서 일어나 세원에게 다가갔다. 해가 지면서 온도가 낮아졌다.

세원의 어깨를 감싸며 도운은 말했다.

"그 가능성은 가장 낮다고 봐."

"그래도…."

사람의 감정이란 예측할 수 없는 것이기에 세원은 그렇게 속단할 수는 없다고 생각했다. 지금의 자신처럼. 하지만 그 말을 입 밖으로 꺼내지는 않았다.

도운은 세원을 거실로 데려가 부드럽게 소파에 앉히며 말을 이어갔다.

"어쨌든 그쪽을 좀 더 조사해볼 거야."

"만약에… 만약에 홍지원이 전혀 모르고 있다면, 그럼 홍지원도 피해자인 거잖아요. 그렇죠?"

동의를 구하는 표정이었지만 도운은 선불리 고개를 끄덕일 수 없었다. 피해자라는 말이 정확히 무엇을 뜻하는지 파악이 되지 않았던 것이다.

도운이 그저 눈을 지그시 뜨고 바라보자 세원은 찔리는 게 있는 것처럼 시선을 떨구었다.

"사실…."

세원은 입술을 깨물었다. 멈춰버린 말은 쉽게 이어지지 않았다.

"뭐지?"

중요한 말이 나올 것 같아 도운은 설득에 나섰다.

"말해봐, 홍세원. 말을 안 해서 우리 이렇게까지 온 거잖아. 서로 솔직해지자."

그 말이 세원을 움직였는지 세원은 짧은 한숨 끝에 조심스레 입을 열었다.

"결혼할 때 엄마랑 내가 전 재산을 털어줬어요. 언니가 집을 해 왔으니까."

갑작스러운 말이었다. 도운은 냉철한 얼굴로 귀를 기울였다.

"…그래봤자 내가 준 건 몇 백만 원밖에 안 되긴 해요. 서울 가려고 틈틈이 모았던 돈이랑 몇 달 치 월급 정도."

"어머니는?"

고개를 가로젓는 세원이었다.

"엄마가 얼마 줬는지는 몰라요. 어쨌든 홍지원은 자기가 검사인 덕분에 맨 몸으로 장가가는 거라고 큰소리 쳤는데, 근데 그 집이 월세면 그게 아니잖아요…?"

애초에 사랑보다는 수지타산이 얽혀 있는 결혼이었다. 골치가 아팠지만 구색이라도 맞춰야 한다는 말에 홍지원을 대신해 엄마와 세원이 희생한 것이다.

그런데 이제 와서 그게 다 거짓말이었다니.

"…퇴직금."

세원의 말을 듣고 잠시 뭔가를 생각하던 도운이 던진 말이었다.

그 말에 세원의 얼굴이 창백해졌다.

"퇴직금은 누구 줬어?"

대답 대신 세원은 다시 입술을 깨물었다. 시선을 떨구고 손가락을 만지작거리는 게 상당히 불안해 보였다.

도운은 절대 보이스 피싱은 아니라고 직감했다. 도운은 세원의 손을 끌어다 잡았다.

"괜찮으니까 말해봐."

도망갈 곳이 없었다.

"서로 솔직해지기로 한 거죠?"

도운은 조용히 고개를 끄덕였다.

세원이 도운의 손을 꼭 부여잡으며 말했다.

"실장님이 먼저 말해봐요. 아직 유효하다고 했던 홍지원 약점, 뭐예요?"

질문이 돌아올 줄 몰랐기에 도운은 눈을 가늘게 떴다. 말하는 게 나을지 하지 않는 게 나을지 고민하는 도운에게 세원이 한마디를 더 던졌다.

"그걸 알아야 내가 말할 수 있어요."

세원의 눈동자에는 흔들림이 없었다.

'홍 검사의 약점을 알고 있는 사람에게 돈을 넘겼나?'

도운은 머릿속에 스쳐가는 생각을 잘 잡아두려고 노력하면서 천천히 입을 열었다.

"떡값."

"…?"

"홍 검사 약점. 공남그룹한테 받은 떡값이야."

"아…."

탄식인지 체념인지 모를 소리가 세원의 입에서 흘러 나왔다.

책에서만 읽은 적이 있는 개념이었다. 뉴스에조차 잘 등장하지 않는 떡값이라는 말은, 대기업이 검사들을 손아귀에 넣기 위해 보너스처럼 지급하는 돈이었다. 홍지원도 그런 떡값을 받아먹는 흔해빠진 썩은 검사 중 하나라고 생각하니 세원은 부끄러운 기분이 들었다.

"떡값 받은 사람 리스트가 우리 그룹의 무기야. 내가 거기에 닿을 줄은 몰랐겠지. 아마 그래서 홍 검사가 내 뒷조사를 했을 거야."

듣고 보니 이해가 될 것 같았다. 세원에게 던진 홍지원의 경고도 그런 차원의 이야기였을 것이다.

"이제 홍세원 차례. 퇴직금 누구한테 넘겼어?"

도윤이 순순히 대답을 해주었기에 세원도 입을 열지 않을 수 없었다.

"전부 다…."

계좌에 흔적조차 남기지 않고 넘긴 돈이었다. 세원은 눈을 꼭 감고 말했다.

"새언니한테요."

***

해가 지자 바깥엔 비가 내리기 시작했다. 예상치 못한 봄비는 집 안에 냉랭한 습기를 만들어냈다.

따뜻한 차를 끓여 거실로 왔을 때 세원은 이미 소파에서 잠이 들어 있었다.

"…."

도운은 조용히 찻잔을 테이블 위에 놓아두고 스툴에 앉아 세원의 얼굴을 들여다보았다. 작은 얼굴에 고단함이 묻어 있었다.

'의심하는 것보다 의심받는 것이 더 힘들었겠지.'

그런 생각을 하니 미안한 마음이 들어 도운은 세원의 머리카락을 쓸어주었다.

문득 거실 구석에 놓아둔 작은 담요가 생각났다.

담요를 가져와 슬그머니 덮어주자 그 기척에 세원이 잠꼬대처럼 말했다.

"지금 몇 시예요…?"

"좀 더 자."

세원은 조금 편해진 얼굴로 돌아누웠다.

아기새처럼 다시 잠에 빠져 든 세원의 얼굴을 물끄러미 보며 도운은 찻잔을 집어 들었다.

온기가 도는 차를 한 모금 삼키니 온몸에 긴장이 풀렸다.

세원은 순한 구석이 있어도 맹하거나 자기 앞가림을 못하는 사람은 아니었다. 적어도 도운이 파악한 세원은 그랬다. 하지만 퇴직금을 전부 다 새언니에게 넘겼다니.

비 오는 창밖을 내다보며 좀 전의 대화를 떠올렸다.

"문제가 생겼다고 했어요, 검사직을 박탈당할 수도 있다고…."

새언니는 홍 검사를 지키기 위해 돈이 필요하다고 했다. 도움 요청을 가장한, 일종의 협박에 세원이 넘어간 것이다.

새언니는 자신이 어떻게든 무마해보겠다고 세원을 설득하면서 몇 천만 원의 돈을 요구한 모양이었다. 아무리 성실하게 회사 생활을 했던 세원이라도 그 정도의 목돈은 없었기에 사표를 낸 것이다.

"차라리 중간 정산을 받지 그랬어?"

이미 지난 일이었지만 답답한 마음에 도운이 던진 말이었다. 그러나 세원은 조용히 고개를 가로저었다.

"…사정을 설명하기도 어려웠고, 아쉬운 소리를 하고 싶지도 않았어요."

자존심이 센 세원의 성격을 고려하면 당연한 결정이었다.

새언니는 입단속도 철저히 시킨 모양이었다. 결국 복잡한 상황과 감정이 얽힌 선택이었다.

그런 세원에게 홍 검사는 고향에 내려와 엄마를 보살피라고 닦달했던 것이다.

남은 차를 마저 마시며 도운은 생각을 정리했다.

일단 홍 검사의 '문제'가 거짓말이었다면 모든 것은 와이프의 독단적 행동일 테고, 사실이라면 둘은 한패일 것이다. 알아볼 것들이 어느 정도 정리되면서 도운은 오히려 머리가 맑아지는 기분이 들었다.

"말해줘서 고마워."

잠든 세원을 향해 도운은 작은 소리로 말했다.

세원이 들었을 리는 없지만 도운은 한결 가벼워진 마음으로 핸드폰을 꺼내 들었다.

"네, 실장님."

최 팀장은 기다렸다는 듯 바로 전화를 받았다.

행여나 세원이 깰까봐 도운은 조심조심 안방으로 들어가 문을 닫았다.

"홍세원 퇴직금, 기억 나?"

"네, 물론입니다."

"누구한테 넘겨준 건지 알아냈어."

전화기 너머 최 팀장은 대답을 기다리는지 말이 없었다.

"홍 검사 와이프야."

최 팀장은 그 말에 장 탐정을 바라보지 않을 수 없었다.

장 탐정은 남은 국밥을 입에 털어 넣고 있었다. 통화 내용은 전혀 들리지 않았지만 최 팀장의 표정만 봐도 흥미로운 사실이 밝혀졌다는 걸 알 수 있었다.

"그러니까 홍세원은 결백해. 거기서부터 다시 시작이야."

최 팀장은 숟가락을 놓고 품안에서 수첩을 꺼내 들었다. 최 팀장의 예상대로 도운은 조사해야할 것들을 쏟아냈다.

"일단 장 탐정이 알아봐야 할 것들. 전에 김 할머니가 했던 말인데, 강 여사 노령연금에 며느리가 손을 대려고 했다고 했어."

최 팀장의 손이 바쁘게 움직였다.

"하나 더. 상무 승진 얘기가 어디서 흘러나갔는지 완전히 처음부터 다시 조사해야 돼."

장 탐정이 순순히 세원을 배제할지는 의문이었다. 장 탐정은 아직도 세원을 향한 의구심을 거두지 않고 있었다.

“그리고 지금부터 얘기하는 건 장 탐정 모르게 혼자 조사해.”

예상치 못한 말에 어색하게 움찔해버린 최 팀장은 장 탐정을 의식해 수첩을 덮고는 최대한 자연스러운 표정을 지으려고 노력했다.

장 탐정은 수상하다는 걸 눈치 챘지만 별다른 말은 하지 않았다. 어차피 자신은 주어진 것만 조사하면 되었다.

자리에서 일어난 최 팀장은 커피 자판기로 향했다. 조금 거리가 떨어지자 그제야 안심하며 말했다.

“말씀하십시오.”

기다렸다는 듯 도운의 답변이 돌아왔다.

“홍 검사가 맡은 사건 중에서, 잘못 수사되거나 문제가 있었던 사건이 있었는지를 알아봐야 돼.”

다소 애매한 지시라 최 팀장의 미간이 살짝 찌푸려졌다. 장 탐정도 모르게 진행해야 하는데 자신이 그런 영역까지 조사할 수 있을 지 의문이었다.

그때 도운이 한마디를 더 던졌다.

“홍 검사 와이프가 홍세원한테 받은 돈을 누구한테 줬는지 알아봐. 그렇게 조사해 들어가자고.”

그 정도라면 어떻게든 할 수 있을 것 같았다. 최 팀장은 고개를 끄덕이고 이내 전화를 끊었다.

통화를 마친 도운은 세원에게 돌아가기 위해 안방 문으로 다가섰다.

문을 열기도 전에 덜거덕, 손잡이가 먼저 움직였다. 조용히 문이 열리자 세원이 서 있었다.

"깼어?"

도운의 말이 끝나기도 전에 세원이 달려와 도운의 품에 안겼다. 두려움에 젖은 눈빛이었다.

"…가버린 줄 알았어요."

도운은 세원을 마주 안았다.

세원의 머리칼이 젖어 있었다. 주춤하는 도운의 손길을 느낀 세원이 먼저 말을 꺼냈다.

"차가 아직 있는지 확인했어요."

비가 오는 마당을 뛰어 나갔던 모양이었다.

도운은 놀라 세원을 품에서 떼어내고 어깨를 잡았다.

"내가 왜 가."

안심시키려 한 말이었지만 세원은 더 슬픈 표정을 지었다.

이게 아닌데, 싶어 당황한 도운은 말을 돌렸다.

"감기 걸리겠다."

세원이 이러는 것도 무리는 아니었다. 세원을 의심한 자신의 탓이었다.

"일단 따뜻한 물로 씻어."

"집에 가서 씻을게요."

도연에게 맡겨두고 나온 엄마 때문인지 세원은 고집을 부렸다.

"집에 가서 앓아누우면 두 사람 다 더 고생이야."

듣고 보니 맞는 말이라 세원은 조금 고민하는 것 같았다. 이때다 싶어 도운은 세원을 욕실로 밀어 넣었다.

"내가 늦는다고 연락 넣어놓을게."

결국 세원은 홀로 욕실에 남게 되었다. 으슬으슬 한기가 올라와 물부터 틀었다. 따뜻한 물이 단번에 샤워기에서 쏟아졌다. 욕실에 습기가 차면서 차츰 따뜻해지기 시작했다.

거실에서 눈을 떴는데 아무도 없을 때, 테이블 위에 놓인 찻잔이 싸늘하게 식어버린 것을 알았을 때. 세원은 심장이 쿵 떨어지는 것만 같았다.

그때 세원은 자신의 마음을 완벽하게 깨달았다. 아직 도운을 보낼 수 없었다. 사업이 끝날 때까지만이라도 함께 해달라고 그에게 매달리고 싶었다.

도운의 차는 마당 한편에 그대로 세워져 있었다. 그걸 확인한 세원은 너무나 기뻤다. 아직 도운과 함께 할 시간이 남아 있음에.

도운이 사라져버린 인생은 아직 상상하기 어려웠다. 아니, 상상하고 싶지 않았다. 잠시 끔찍한 악몽을 꾼 것만 같았다.

샤워기에서 따스한 물이 방울방울 떨어졌다. 그 아래 어깨를 웅크린 채 서서 세원은 온기를 느꼈다. 다행이다. 그저 다행이라고 생각했다.

"왜 이렇게 오래 걸렸을까."

문을 열고 나오자 욕실 앞 파우더 룸에 앉아 있던 도운이 지루한 얼굴로 말했다.

그런 도운이 반가워 세원은 그저 미소를 지었다.

갓 샤워를 마친 세원의 얼굴은 뽀송뽀송했다. 평소에도 화장기가 짙은 편이 아니라 별반 다르지 않은 얼굴이었다. 그래도 뭔가

뽀얗고 아기 같은 것이, 신선한 느낌이 있었다.

"앉아봐."

도운은 의자에 세원을 앉히고 드라이기를 꺼내 들었다. 이윽고 드라이기가 위잉, 소리를 내며 뜨거운 바람을 뿜어내자 세원은 얌전히 눈을 감았다.

잔뜩 젖은 세원의 머리칼이 도운의 손길을 따라 조금씩 말라갔다. 도운이 드라이기를 움직일 때마다 세원의 코끝에 그의 향이 스쳤다.

"누가 머리를 말려주는 게 이렇게 좋은 느낌인 줄 몰랐어요."

세원이 말했지만 작은 목소리는 드라이기 소리에 묻히고 말았다.

"뭐라고 했어?"

탁, 드라이기 소리를 끄며 물었다.

순식간에 찾아온 고요함이 어색했다. 세원은 아무 말도 하지 않았다는 듯 입을 다물고 고개를 가로저었다. 드라이기의 열기 때문인지 발그레하게 볼이 달아올랐다.

"좀 더 말려야 되는데…."

도운의 말이 애매하게 끊겼다. 세원이 그를 올려다보았다. 아직 세원의 속눈썹은 촉촉하게 젖어 있었다.

"못 참겠어."

세원을 내려다보며 도운이 말했다.

세원은 손을 내밀었다. 도운의 손에 들려 있던 드라이기를 빼앗아 옆에 아무렇게나 놓았다.

탁, 소리와 함께 드라이기가 바닥에 떨어지는 것과 동시에, 두 사람의 입술이 맞닿았다.

입술을 떼지 않은 채 도운은 그녀를 번쩍 안아 올렸다. 도운의 뒷덜미를 소중히 감싸 안으며 세원은 속삭였다.

"미안해요."

도운은 그대로 몇 걸음 걸어가 털썩, 푹신한 침대 위로 세원을 눕혔다.

"사과하는 거 싫다고 몇 번을 말해."

"그래도…."

세원은 끝까지 사과를 하고 싶은 모양이었다. 결국 도운은 세원의 입술을 다시 막아버렸다.

"읍…."

두 사람의 혀가 섞이는 소리가 조용한 방을 가득 채웠다.

도운은 세원의 원피스 자락을 걷어냈다. 세원의 허벅지는 보드라웠다. 천천히 허벅지 안쪽을 쓰다듬다가 도운은 손끝에 힘을 주었다. 가느다란 세원의 다리 한 쪽이 무방비하게 옆으로 넘어갔다. 그 틈에 도운은 세원의 사이로 파고들었다.

"하아."

가쁜 숨을 쉬느라 세원의 입이 벌어졌다. 틈을 주지 않고 도운은 그대로 몸을 밀착시켰다.

도운의 고슬고슬한 머리카락이 세원의 볼을 간지럽혔다.

세원은 도운의 허리를 꽉 붙잡았다. 헐렁한 셔츠 사이로 세원의 손이 닿은 피부에 소름이 돋았다.

"풀어줘."

세원은 아래에서부터 하나씩 셔츠 단추를 풀기 시작했다.

집중하는 표정의 세원을 내려다보다가 도운이 말했다.

"혼외 자식으로 태어난 거, 내 잘못 아니라고 했지."

도운의 셔츠 단추는 벌써 반쯤 풀려 탄탄한 복근이 드러나고 있었다. 묵묵히 단추를 마저 풀고 있는 세원을 향해 도운은 다시 말했다.

"홍 검사 동생으로 태어난 것도 홍세원 잘못이 아니야."

마지막 단추를 풀던 세원의 손이 미끄러졌다. 이제 셔츠는 완전히 풀려 도운의 넓은 어깨 위에 위태롭게 걸쳐졌다.

세원은 다시 시선을 위로 돌렸다.

"…."

곧 두 사람은 누가 먼저랄 것도 없이 서로의 옷을 내던지며 뜨겁게 키스하기 시작했다.

길고 긴 하루를 지나, 두 연인이 완벽하게 화해에 도달하는 순간이었다.

***

가장 좋아하는 옷이었다. 아직 추운 날씨가 아닌 데도 엄마가 굳이 그 옷을 꺼내 입혀주었기에 기억이 생생했다.

"이리 와봐, 아들."

현관문 앞에서 엄마는 깊이 포옹했다.

그리고 그게 마지막이었다.

"…."

으슬으슬한 기운을 느끼며 도운은 눈을 떴다.

오랜만에 꾸는 어린 시절의 꿈이었다. 아직 밖에는 어둠이 서려 있었다. 규칙적으로 들려오는 희미한 파도소리가 현실감을 깨워 주었다.

옆에는 세원이 평온한 얼굴로 잠들어 있었다. 따뜻한 체온을 느끼기 위해 도운은 그녀를 꽉 껴안았다.

"으음…."

잠결에 세원이 돌아누웠다. 그래도 도운은 놔주지 않고 더 세게 껴안았다. 세원의 머리칼에 얼굴을 묻으니 좋은 향기가 났다.

눈을 감았지만 다시 잠이 오지 않았다. 꿈이 불러온 그 시절의 기억은 아찔하고 위태로운 감각으로 도운을 자극했다.

엄마는 스스로 떠나는 것만이 정답이라고 생각했을 것이다. 하지만 도운은 쉽게 동의할 수 없었다. 떠나지 않는 게 정답일 수도 있었다.

아마도 그 때문일 것이다. 떠나는 것이 두려운 관계는 맺지 않았다.

연인도, 친구도, 동료도, 각별해지도록 두지 않았다. 아니, 각별해지는 감정조차 들지 않았다.

도운의 세계는 늘 건조했다. 그런데 지금은 균열이 생겨버렸다.

도운의 팔 안에서 세원이 꼼지락거렸다. 작은 움직임이었는데도 품을 벗어나려는 걸로 느껴져 도운은 팔에 힘을 주었다.

곧 세원은 다시 잠들었다. 그제야 안심하고 슬쩍 힘을 풀었다.

세원은 왜 달랐을까. 잠을 청하는 것을 포기하고 도운은 생각에 잠겼지만 쉽게 답을 얻을 수 없었다.

오전 내내 그 생각뿐이었던 도운은 의외의 인물에게 대답을 얻었다.

"내가 진짜 많이 반대했어요."

평상에 앉아 있던 도연의 말이었다. 강 여사와 세원은 주민센터 직원과 툇마루에 앉아 얘기 중이었다.

별생각 없이 그 모습을 보던 도운에게 도연이 말을 걸어왔다.

돌아보자 도연은 말을 이었다.

"여기 내려오는 거."

"아…."

"실장님은 잘 모르시겠지만 세원이, 어머니한테 진짜 차별받고 컸어요."

"…."

"그런데도 여길 내려오겠다는 거예요. 진짜 미련하지 않아요? 막상 그렇게 애정으로 키운 아들은 거들떠도 안 보는데."

미련하다. 그 말이 도운에게 와 닿았다.

꿈 많은 서울 생활을 뒤로 하고, 화려한 도시에서 젊음을 만끽하는 대신 자신을 홀대했던 노모에게 돌아온 그 미련함에 각별함을 느껴버린 게 분명했다.

"솔직히 지금도 잘 모르겠어요."

진지한 도연에게 도운은 말했다.

"여기 온 덕에 나를 만났는데도?"

농담인지 진담인지 모를 말이었지만 도연은 웃음을 터뜨렸다.

"그렇지만 난 지금도 이거 다 걔네 오빠가 해야 되는 일이라고 생각해요. 내가 아직 못돼 처먹은 건지…."

도연의 말에도 일리는 있었다. 그러나 지금 홍 검사는 사고나 안 쳐주면 감사할 뿐이었다.

그때 대화를 마친 세원이 평상 쪽으로 건너왔다.

"내일 보건소 가보기로 했어요. 일단 밥부터 먹을까요?"

미련한 얼굴. 그렇기에 각별하고 사랑스러운 얼굴을 보며 도운은 다정하게 물었다.

"오늘 메뉴는 뭐야?"

세원은 웃으며 답했다.

"잔치국수요."

잠시 후, 얼떨결에 도운은 부엌까지 끌려왔다. 지단까지 부치기엔 손이 부족하다는 이유에서였다.

"별로 안 어려워요. 일단 계란 노른자랑 흰자를 나누고, 따로따로 얇게 부쳐서 식힌 다음 썰면 돼요."

세원은 아무렇지도 않게 말했지만 도운은 쉽게 이해되지 않았다.

"…계란 노른자랑 흰자를 나눈다고?"

진심인 듯 보이는 질문에 세원은 잠시 동안 눈을 깜빡거렸다.

"그러니까…."

설명을 하려다 말고 세원은 도운 앞에 두었던 계란 하나를 집어 들었다.

"곱게 자란 도련님이신 걸 깜빡했네요."

"딱히 곱게 자라진 않았다니까."

도운은 발끈했지만 세원은 아랑곳하지 않고 계란을 톡 깨서 보여주었다.

"이렇게 반을 가른 다음 양쪽에 들고 왔다 갔다 하면서 노른자만 빼는 거예요."

보기엔 아주 쉬워 보였다. 도운은 자신만만한 표정으로 계란을 집었다.

탁. 그러나 힘 조절에 실패한 탓에 계란은 무참히 세게 깨져버렸다. 허무하게도 내용물이 주룩, 싱크대 위로 흘러내렸다.

"…."

도운의 표정은 진지했지만 세원의 입에선 웃음이 흘러나왔다.

"살살 해야죠. 젠틀하게."

"그래? 그건 내가 또 잘하지."

도운은 계란을 집어 드는 대신 세원의 뒤로 와서 허리를 감쌌다.

"아이, 진짜…."

"다시 한 번 해봐, 자세히 보게."

세원의 뒤에 서서 도운은 고개를 내밀었다.

어쩔 수 없이 세원은 계란 하나를 더 집어 들었다. 익숙하게 흰자와 노른자를 분리한 후 각각 그릇에 담았다.

"알 것 같기도 하고…."

장난스럽게 말하며 도운은 스멀스멀 손을 올렸다.

"이렇게 쥔 다음 톡 깨라는 거지."

도운은 세원의 양 가슴을 쥐고 말했다. 화들짝 놀란 세원이 휙 뒤를 돌았다.

“여기서 뭐하는 거예요…!”

행여나 밖에 들릴까 봐 작은 소리로 말했지만 도운은 한걸음 더 다가서며 말했다.

“하고 싶어, 지금.”

어이가 없다는 표정을 짓는 세원에게 도운은 이마를 마주 대었다.

“안 돼요.”

세원은 단호하게 말했다.

“다들 기다리고 있잖아.”

어찌나 다급했는지 세원의 입에서 반말이 터져 나왔다. 그것이 도운을 진정시키기는커녕 더욱 흥분시켰다.

도운은 순순히 따르는 것처럼 손을 떼더니 말했다.

“그럼 빨리 해.”

좁은 부엌 안에서 밀착된 자세가 지속되자 심장이 뛰는 것은 세원도 마찬가지였다.

그러나 시간을 지체할 수 없기에 세원은 침착하게 계란을 집어 들었다.

톡, 계란에 구멍을 내자 도운은 세원의 뒷 머리칼을 걷고 목덜미에 키스했다.

쫘악, 계란을 반으로 가르자 도운은 세원에게 반걸음 더 다가섰다.

세원이 노른자와 흰자를 분리하기 시작하자 도운은 원피스 자락을 걷어 올렸다.

“앗….”

놀란 세원이 계란을 놓치는 바람에 껍질이 흰자를 모아둔 그릇 안으로 들어갔다.

"실장니임!"

결국 도운은 포기하고 양 손을 들었다.

도운을 흘겨보며 세원은 신중하게 껍질을 건져냈다.

"같이 있고 싶어서 도와달라고 한 건 맞는데, 방해는 하지 마요."

육수가 끓어 넘치자 세원은 냄비를 보러 건너갔다.

한소끔 끓어오른 육수 불을 낮추며 세원은 말했다.

"…이제 그거 얇게 잘 부치면 돼요."

"안 해."

냉담하게 구는 도운을 흘겨보며 세원은 작게 한숨을 쉬더니 새로 물을 올렸다.

"하지 마요, 그럼. 거기 바구니나 줘요."

그것까진 거부할 수 없어 도운은 바구니를 들고 세원의 옆으로 갔다.

세원은 면을 꺼내 뜯고 있었다. 투명하고 도톰한 것이 이상한 모양이었다.

"잔치국수 아니었어?"

"다이어트식으로 준비해달라고 해서, 곤약 잔치국수예요."

"곤약?"

도운의 미간이 살짝 찌푸려졌다.

"응, 그리고 청경채 좀 씻어줄래요?"

세원은 턱짓으로 부엌 앞쪽을 가리키며 말했다. 청경채 무리들이 곱게 쌓여 있었다.

도운은 한숨을 내쉬며 청경채를 들고 왔다.

"홍세원이 언제부터 날 이렇게 잘 다뤘지?"

푸념 섞인 말에 세원은 웃었다.

"실장님이 날 좋아하니까 해주는 거죠."

예상치 못한 대답이었는지 도운은 어설프게 청경채를 씻던 손을 멈추고 세원을 바라보았다.

세원은 끓기 시작한 물에 곤약 면을 넣으며 무심하게 말했다.

"고마워요."

"…그게 아니야."

도운의 말에 세원은 냄비를 보던 시선을 돌려 도운을 마주 보았다.

"…나도 좋아해요."

드디어 만족스러운 답변이 나왔는지 도운이 눈으로 씩 웃었다.

그리고는 허리를 굽혀 쪽, 세원의 입술에 짧은 키스를 건넸다.

그러고 나서야 도운은 청경채를 마저 씻어 그릇에 담았다.

"맛있겠다."

세원도 머쓱하게 미소 지으며 곤약 면을 휘저었다.

"곤약 싫어!"

도연은 평상 위에 드러누울 기세로 소리를 질렀다.

강 여사와 도운은 깜짝 놀랐지만 세원만은 익숙하다는 듯 상 위에 그릇을 내려놓으며 말했다.

"청경채 샐러드도 있어."

"샐러드 더 싫어!"

다이어트가 지긋지긋한 도연이었다. 한동안 살을 빼겠다고 온갖 파스타를 곤약으로 만들어 먹어보았지만 그 맛은 지옥과도 같았다.

"내일 서울 간다며. 건강한 것 좀 먹여 보내야지."

"야, 건강한 건 소고기 같은 걸 말하는 거야."

도연은 절박하게 말했지만 통하지 않았다.

"도연이 내일 서울 가?"

다정한 도운의 말도 딱히 위로가 되지 않았다.

그때 도연의 손을 잡으며 강 여사가 말했다.

"더 있다 가."

푸짐하게 담은 잔치국수 그릇을 엄마 앞에 놓으며 세원이 대신 대답했다.

"도연이 학교 가야 돼."

"갔다 오면 되지."

천진한 엄마의 말에 세원도, 도연도 할 말을 잊었다. 하굣길에 매일같이 놀러오던 고등학교 시절을 말하는 것 같았기 때문이다.

결국 조용히 네 사람은 국수 그릇을 앞에 두고 앉았다.

"잘 먹겠습니다."

기대에 찬 도운과 달리 도연은 여전히 떨떠름한 표정으로 국수 가락을 집어 올려 입에 넣었다.

세원은 조심스레 도연의 표정을 살폈다. 곤약으로도 맛있는 음식을 할 수 있다는 것이 이 국수의 목표였기 때문이다.

"어때?"

"…곤약 치곤 나쁘지 않네."

솔직한 도연의 평가가 이 정도면 칭찬에 가까운 말이었지만 세원의 성에는 차지 않았다.

"잠깐만 기다려봐."

세원은 후다닥 일어나 다시 부엌으로 달려갔다. 조금 남겨둔 곤약 면으로 비빔국수를 만들어 볼 심산이었다.

재빨리 고추장을 베이스로 양념을 만들어 국수에 붓는데 밖에서 철컥, 소리가 났다. 대문 열쇠가 돌아가는 익숙한 소리였다.

'갑자기 대문을 왜 잠갔지?'

세원은 국수를 비비지도 않은 채 그대로 들고 부엌을 나섰다. 그리고 얼어붙은 것처럼 멈춰서고 말았다.

"왜 그렇게 놀래? 귀신이라도 본 것처럼."

평상 앞에 선 홍지원이 말했다.

세원이 들은 것은 대문을 잠그는 게 아니라 여는 소리였다.

당황한 세원은 엄마부터 살폈다. 하지만 부엌 쪽에선 엄마의 뒷모습밖에 보이지 않았다.

도와달라는 눈빛을 보냈지만 당황한 것은 도연도 마찬가지였다.

결국 도윤이 자리에서 일어났다.

"일단 저랑 얘기 좀 하시죠."

시간을 벌어야 한다는 생각밖에 없었다.

"여기서 또 뵐 줄은 몰랐는데요."

홍 검사는 오히려 평상 쪽으로 한 걸음 다가오며 미심쩍은 표정을 지었다.

도운은 급한 대로 도연에게 눈짓을 주었다.

그러자 도연이 허둥지둥 강 여사의 시선을 가리며 말을 돌렸다.

"어머니, 국수 맛은 좀 어떠세요?"

세원은 긴장한 채 엄마의 뒷모습을 바라보았다. 제발 엄마가 실제 홍지원을 몰라보길 바랄 뿐이었다.

엄마는 남자들 쪽으로 시선을 두고 말했다.

"응, 맛있으니까 지원이도 같이 먹자."

그 말에 눈치를 보던 도운은 홍 검사가 입을 열기 전에 선수를 쳤다.

"조금 이따 먹겠습니다."

당신이 뭔데 대신 대답 하냐는 듯 홍 검사가 불쾌한 표정으로 바라보자 도운이 작게 말했다.

"나가서 얘기하죠."

그때 강 여사가 다시 한 번 말했다.

"공 실장도 같이 먹고 우리 지원이도 같이 먹자."

쨍그랑.

세원은 그릇을 손에서 놓치고 말았다.

애써 만든 보람도 없이 비빔국수 그릇이 산산 조각났다. 벌건 양념이 속절없이 바닥으로 흩어지며 바닥을 적셨다.

잘못 들은 것이길 바랐지만 엄마는 분명 그렇게 말했다.

'공 실장….'

공 실장이라니.

세원도 도연도 그리고 최 팀장도 도윤을 '공 실장'이라고 부르지 않았다. 혹시 엄마 앞에서 실수했다고 해도 '실장님'이라고 불렀을 것이다. 그런데 대체 왜 엄마는 '공 실장'이라고 한 걸까.

사실 직접 물어보기만 하면 끝날 의문이었지만 세원은 그 답을 마주하기가 두려웠다.

입맛을 잃은 세원은 홍지원에게 국수를 양보했다. 그는 잘 먹겠다는 말도 없이 국수를 받아들었다.

"그런데 무슨 일로 오신 겁니까?"

국수를 휘휘 저으며 홍 검사가 물었다.

그 말에 억지로 뭐라도 먹어보려 청경채를 집어 들던 세원의 손이 멈칫했다. 혹시라도 도윤이 곤란할까 싶어 세원은 선수를 쳤다.

"촬영하기 전에 요리 시식해주러 오신 거야. 도연이랑 같이 계속 도와주고 계셔."

나름 순발력 있는 답변이라고 생각했지만 홍 검사는 청경채를 씹으며 반문했다.

"왜?"

질문에 불순한 의도가 있는 것 같아 세원은 홍 검사를 노려보았다.

"…세원 씨 프로그램이 잘 돼야 우리 사업도 사니까요."

결국 도윤이 대답을 했다.

홍 검사는 탐탁지 않은 표정을 지었지만 그럭저럭 넘어간 것 같았다.

세원은 슬쩍 엄마의 눈치를 살폈다. 엄마는 평온한 표정으로 국수를 먹고 있었다.

"그런데…."

갑자기 엄마가 입을 열어서 세원은 당황했다.

"…너야말로 무슨 일이니?"

강 여사는 홍지원을 바라보았다.

엄마의 말에 도연과 세원은 긴장된 눈길을 주고받았다.

"그냥 왔지, 엄마 보고 싶어서."

홍지원은 늘 그렇듯 아무렇지도 않게 대답을 했다.

그걸 보고 있자니 세원은 또 열불이 나는 것 같았다. 그저 듣기 좋은 사탕발림 같은 거짓말이었지만 엄마는 그런 말이라도 늘 듣고 싶어 했다.

"…그래, 그럼 국수 먹고 가."

평소의 엄마답지 않은 건조한 대답이었다. 평상 위의 분위기는 그 말을 기점으로 살짝 가라앉았다.

"맛있네, 뜨뜻하고."

홍지원도 괜히 뜨끔했는지 말을 돌렸다.

사람들은 각자 그릇에 얼굴을 묻은 채 국수를 먹었다. 묘하게 무거운 공기가 마당 위를 흐르고 있었다.

홍 검사가 다시 입을 연 것은 길고 길게 느껴졌던 식사 시간이 끝난 직후였다.

세원과 도연은 기계적으로 자리를 치우느라 분주했다.

도운도 자연스럽게 도왔지만 홍 검사는 늘 그래왔듯 수저를 내려놓은 후엔 손가락 하나 까딱하지 않았다.

자리에서 일어나려던 강 여사를 붙들고 홍 검사가 말했다.

"엄마, 며칠 전에 말이야."

상을 접어 옮기던 도운의 귀에 그 말이 꽂혀들었다.

"집, 넘겨주지 않았어?"

아무래도 와이프 얘기를 하려는 것 같았다.

순간 도운은 고민이 들었다. 강 여사의 기억이 어디까지 돌아왔는지 파악이 되지 않았기 때문이다. 만약 강 여사가 홍 검사의 결혼 사실을 기억 못 한다면 홍 검사의 말은 악영향을 끼칠 수 있었다.

도운은 옮기던 상을 그 자리에 두고 돌아보았다.

도운을 의식한 홍 검사가 먼저 말을 건넸다.

"확실히 해야 될 것 같아서요. 분명 엄마가 직접 지장을 찍어줬다고 했습니다."

홍 검사는 재촉하듯 강 여사를 바라보았다.

강 여사는 천천히 고개를 돌려 아들의 얼굴을 빤히 보았다.

부엌에서 듣고 있던 세원이 참지 못하고 끼어들었다.

"물어볼 때 말하지 그랬어! 그냥 엄마 보러 온 거라며."

"그냥 보러온 김에 대화도 못해?"

"대화?"

엄마의 안부도 묻기 전에 집부터 챙기는 것을 보통 대화라고 부르진 않을 것이다.

어이가 없어 말문이 막힌 세원을 대신해 입을 연 것은 강 여사였다.

"지원아, 내가 집을 왜 넘겨주겠니. 동사무소 직원한테."

"뭐?"

강 여사가 착각했다고 생각한 홍 검사는 다시 한 번 물었다.

"아니, 그게 아니고 며칠 전에 와이프가…."

"맞아요!"

와이프 얘기에 놀란 도연이 목소리를 높여 홍 검사의 말을 끊어 버렸다.

"동사무소, 정확히는 주민센터 직원이라고 했어요."

그 말에 홍 검사는 고개를 돌려 도연을 노려보았다.

"진짜예요, 제가 옆에 있었어요."

홍 검사는 여전히 의심을 거두지 않았다.

"아무래도… 어머니 병세가 악화된 것 같네."

와이프의 거짓말을 인정하고 싶지 않은 눈치였다.

세원은 동의할 수 없었다.

"아니, 엄마는 오히려 좋아지셨어."

굳은 마음으로 홍 검사에게 한 마디를 더 보태는 세원이었다.

"…아들을 알아봤으니까."

그 말을 들은 홍 검사는 코웃음을 쳤다.

"어지간히 해라. 무슨 작당을 하고 있는지 모르겠지만 강 여사가 나를 잊어버린다고?"

무리는 아니었다. 세원도 엄마가 세상 사람을 다 잊어도 아들만은 잊지 않을 거라 생각했으니까.

"잊어버린 건 아니었지."

조용히 앉아 있던 엄마가 말했다.

그 말을 마친 엄마의 눈에서 눈물 한 방울이 뚝, 떨어졌다. 모로 앉아 있었기에 그 눈물은 홍 검사의 눈에만 보였다.

홍 검사는 어두워진 표정으로 세원을 돌아보았다. 그 얼굴은 화를 내고 있었다. 세원에게 책임을 묻고 있었다.

"너는 도대체 여기 내려와서 뭘 한 거냐?"

"…잊어버린 게 아니고 잊고 싶었던 거야."

다시 한 번, 엄마의 목소리였다.

가느다랗게 흔들리는 강 여사의 어깨를 보고 도운이 말했다.

"어머니… 울고 계셔."

정말로 엄마는 펑펑 눈물을 쏟고 있었다.

언제부턴가 집이 적적해서 견딜 수가 없었다.

원래는 부지런하기로 소문난 강 여사였지만 아무것도 하고 싶지가 않았다. 아들에게 반찬을 해다 나른 것도 몇 번 뿐, 부부는 곧 완강하게 그것을 거부했다.

명절이 돌아오면 잠시 기운이 살아났지만 그때뿐이었다. 시골집에는 내내 정적이 흘렀다.

재개발에 관한 소문이 돌자 고립은 더 심해졌다. 동네 사람들이 마을을 떠나기 시작한 것이다.

강 여사는 홀로 방에 틀어박혀 과거를 짚어보기 시작했다. 언제부터, 어디부터 잘못된 걸까. 남편이 그리웠고 아들이 보고 싶었다. 언제나 착한 딸로 있어줄 줄 알았던 세원도 그리웠다.

끼니를 거른 채 끙끙 싸매고 있는 날들이 많아졌다. 주민센터 직원이 김치를 가끔 가져다줄 때만 일어나 먹는 시늉을 했을 뿐 강 여사는 방에서 꼼짝도 하지 않았다.

그렇게 누워 있다 보면 결국 결혼해서 떠나버린 아들이 그리웠고 매정하게 서울로 가버린 딸이 원망스러웠다.

그런 생각을 거듭하다 연이은 추위에 열이 올라버린 어느 날이었다.

"어머니, 계세요?"

마당에서 누군가 소리치는 것이 희미하게 들렸다.

어머니라는 말에 강 여사는 일단 아들일지도 모른다는 생각이 들었다. 전혀 다른 목소리였고 지원이 쓰는 말투도 아니었지만 온몸에 열이 끓는 상태에서 들었던 그것은 분명 아들의 목소리였다.

"끙…."

대답 대신 앓는 소리가 문 밖으로 새어 나갔다.

강 여사는 아들이 돌아가 버리기 전에 방문을 열기 위해 온 몸에 힘을 주었다.

툭. 문이 힘없이 열리자 양복을 입은 젊은 남자가 보였다.

"지원아, 지원이니?"

남자는 끙끙 앓는 강 여사를 보고 바로 달려왔다. 침착하게 이마에 손을 짚어보더니 어딘가로 전화를 걸었다.

까무룩 정신을 잃어가는 와중에도 강 여사는 남자의 손을 잡았다. 아주 어렸을 때 말고는 아들과 손을 잡아본 적이 없었다. 그러나 그날, 아들은 강 여사의 손을 기꺼이 잡아주었다.

"그날부터 공 실장이 내 아들이었어."

엄마는 쉽지 않은 이야기를 털어놓은 것 같았다. 듣고 있던 세원도, 도연도 훌쩍이고 있었다. 그러나 홍 검사는 코웃음을 쳤다.

"누구 맘대로."

화가 난 도운이 홍 검사를 싸늘하게 바라보았다.

홍 검사도 그 시선을 의식하고 입을 다물었다.

"물론 오락가락했다. 긴 것 같은데 아닌 것 같기도 하고, 결혼을 했던 것 같은데 아닌 것 같기도 하고…. 그래도 일부러 깊이 생각하지는 않았다. 공 실장이 내 아들인 게 좋았으니까."

태어나서 처음으로 엄마에게 존재를 부정당한 홍 검사는 쉽게 받아들일 수 없는 눈치였다. 보통 사람이라면 이럴 때 반성의 시간을 가졌겠지만 그런 기미는 딱히 보이지 않았다.

"근데 그 애가 왔을 때 말이야, 완전히 기억이 났어."

강 여사는 홍 검사를 바라보며 말했다.

"공 실장이 진짜 내 아들이라면 그런 여자랑 결혼했을 리가 없으니까."

"…엄마, 오늘 말이 심하네."

홍 검사는 미간을 찌푸렸지만 엄마는 아랑곳하지 않고 말을 이어갔다.

"걔가 내 눈치를 딱 보더니 주민센터에서 왔다는 거야."

"…"

듣고 있던 홍 검사의 얼굴이 굳어졌다.

"모른 척해봤지. 그랬더니 집을 훔쳐갔어."

결국 홍 검사는 자리에서 벌떡 일어섰다.

"훔치다니!"

분한 얼굴로 주변을 둘러보며 홍 검사는 소리쳤다.

"이런 집, 우린 필요 없어. 엄마가 줘서 받은 거야. 엄마가 걱정이 돼서 와 본거고, 와이프를 기억하지 못하는 것 같으니까 충격을 주지 않으려고 거짓말한 거고."

아무래도 홍 검사는 진심인 것 같았다.

억울하다는 표정을 거두지 않은 채, 홍 검사는 자리를 박차고 나가버렸다.

세원은 고민에 빠졌다. 뒤따라 나가서 무언가 더 물어야 하나. 아니면 해명을 해야 하나. 그것도 아니면 설득을 해야 하나.

세원이 잠시 고민하는 사이, 다시 대문이 열렸다.

홍 검사는 아직 할 말이 남아 있다는 얼굴이었다.

"기억이 전부 돌아왔다며, 그때."

무슨 뜻이냐는 듯 강 여사는 아들을 바라보았다.

홍 검사는 천천히 팔을 들어 올렸다. 손가락 끝은 도운을 가리키고 있었다.

"그런데도 아들인 척 대한 거야?"

기가 차다는 듯 홍 검사는 도운을 노려보았다.

"그래서 아까…."

"아들 아니고 사위로 대했어."

강 여사의 말에 큰 소리를 낸 것은 세원이었다.

"엄마!"

"…뭐라고?"

홍 검사는 자신의 귀를 의심하며 반문했다.

엄마는 더 이상 아무 말도 하지 않았다.

대신 도연이 적잖이 당황한 표정으로 발을 동동 구르고 있었다.

천천히 홍 검사는 고개를 돌려 도운을 향했다.

도운은 침착한 표정으로 작게 한숨을 내쉬더니 입을 열었다.

"먼저 말씀드리지 못해 죄송합니다."

도운은 담담하게 말을 이어 나갔다.

"어머니께서 놀라실까 봐 걱정했는데 다행이네요."

강 여사는 따스한 미소로 도운을 바라보았지만, 홍 검사는 충격에 온 얼굴을 찡그렸다.

세원도 홍 검사만큼 놀라 멍하니 입을 벌렸다.

"잠… 잠깐만요."

세원이 떨리는 손으로 도운의 소매를 잡았다.

"갑자기 왜 그래요."

달리 어떻게 말해야 할지 몰라 던진 말이었다. 세원에겐 지금 이 상황이 전부 다 혼란스러웠다.

"어차피 언젠간 말씀드릴 일이었으니까 괜찮아."

"아니… 그래도. 아니에요."

세원은 엄마를 향해 쏘아붙이듯 말했다.

"엄마는 또 왜 그래. 방에 들어가서 좀 쉬어."

엄마는 고단한 얼굴로 천천히 평상에서 몸을 일으켰다. 상황이 일단락되는 것 같아 세원은 잠시 안심했다.

그러나 엄마는 방에 들어가기 전에 하고 싶은 말을 했다.

"어쨌든 그렇게 되면 공 실장이 우리 가족이 되잖니."

세원은 엄마의 말을 부정하고 싶었다. 우리 엄마 참 꿈도 크다고 받아치고 싶었고, 결혼한다고 해서 다 가족이 되지 않는다는 걸 겪지 않았냐는 말도 하고 싶었다.

하지만 세원은 그런 말들을 전부 삼켰다. 그저 방으로 들어가는 뒷모습을 바라볼 뿐이었다.

엄마의 방문이 닫히자 기다렸다는 듯 홍 검사가 나섰다.

"이제야 알 것 같네."

비웃음 섞인 말투라 세원은 불길했다.

"그래서 집을 넘겼어?"

너무나 예상했던 말이었다. 한숨이 절로 나왔다.

"그런 거 아니거든."

"넌 아니라고 생각하겠지."

이죽거리는 표정으로 홍 검사는 도운을 보았다.

"근데 그런 거 맞아. 소문대로네요, 공 실장. 계약을 위해서 물불 안 가린다더니."

더 말해보라는 듯 도운은 눈을 가늘게 떴다.

홍 검사는 수트 주머니에 거만하게 손을 넣으며 말했다.

"꽃뱀도 아니고 이걸 뭐라고 불러야 하나."

듣자 하니 너무 나가는 홍 검사였다.

결국 도운은 한 발짝 다가섰다.

"…말을 정말 함부로 하시네."

"그럼 뭐라고 할까요."

홍 검사도 지지 않고 도운에게 한 걸음 다가섰다.

"공남그룹 아들이 진짜 내 동생이랑 연애라도 한다고 할까요?"

"뭐라고요?"

비명에 가까운 탄성이 터져 나온 건 뒤쪽이었다. 숨죽인 채 듣고만 있던 도연이 너무나 놀라 소리를 내지른 것이다.

반면 세원의 표정은 침착했다. 세원은 굳은 얼굴로 홍 검사에게 말했다.

"나가!"

홍 검사는 코웃음을 쳤지만 세원은 다시 한 번 어금니를 악물고 말했다.

"나가라고."

그래도 그에겐 먹히지 않았다. 홍 검사는 꿈쩍도 않은 채 대단한 충고를 해주는 것처럼 입을 열었다.

"정신 차려, 홍세원."

결국 세원은 성큼 다가가 홍 검사의 양복 앞자락을 구겨 쥐었다. 대문 밖으로 끌고 나가야겠다는 생각뿐이었다.

"알량한 사탕발림에 넘겨준 게 집문서뿐이었으면 좋겠네."

대문을 넘으면서도 홍 검사는 비아냥을 멈추지 않았다.

홍 검사의 멱살을 잡고 밖으로 나온 세원은 화를 삭이며 대문을 쿵 닫았다.

"너나 잘해."

"뭐라고?"

세원은 쉽게 정리되지 않는 생각들을 가라앉히려 깊은 숨을 쉬었다.

"…너네 집이나 잘 지키라고."

뜬금없는 말이라 홍 검사는 미간을 찌푸렸다.

"진심이니까 똑바로 처신해. 더는 말 못 해."

세원은 큰맘 먹고 던진 말이었지만 홍 검사 얼굴엔 짜증스런 표정만 떠오를 뿐 당혹감 같은 것은 보이지 않았다.

'아직 모르는 건가.'

세원은 일부러 홍 검사의 반응을 살폈다.

홍 검사가 이상하다는 낌새를 챘을 때는 이미 세원이 재빨리 집에 들어와 대문을 잠가버린 후였다.

"…후."

한숨을 내쉬며 세원은 어색하게 웃어 보였다. 도연은 여전히 충격에서 헤어 나오지 못한 채 그림을 그리겠다며 언덕으로 올라가 버렸다.

얼마 지나지 않아 도운도 집을 나왔다. 회사에 들어갈 생각으로 차에 올라탄 도운이었다.

그러나 막상 차에 타자 도운은 회사로 향하고 싶지 않았다.

도운은 무작정 바닷가를 향해 달렸다. 살짝 차창을 열자 소금기 섞인 바닷바람이 들어왔다.

강 여사가 둘 사이를 눈치 채고 그런 말을 한 것인지는 사실 확실치 않았다. 그저 강 여사의 바람을 말한 것일지도 몰랐다.

'그렇다고 해서 그렇게까지 부정할 필요가 있나.'

세원의 태도가 조금 마음에 걸렸다.

도운은 진심으로 강 여사에 대한 호의를 끝까지 책임질 각오가 되어 있었다. 그것은 세원과 무관하게 시작된 것이지만 세원과 더불어 완성하고 싶어졌다.

홍 검사의 말은 더 가관이었다. 공남그룹의 아들이라. 이런 상황에서만 혼외자라는 말이 쏙 빠져버리는 것이 우스웠다. 아들이라고 해서 다 후계자인 것은 아니다. 상무로 진급한다고 해도 갈 길은 멀었다. 그런데 그조차 지금 어떻게 진행되고 있는지 알 길이 없었다.

결국 도운은 차를 세웠다. 도로를 따라 긴 방파제가 이어졌다. 낚시하는 사람들 틈에 섞여 도운은 바다를 바라보고 또 바라보았다.

그 사이, 차에 두고 내린 도운의 전화는 불이 나도록 울렸다.

도운이 계속 전화를 받지 않자 최 팀장은 슬슬 걱정이 되기 시작했다.

홍 검사 와이프 조사를 위해 서울에 올라온 최 팀장은 더불어 다른 사안을 조사한 참이었다. 공 회장이 언질을 던진 지 꽤 지났는데도 인사 명령이 뜨지 않아 우려가 되었던 것이다.

차라리 도운이 전화를 받지 않는 게 다행이라는 생각과 심각한 문제가 생겼을지도 모른다는 불안이 교차하던 순간이었다.

"어, 최 팀장."

승용차 안 스피커를 통해 도운의 목소리가 흘러나왔다. 최 팀장은 자신도 모르게 속도를 늦추며 꿀꺽 침을 삼켰다.

"뭐 알아낸 거 있어?"

도운이 재차 묻자 최 팀장은 한갓진 도로에 차를 대고 비상등을 켰다. 깜빡깜빡하는 소리가 수화기 너머 도운에게도 들렸다.

"저…."

최 팀장이 머뭇거리는 기색이 전해졌다. 도운은 자신에게 단번에 말하지 못할 말이 무엇인지 궁금했다.

"상무 진급이 다음 주에 이뤄질 것 같습니다."

"…."

예상치 못한 말이었다. 더 늦어지거나 아예 누락될 줄 알았더니. 어쨌든 진급이 이뤄지면 사업엔 탄력을 받을 수 있겠지만 조금 빠른 감이 없지 않았다.

"…뭐지?"

의심스러운 목소리로 도운이 반문했지만 최 팀장은 다른 이야기를 꺼냈다.

"그, 홍세원 씨 돈이 흘러간 계좌를 추적했는데요. 서울에서 사업하는 50대 남성입니다. 내일 만나보고 내려가겠습니다."

50대 남성이라. 쉽게 짚이지 않는 조합이었다. 어쨌든 최 팀장에게 맡겨 두고 결과를 보고 받으면 될 일이었다.

보통 최 팀장은 사소한 일로 중간보고를 하는 스타일은 아니었다. 괜히 도운이 더 스트레스 받을 거라는 걸 알기 때문이었다. 그런데 굳이 전화를 걸어왔으니 이상했다.

도운은 최 팀장이 가장 하고 싶었던 말은 아직 나오지 않았음을 직감했다.

"그리고 또?"

"…."

최 팀장은 망설이고 있었다.

"그냥 말해."

도운의 단호한 목소리에 결국 최 팀장은 어쩔 수 없다는 듯 입을 열었다.

"공 이사님이 건설 쪽으로 오는 걸로 결정되었다고 합니다."

그럼 그렇지.

도운은 자신도 모르게 헛웃음을 뱉어냈다. 내내 바람의 언덕 사업에 탐을 내던 둘째 형이었다.

"…내 승진의 조건인가?"

"그렇습니다."

도운은 심호흡을 하며 좌석에 머리를 기댔다. 아버지는 직함을 달아주고 싶었는지 몰라도 이래서야 승진의 의미가 없었다.

"어느 자리로 오지?"

"일단은 경영사업본부입니다."

"본부장? 전무?"

"…네."

한동안 도운에겐 대답이 돌아오지 않았다.

최 팀장은 괜한 말을 전한 게 아닐까 걱정이 되었다. 하지만 인사 명령을 통해 확인하는 것보다는 분명 나을 것이라 생각했다. 그나마 경영사업본부인 게 다행이었다. 경영사업을 총괄하는 본

부이긴 해도 도운이 담당한 재개발 사업에는 직접적으로 관여하기 힘들 것이었다.

"일단… 알겠어."

무거운 침묵 끝에 도운이 입을 열었다.

최 팀장은 찜찜한 기분으로 전화를 끊었다. 그는 어느새 누구보다도 충실히 도운을 지지하고 있었다. 능력으로는 도운이 공 이사, 아니 이제는 공 전무보다 훨씬 위였다. 하지만 이쪽 바닥은 아직도 혈통이 그렇게나 중요했다.

도운도 최 팀장과 마찬가지 생각을 하고 있었다.

왜 하필 건설일까. 아버지에게 전화해서 승진이고 뭐고 전부 다 물러달라고 하고 싶었다.

도운은 다시 정처 없이 차를 몰았다. 사업이고 뭐고 다 잊어버리고 싶었다. 이럴 때마다 어쩔 수 없이 의욕이 꺾이는 기분이었다.

거칠게 운전하던 도운은 더 이상 차로는 들어갈 수 없는 곳에 도달해 급정거를 했다.

끼익, 바퀴 긁히는 소리가 조용한 동네를 울렸다. 좁은 골목 앞에 타이어 자국이 남았다.

무사히 차가 멈춘 것을 보고 한숨 돌린 후에야, 도운은 자신이 다시 세원을 보러 왔음을 깨달았다. 차가 멈춘 곳은 세원의 집으로 들어가는 골목 초입이었다.

자연스럽게 언덕을 걸어 오른 도운은 대문 앞에 섰다. 아무렇지도 않게 드나들던 대문이 오늘따라 무겁게 느껴졌다. 미처 잠그지 않은 문이 힘없이 열렸다.

마당은 아무도 없이 고요했다. 인기척을 느꼈는지 잠시 후 삐걱거리며 강 여사의 방문이 열렸다. 강 여사는 도운을 보더니 조용히 손가락으로 세원의 방 쪽을 가리켰다. 그리고 재미있다는 얼굴로 엄지와 검지를 모아 동그라미를 그려 보였다.

곧 문을 닫고 강 여사는 다시 방 안으로 들어가 버렸다. 방에 들어가 보라는 완곡한 배려인 것 같았다.

세원은 방 안에서 잠이 들어 있었다. 고단한 얼굴이었다.

도운은 조심스레 들어가 그 옆에 앉았다. 자고 있는 세원에게 도운은 털어놓고 싶었다.

둘째 형이 우리 회사로 왔어. 그것도 전무로.

그 말을 들으면 세원은 뭐라고 할까.

괜찮아요, 미안해요, 뭐 그런 말들을 해줄 것 같았다.

맥락 없이 그런 말이라도 듣고 싶어 도운은 가만히 세원의 손을 잡았다. 그리고 벽에 머리를 기댄 채 눈을 감았다. 세원의 손에서 미세한 박동이 느껴졌다. 가만히 그것을 느끼고 있으니 도운도 잠이 오는 것 같았다.

8
비련의 여주인공

세원의 앞에 청경채가 잔뜩 쌓여 있었다.

괜히 그것들을 하나하나 떼어 정성스레 다듬는 중이었다. 내일 촬영을 위해 많은 양의 청경채가 필요한 건 사실이지만 실상은 도운이 방에서 나왔을 때 어쩐지 민망할 걸 우려해 할 일을 만들고 있었다.

예상대로 도운은 오래지 않아 방에서 나왔다. 평상에 앉아 있으니 도운이 방에서 나오는 걸 모를 리 없었다. 그러나 세원은 애써 외면한 채 계속 청경채만 다듬었다.

세원이 언제쯤 뒤를 돌아볼지 궁금해진 도운은 툇마루 앞에 팔짱을 끼고 섰다.

한참이나 세원은 느릿느릿 청경채를 다듬었다. 그러면서도 도운 쪽으로 귀를 쫑긋 세우고 있었다.

청경채가 한 묶음밖에 남지 않았을 때 세원은 호기심을 참기 힘들어졌다. 분명 방에서 나온 것 같았는데 그 후로 도운은 움직임이 없었다. 혹시라도 툇마루에서 다시 잠이 들었나 싶어 돌아보았을 때였다.

"홍세원, 대단해."

꼼짝도 않고 서서 기다리던 도운이 말했다.

세원은 얼굴이 붉어졌다.

"언제 나왔어요?"

말도 안 되는 질문이었지만 도운은 별다른 말없이 평상 쪽으로 성큼성큼 걸어왔다.

"하루 종일 서 있을 뻔했잖아."

그냥 자신을 불렀으면 될 텐데, 도운의 자존심도 대단했다.

아니면 그도 뭔가 민망했던 걸까. 세원은 쑥스러운 표정을 지으며 남은 청경채를 집어 들었다.

"아, 다리 아프다."

세원의 팔 아래로 쑤욱 도운의 얼굴이 들어왔다. 허벅지를 베고 누워버리자 세원은 움찔했다.

도운은 편안한 표정으로 머리의 무게를 온전히 세원에게 실은 채 말했다.

"가만히 있어, 좀 더 자게."

"…여기서 자면 감기 걸려요."

딱히 차가운 날씨는 아니라 도운은 들은 척도 하지 않았다.

세원은 싫지 않았지만 엄마가 방문을 열고 나올까 봐 걱정이 되었다.

세원의 마음을 읽었는지 도운이 말했다.

"뭐 어때, 다 말씀 드렸는데."

"…"

느긋하기 그지없는 말에 세원은 살짝 한숨을 내쉬었다.

그 숨결을 느낀 도운이 한쪽 눈을 슬며시 뜨더니 물었다.

"뭐가 문제야?"

세원은 굳이 그걸 묻는 도운이 더 원망스러웠다. 세원은 청경채를 뜯어내며 말을 돌렸다.

"이제 이거 씻어야 돼요. 일어나요."

도운은 더 고집부리지 않고 벌떡 일어나 앉더니 바구니를 들고 일어나려는 세원을 막았다.

바구니를 잡은 손에서 무언의 압박이 느껴졌다. 결국 세원은 일어나길 포기하고 다시 자리에 앉았다.

잠시 망설이더니 뾰로통한 표정으로 말을 꺼냈다.

"…엄마가 괜히 기대하는 게 싫어요."

도운은 아예 바구니를 자신 쪽으로 끌어다 두고 반문했다.

"무슨 기대?"

정말 모르겠냐는 듯 세원은 도운을 바라보았다.

"그러니까…."

난감한 표정으로 세원은 돌아앉았다. 도운의 따가운 시선을 피하고 싶어서였다.

"…실장님이 어떻게 엄마 사위가 되냐구요."

"왜? 아들도 했는데."

장난스러운 대답이었다.

"…그러네요."

딱히 할 말이 없어 눈만 깜빡거리는 세원에게 바구니를 돌려주며 도운은 말했다.

"혹시라도 집안의 반대, 눈물, 안타까운 이별, 이런 거 생각하는 거 아니지?"

세원은 도운의 말에 놀랐지만 티내지 않으려 노력했다.

"네? 아니에요, 무슨."

그러나 아직 바구니를 쥔 도운의 손에 힘이 들어가 있었다.

도운은 시선을 피하는 세원의 눈을 끈질기게 들여다보았다.

"지금 그런 비련의 여주인공, 생각하고 있었던 거 맞는 거 같은데?"

결국 세원은 발끈해서 소리치고 말았다.

"아니에요!"

도운은 웃음이 터져버렸다.

"홍세원 놀리는 게 세상에서 제일 재밌어."

세원은 분하다는 얼굴로 입술을 깨물더니 바구니를 홱 낚아채 수돗가로 향했다.

콸콸 흐르는 물에 화풀이라도 하듯 청경채를 씻어냈다.

세원을 흥미롭게 지켜보던 도운이 잠시 후 입을 열었다.

"진짜야."

세원은 자신도 모르게 멈칫했다.

"진짜로 그런 거 기대하지 마. 난 혼외자식이니까."

뜻밖의 말에 어이가 없어진 세원이 도운을 돌아보고 말했다.

"그런 걸 누가 기대해요. 없으면 좋은 거지."

세원의 얼굴은 진지했다.

농담 반 진담 반이었던 도운은 눈을 가늘게 뜨고 물었다.

"정말로?"

세원은 다시 청경채를 씻으며 무심하게 답했다.

"그럼요. 난 실장님이 평범한 사람이었으면 좋겠어."

툭 던지듯 나온 말이었지만 진심어린 목소리였다.

도운은 기분이 괜히 몽글몽글해지려는 것 같아 웃으며 농담을 던졌다.

"그럼 지금이라도 다 때려치우고 평범하게 살까?"

세원은 자연스럽게 대답했다.

"그래요, 하고 싶은 거 하고 평범하게 살아요."

어느새 청경채는 다 씻겨 바구니 위에 쌓였다. 세원은 가뿐한 마음으로 바구니를 들고 일어섰다.

그때, 대문 밖에 서 있던 도연이 보였다. 그림을 그리고 왔는지 화구와 작은 캔버스를 들고 돌아온 도연은 멍하니 문 앞에 서 있었다.

"왔어?"

도연은 갑자기 정신이 든 것처럼 후다닥 마당으로 들어섰다.

세원을 그대로 지나쳐 툇마루까지 간 도연은 구석에 놓아둔 자신의 백을 챙겨 들었다.

예상치 못한 행동에 세원과 도운은 고개를 갸우뚱했다.

"…바로 서울 올라가야겠다."

예상치 못한 말이었다.

"내일 촬영 안 보고?"

"어."

도연은 차갑게 대답하며 그대로 다시 마당을 지나쳐버렸다.

세원은 반사적으로 도연을 쫓아 나갔다.

대문 앞에서야 겨우 도연을 붙잡은 세원은 일단 사과부터 던졌다.

"미안해, 미리 말 못 해서."

도운이 공남그룹의 아들이라는 홍 검사 말에 크게 놀랐던 도연의 표정이 떠올랐다.

평소 도연을 생각하면 그런 일로 화낼 성격은 아니지만 확신할 수 없었기에 세원은 먼저 사과를 던진 것이다.

도연은 얕은 한숨을 내쉬더니 돌아보았다.

"진짜야?"

자신의 예상이 들어맞았다는 생각에 세원은 작게 고개를 끄덕였다.

"처음엔 나도 몰랐어. 너도 알겠지만, 사기꾼일 수도 있다고 생각한 적도 있고."

도연은 아예 세원을 향해 돌아서더니 말했다.

"아니, 혼외 자식이라는 거."

뜻밖의 말에 세원은 눈을 동그랗게 떴다.

"어?"

조금 전, 마당에서의 대화를 듣고 놀라 도연이 대문 앞에 서 있었던 것 같았다.

'하긴 나도 처음 들었을 땐 정말 놀랐으니까.'

기억을 곱씹으며 세원은 입을 굳게 다물었다.

하지만 이미 알아버린 사실인데 부정한다고 달라질 건 없었다. 그래서 세원은 천천히 고개를 끄덕였다.

도연은 코웃음을 쳤다.

예상치 못한 반응에 세원은 숨을 삼켰다.

"조심해, 너."

"…뭐?"

"아들은 아버지를 닮는다잖아."

걱정이라기엔 묘하게 비꼬는 말투라 세원의 눈썹이 찌그러졌다.

"무슨 뜻이야?"

도연은 표정 하나 변하지 않고 말했다.

"잘 생각해봐."

도연은 휙 몸을 돌려 잰 걸음으로 언덕길을 내려가 버렸다.

세원은 도연을 부를 수도, 몸을 움직일 수도 없었다. 도연이 왜 그렇게까지 말하는지는 알 수 없었지만 방금 도연의 말은 분명 상처가 되었다.

세원은 살짝 돌아보았다. 혹시라도 도운이 이 대화를 들었을까 봐 걱정이 되었다.

다행히 도운은 툇마루에 앉아 전화 통화를 하고 있었다.

도운에게 다가간 세원은 옆에 앉아 그의 허리를 끌어안았다.

도운은 아무 말 없이 세원의 어깨에 손을 올렸다. 다정하게 머리를 쓰다듬는 손길에 세원은 미세한 불안감이 사라져버리는 것을 느꼈다.

“…네, 알겠습니다.”

수화기 너머에서는 공 회장이 도운을 임원회의에 호출하고 있었다. 아버지가 직접 전화한 것을 보니 누구보다도 빨리 말해주고 싶었던 것 같았다.

도운의 반응은 덤덤했지만 공 회장은 말을 이어 나갔다.

“회의 마치고 점심시간도 비워놔라.”

이번에도 도운은 침착하게 대답했다.

“네, 그렇게 하겠습니다.”

대답을 들었으니 만족했다는 듯 공 회장은 뚝 전화를 끊어버렸다.

통화 종료 화면을 잠시 내려다보며 도운은 짧은 숨을 내쉬었다. 임원회의라고 해봤자 크게 특별할 것 없는 회의였지만 그래도 막상 임원의 신분으로 참석한다고 생각하니 긴장되는 것은 사실이었다.

도운은 강아지처럼 엉겨 붙은 세원을 힐끔 내려다보며 물었다.

“괜찮아?”

세원은 대답 대신 마음속으로 도연에 대한 원망을 삼키며 더욱더 도운의 품으로 파고들었다. 의아한 눈빛으로 내려다보던 도운은 더 묻지 않고 다정하게 세원을 힘껏 안아주었다.

"…무슨 전화예요?"

도운은 덤덤하게 대답했다.

"본사에 잠깐 들어오라고."

세원이 놀란 얼굴로 몸을 일으켜 세웠다.

"혹시 진짜 승진했어요?"

도운은 눈웃음을 지으며 고개를 끄덕였다.

세원의 눈동자가 흔들렸다. 축하해야 할 일인데 도운이 멀어지는 기분이 드는 탓이었다.

"…좋아요?"

예상치 못한 질문에 도운의 표정이 진지해졌다.

"내가? 좋으냐고?"

세원은 고개를 끄덕였다.

도운은 잠시 생각에 잠겼다.

"글쎄, 좋기도 하고 싫기도 하고."

승진 자체야 반가운 일이었지만 공 이사, 아니, 이제는 공 전무로 불러야 할 둘째 형 때문이었다.

"그렇구나."

도운의 애매한 반응에 세원도 애매한 대답을 던졌다.

세원도 마찬가지였다. 좋기도 하고 싫기도 하고.

"달라지는 건 없을 거야. 임원회의 때마다 서울 올라가는 것 말고는."

세원을 안심시키기 위해 도운은 웃으며 말했다.

"먹고 싶은 거 있으면 사다줄게."

도운을 안심시키기 위해 세원도 웃으며 말했다.

"그럼 치즈 케이크 먹고 싶어요. 맛있는 걸로."

세원은 다시 도운의 품을 파고들었다.

그때까지만 해도 두 사람 곁에는 희망과 기대가 가득 차 있었다.

***

월요일 아침.

회의실 구석에 앉은 도운의 표정은 굳어 있었다.

회의 시간이 임박해서야 자리로 들어선 공 회장도 도운이 긴장한 걸 의식했다.

반면 둘째는 의기양양한 표정이었다. 그토록 원하던 건설로 자리를 옮긴 데다 전무로 승진까지 했으니, 제 세상이 온 것 같은 얼굴을 했다.

그의 곁에는 벌써부터 줄타기를 시도하는 임원들이 몇 자리를 잡고 있었다.

"…바로 시작합시다."

마음에 들지 않았지만 어쨌든 처음으로 도운이 참여하는 임원회의라 공 회장은 기분 좋게 운을 뗐다.

도운도 기계적으로 업무 일지를 펼쳐 들었다. 그러나 굳은 표정은 풀릴 기미가 없었다.

긴장했기 때문만은 아니었다. 도운은 위축되는 성격도 아니었고, 사업에 대한 자신감도 있었다.

도운의 경직된 시선 끝에 공 전무가 있었다. 오늘따라 더욱 야비해 보이는 형의 웃음이 신경 쓰였다.

"사기?"

어젯밤, 도운은 회의를 앞두고 미리 서울로 올라와 최 팀장을 만났다.

조사를 마친 최 팀장은 장 탐정에게도 보고 받은 결과를 취합해 도운을 기다렸다.

"잠깐만. 정리해서 말해봐."

'사기'라는 노골적인 단어에 도운은 약간 놀랐다.

최 팀장은 침착한 목소리로 대답했다.

"그러니까… 오늘 만난 50대 남성, 한 사장이 홍 검사 와이프에게 거액의 사기를 당했고, 돈을 돌려달라고 했지만 차일피일 미뤘다고 합니다. 결국 고소하겠다고 나서자 급한 대로 돈을 일부 전해주었는데 그 돈이 바로…."

최 팀장은 말을 멈추고 도운을 바라보았다.

도운은 단번에 그 뜻을 알 것 같았다.

"…홍세원의 퇴직금이었다?"

최 팀장은 무거운 표정으로 고개를 끄덕였다.

도운은 눈을 질끈 감았다. 일이 생각보다 더 커지는 것 같았다.

"좋아."

도운은 자리에서 일어나 호텔 거실을 거닐며 생각을 정리하려 노력했다.

"…결국 와이프 단독 범행이군. 홍 검사가 심각한 문제를 일으켰다는 건 거짓말이었어."

도운은 확인 차 최 팀장을 바라보았다.

최 팀장은 무겁게 고개를 끄덕였다.

"그럼 아직도 홍 검사는 모르는 건가?"

"아마도 그런 것 같습니다."

확신은 없는 듯한 태도였다.

도운은 다시 최 팀장 앞 소파에 걸터앉았다. 진지한 눈빛으로 도운은 물었다.

"도대체 뭘로 사기를 친 거지?"

익히 예상했던 질문이었다. 최 팀장은 메모해둔 수첩을 내려다보며 말을 이어나갔다.

"부동산 신탁회사에 근무하고 있으며, 미국에서 투자 사업을 하는 아버지 덕에 고급 정보를 알고 있다는 식으로 투자사기를 쳤습니다. 물론… 전부 다 거짓말이었습니다."

도운은 눈을 가늘게 떴다.

"…신탁회사엔 결혼 전에 인턴으로 몇 개월 근무한 게 전부고, 아버지는 미국이 아니라 한국에 있었습니다."

최 팀장의 말은 아직 끝난 게 아니었다.

"그런데, 아버지라는 사람이 결혼사진 속의 인물과 다른 사람이라서 장 탐정이 확인 차 만나러 내려갔습니다."

끝도 없이 나오는 거짓에 도운은 헛웃음이 나왔다.

"결혼부터 사기였던 건가?"

세원의 말에 따르면 홍 검사는 야망 있는 캐릭터였다. 유복한 배경이 거짓인 줄 알았다면 지금의 와이프를 선택하지 않았을 것이다.

"그리고 한 사장이 투자를 결심한 건…."

"…?"

다시 시작된 최 팀장의 말에 또 뭐가 남았나 싶어 도운은 고개를 들었다.

이번에는 입술을 달싹이며 한참 고민하는 최 팀장이었다.

도운은 인내심을 가지고 기다렸다. 무슨 이야기기에 저토록 망설이는 것인지 궁금했다.

이윽고 준비가 되었다는 듯 최 팀장은 깊은 숨을 내쉬었다.

"…주변 인물의 신뢰도가 높아서였다고 합니다."

"홍 검사를 말하는 건가?"

남편이 현직 검사인 것은 신뢰도를 높이는 데 분명 유용했을 것이다.

최 팀장은 고개를 끄덕였다.

"한 명이 더 있습니다."

이번엔 예측할 수 없었기에 도운은 고개를 갸우뚱해 보였다.

"공 전무님입니다."

도운은 자신이 잘못 들은 줄 알았다. 거기서 왜 둘째 형이 나오느냔 표정이 떠올랐다.

그러나 최 팀장은 자신의 대답에 못을 박았다.

"…동석해서 한 사장을 만난 적도 있다고 합니다."

어지간해선 흔들리지 않는 도운의 눈빛이 바람 앞의 촛불처럼 흔들렸다.

결국 자신의 승진 정보를 흘린 것은 세원도 아니고 홍 검사도 아니었다. 어떻게 연이 닿은 건지는 모르겠지만, 생각보다 가까운 곳에 그가 있었다.

회의실 스피커를 통해 공 전무의 이름이 호명되자 그는 자신만만한 표정으로 마이크를 켰다.

"…감사합니다. 건설업은 지금 위기입니다. 재개발과 신사업으로 활로를 열어야 합니다. 공남건설의 젊은 인재로서 활약하겠습니다."

번지르르한 말에 임원들은 힘찬 박수를 보냈다.

박수를 치지 않는 것은 도운뿐이었다.

그런 도운이 못내 마음에 걸린 공 회장이 장내 분위기를 조용히 시키고 말했다.

"공 상무도 한마디 하시게."

낯선 호칭이 도운은 어색했지만 이내 자연스럽게 자리에서 일어섰다.

첫 임원회의인 만큼 겸손하게 제대로 인사해야겠다고 미리 생각해둔 것이 다행이었다.

"열심히 하겠습니다."

짤막하게 말하고 도운은 허리를 굽혀 인사했다.

권력과 오만함으로 승부하는 공 전무와 다른 태도에 임원들은 깊은 인상을 받았다. 짧은 침묵 후 여기저기서 박수가 터져 나왔다.

이번에도 박수를 치지 않는 것은 공 전무뿐이었다.

두 사람의 시선이 조용히 맞부딪혔다. 도운은 끝까지 형의 시선을 정면으로 마주치며 천천히 자리에 앉았다.

도운을 노려보며 공 전무는 비릿하게 웃었다.

그 시각, 세원은 도운이 걱정돼 툇마루에 앉아 입술을 깨물고 있었다. 간밤에 꿈자리가 영 뒤숭숭했던 것이다.

마당은 촬영 장비 세팅을 바꾸고 있는 스탭들로 어수선했다.

오전 촬영을 마친 세원은 엄마를 모시고 보건소에 가려는 참이었다.

강 여사는 아직 방에서 나오지 않았다. 간만의 나들이라 그런지 준비에 공을 들이고 있는 것 같았다. 보건소에 갈 시간이 촉박했지만 엄마를 말릴 생각도 없이 세원은 꿈 생각에 몰두해 있었다.

"세원 씨, 오늘도 수고 많았어요."

김 피디의 목소리에 세원은 갑자기 정신이 들어 고개를 들었다.

피디 옆에 서 있던 새로운 인물이 고개를 내밀었다.

"안녕하세요, 방송 잘 보고 있습니다."

수수한 차림에 머리를 하나로 올려 묶은 여자는 웃으며 명함을 건넸다. 낯선 스튜디오 이름이 적힌 명함이었다.

"윤 피디님이라고, 저희 쪽에선 아주 유명하신 분이에요."

김 피디가 설명을 보탰다.

그러나 세원은 그가 왜 자신에게 명함을 주는지 알 길이 없었다. 윤 피디는 곧바로 말했다.

"인터넷 방송으로 시작해서 정규편성을 앞둔 프로그램이 있어요. 간단히 말하면 지역 맛집 투어 프로그램인데, 이번에 고건태 씨를 이 동네로 모시거든요. 그래서 세원 씨가 같이 출연해 주면 좋을 것 같아서요."

"아…."

잠시 잊고 있던 이름이 나오자 세원의 입에서 애매한 리액션이 튀어 나왔다.

건태 선배. 이제는 편안하게 친구처럼 다시 만날 수 있을 것 같았다. 도연에게도 알려주면 몹시 기뻐할 것 같았다.

그러나 세원은 선뜻 대답할 수가 없었다. 건태에 대해 예민하게 반응했던 도운이 떠오른 탓이었다.

고민에 빠진 세원을 보고 윤 피디는 거절당할까 싶어 선수를 쳤다.

"너무 부담 갖지 마시고 천천히 대답해주셔도 돼요."

"난 진짜 좋은 기회 같은데. 한 번 해봐요, 세원 씨."

김 피디가 옆에서 부추겼지만 세원은 애매한 미소를 지어 보였다.

"…생각해볼게요. 감사합니다."

마침 강 여사가 방에서 나와 두 사람은 자연스럽게 자리를 떴다.

"가자."

엄마는 립스틱까지 곱게 바르고 기분 좋은 표정을 했다.

세원은 댓돌 위에 엄마의 신발을 올려주었다.

"한 번 해봐, 건태도 오는데."

신발을 신으며 강 여사가 부추겼다. 나오기 전에 윤 피디의 이야기를 들은 모양이었다.

물론 세원도 좋은 기회라고 생각했다. 사실 제안을 해준 것 자체가 감사한 일이었다.

그러나 자신의 포지션이 애매한 게 걱정이었다. 지금 프로그램에서는 집주인의 딸이라는 명분이 있었지만 그런 프로그램에는 당장 어떤 직함을 달고 나가야 할지부터 걱정이었다.

"지역 주민이라고 하면 되지."

세원의 고민에 엄마는 쿨하게 답했다.

"원래 지역 주민이 추천하는 맛집이 최고잖아."

엄마의 말에도 일리가 있다고 생각한 세원은 진지한 표정으로 고개를 끄덕였다.

그렇다면 이제 도운에게 말할 일만 남았다. 좁은 골목길을 걸어 내려가면서 세원은 핸드폰을 꺼냈다.

마침 도운에게 문자 메시지가 들어와 있었다. 혼자 보건소에 보내는 게 못내 미안한 모양이었다.

-다녀와서 결과 꼭 알려줘. 밥 챙겨먹고.

무심한 듯 세심한 도운의 문자에 세원은 환하게 웃으며 답장을 보냈다. 간략하게 제안 받은 프로그램 설명과 함께 출연하고 싶다는 내용이었다. 바로 도운의 답이 돌아왔다.

-좋은 기회네, 열심히 해봐.

의외로 흔쾌한 대답에 세원은 기쁘면서도 의아한 생각이 들었다.

그때 연달아 메시지 한 통이 더 들어왔다.

-대신 약혼자 있다고 말해. 그게 고건태한테도 좋을 거야.

"…."

뭔가 반박할 수 없는 논리였다. 어쨌든 두 사람의 동반 출연은 팬들의 눈에 곱게 보이지 않을 수 있었다. 그걸 위한 방패막이라고 해도 마음 한구석에 이상한 기분이 들었다.

'약혼이라니.'

몽글몽글한 설렘이 차오르는 것 같았지만 곧 세원은 고개를 흔들었다.

'프러포즈한 적도 없으면서….'

식당에 앉아 세원의 문자를 기다리던 도운은 본격적으로 철거가 시작되고 세원도 촬영을 마치고 나면 그때 프러포즈를 해야겠다고 다짐하던 참이었다.

"이제야 편하게 얘기 좀 하겠구나."

공 회장의 호탕한 웃음소리가 룸 안을 울렸다.

도운은 반사적으로 핸드폰을 넣고 자리에서 일어섰다. 아버지라고는 해도 단 둘이 식사하는 건 너무 오랜만이라 어색한 게 사실이었다.

공 회장은 앉기 전에 도운에게 악수를 청했다.

"승진 축하하네, 공 상무."

아버지의 표정에 기쁨이 역력했다. 도운도 슬그머니 미소를 지어 보였다.

"앉자, 일단 좀 먹어야지."

기다렸다는 듯 간단한 샐러드와 애피타이저가 상에 차려졌다.

식당 직원들이 그림자처럼 조용히 룸을 나가자 공 회장은 다시 입을 열었다.

"둘째 일은 미안하게 됐다."

의외의 말이었다. 사실 아버지가 사과할 일은 아니었다.

그러나 공 회장은 계속해서 말을 이어 나갔다.

"이번에야 딜을 해서 넘어갔지만 앞으로도 계속 이럴 수는 없을 것 같다."

"…알겠습니다."

도운이 덤덤하게 대답했다.

"알겠다고 할 것이 아니라 방법을 모색해야지."

도운의 덤덤함을 좋아하지만 답답하게 느껴질 때도 있었다. 지금처럼. 더 욕심내고 더 달려주었으면 하는 막내아들이었다.

"죽기 전에 꼭 너를 호적에 올려야겠어."

결국 공 회장은 젓가락을 놓고 선전포고를 했다.

좋아해야 할지 말려야 할지 도운이 고민하는 사이, 공 회장은 벨을 눌렀다.

"네, 회장님."

문 앞에서 대기 중이던 공 회장의 비서가 빠르게 문을 열었다.

비서를 향해 공 회장은 미리 약속되었던 것처럼 말을 건넸다.

"들어오라고 해."

공 회장의 말에 비서가 고개를 살짝 끄덕이더니 어딘가로 무전을 넣었다.

잠시 후, 바깥 복도에 또각또각 선명한 구두 소리가 울렸다. 구두 소리는 규칙적으로 문 앞까지 이어졌다.

구두의 주인공은 열린 문 앞에 서서 짧은 숨을 내뱉었다. 문틈으로 쑤욱, 고개를 내밀었을 때 도운은 깜짝 놀라고 말았다.

최소희….

전혀 예상치 못한 얼굴이었다.

좀 더 머리가 짧아지고 표정에 여유가 생기긴 했지만 매일 보다시피 했던 얼굴을 도운이 몰라볼 리 없었다.

"안녕."

소희는 감격스럽다는 표정으로 도운에게 인사했다.

도운도 막상 소희를 보자 감회가 새로웠다. 조금 변했다고 해도 웃는 얼굴은 예전 그대로였다.

소희는 공 회장에게 깍듯하게 인사를 했다.

"생각보다 일찍 불러주셨네요. 아직 커피를 다 못 마셨는데."

다른 룸에서 대기 중이었는지 컵을 들고 있었다.

"시간 끌어봤자 알아들을 놈이 아니야. 앉거라."

빙 자리를 돌아 소희는 도운의 옆자리로 와서 앉았다.

곧바로 소희의 앞에도 애피타이저가 차려졌다. 소희는 싱글벙글 웃으며 도운만 바라보았다.

"둘이 오랜만이지?"

공 회장이 먼저 말을 꺼냈다.

"…네."

어색하게 웃으며 도운이 대답했다.

대답이 성에 차지 않는지 소희가 말을 보탰다.

"오빠는 더 멋있어졌네. 승진해서 그런가?"

막내아들 칭찬에 공 회장은 호탕하게 웃었다.

반면 도운은 마주 웃을 수가 없었다. 뜻밖의 재회는 물론 반가웠지만, 왜 이렇게 셋이 같이 밥을 먹어야 하는지 의문이 들었다.

"아예 들어온 거야?"

도운은 말을 돌리려 질문을 던졌다.

소희는 커피를 한 모금 마셨다.

오랜 여행을 떠났던 소희였다. 돌아올 거란 생각은 딱히 해본 적이 없었다. 만약 세원을 만나지 않았다면 소희를 기다렸을까. 도운은 스스로 질문을 던져보았지만 확신할 수 없었다.

잠시 뜸을 들인 소희는 차분하게 대답했다.

"아예 들어왔지. 나도 이제 정착하고 싶어."

마냥 철없는 소녀로 살 것 같았는데. 도운은 의외라는 생각이 들었다.

"유럽에서 신랑감이라도 찾았나 보지?"

별 생각 없이 로메인을 입에 넣으며 물었다.

그 말을 기다렸다는 듯 소희는 환하게 웃으며 고개를 끄덕였다.

"응, 그래서 결혼하려고."

때마침 고급 메인 요리가 룸 안으로 배달되었다.

잠시 대화가 끊기고 룸에는 침묵만이 흘렀다.

도운은 차곡차곡 놓이는 접시들을 바라보면서 이상한 기분을 느꼈다. 좋다고 쫓아다닐 때는 언제고 결혼 통보라니. 바라왔던 대로 그럴싸한 후계자 신랑감을 찾았다고 생각하니 씁쓸함이 밀려오는 것도 사실이었다.

도운의 얼굴이 다소 딱딱하게 굳어지자 공 회장은 흐뭇한 미소를 지었다.

"이제 그만 놀리는 게 어떨까. 우리 공 상무 표정이 굳어졌는데."

그제야 소희는 꺄르르 웃음을 터뜨리며 발을 동동 굴렀다.

영문 모를 상황에 도운은 두 사람의 얼굴을 번갈아 바라보았다.

한참을 웃고 나서야 소희는 도운에게 말했다.

"나 공도운이랑 결혼할 거야."

"…뭐?"

"아무리 봐도 오빠만 한 남자가 없더라고."

도운은 한쪽 눈썹을 치켜 올렸다.

"장난하지 마."

한순간 농락당한 기분에 도운은 곱게 말이 나가지 않았다.

"어머, 오빠 삐쳤어?"

그런 것마저 소희는 재미있어 하는 듯했다. 소희는 들었던 젓가락을 놓아두고 도운의 양 볼을 손으로 감싸 쥐었다.

"회장님, 솔직히 오빠가 저 안 반가운 표정으로 쳐다봤죠? 난 진짜 보고 싶었는데."

소희의 돌발 행동에 공 회장은 허허, 웃어버렸다. 공 회장 눈에는 그런 소희가 마냥 귀여워 보였다.

그러나 도운은 불쾌감을 드러내며 소희의 팔을 쳐냈다.

"너 나랑 결혼 못 해."

아버지가 있다는 것도 무시하고 도운은 진지하게 말했다.

"왜?"

너무나도 당돌한 소희의 반문이 따라붙었다.

도운은 눈을 가늘게 뜨며 말했다.

"아직 사장 직함을 못 달았으니까."

네가 한 말을 잊은 건 아니겠지, 도운의 표정은 분명히 그렇게 말하고 있었다.

'사장까지만 올라가. 그 다음은 내가 알아서 할게.'

소희가 여행을 떠나기 직전에 했던 말이었다. 도운은 아무런 답도 하지 않았다.

소희는 시선을 거두며 무심히 스테이크에 손을 뻗었다.

"…상관없어."

고급지게 잘 구워진 부위를 골라 접시에 담은 소희는 그것을 공 회장에게 건넸다.

"그렇죠, 아버님?"

공 회장은 화가 나 보이는 아들의 눈치를 살짝 살피며 접시를 받아 들었다.

"…최 회장과 내가 먼저 성사시킨 혼담이다."

이건 또 무슨 말인가 싶어 도운은 아버지를 바라보았다.

"너를 호적에 올리는 조건으로."

공 회장은 소희가 건넨 고깃덩이를 입에 넣으며 말했다. 부드러운 달콤함이 입안에서 퍼져 나갔다.

"그게…."

소희도 아무렇지 않게 식사를 시작했다.

도운만 음식을 입에 넣지 못했다.

"…그게 말이 됩니까?"

"동시에 진행하는 거다. 최 회장 측과의 혼담이라면 그룹에서도 널 후계자로 두는 게 이득이니까."

공 회장은 도운의 입지를 확실하게 할 수 있는 두 마리 토끼를 한꺼번에 잡을 생각이었다.

물론 최 회장은 마뜩잖아 했다. 그러나 소희가 도운에게 호감 이상의 감정을 밝히면서 혼담은 급물살을 탔다.

사실 소희는 뜨뜻미지근한 반응을 보이는 도운을 떠나버리고 싶다는 생각도 여러 번 했다. 유럽에서 괜찮은 남자를 만나 결혼해버리겠다는 생각도 도운 때문에 해본 것이었다.

그러나 현실은 녹록치 않았다. 우선 마약을 하지 않는 재벌가의 남자가 흔치 않았다. 그런 사람이 있다고 해도 이미 유부남인 경우가 비일비재했다.

스톡홀름에서 머무르던 어느 밤, 호텔에서 그룹 방송국의 새 프로그램을 챙겨보던 소희는 바람의 언덕 사업을 보게 되었다.

'열심히 하고 있네, 공도운.'

그렇게나 참아 보려고 했건만 오랜만에 떠오른 도운의 생각은 몇 날 며칠 소희의 곁을 떠나지 않았다.

그리고 운명처럼, 어머니에게 전화를 걸었을 때 어머니가 먼저 도운의 이야기를 꺼냈던 것이다.

최 회장과 달리 어머니는 반듯한 도운의 인상을 마음에 들어 했다. 아버지를 설득해보라는 말에 소희는 그 길로 한국행 비행기를 탔다.

"오빠도 이제 그만 받아들여."

황당한 표정으로 바라보는 도운에게 소희는 당당하게 말했다.

"우린 운명이야."

그리고 곧바로 공 회장에게 웃으며 제안을 던졌다.

"회장님, 먼저 약혼 발표를 하는 게 어떨까요. 그래야 오빠를 호적에 올리는 게 수월하지 않으시겠어요?"

"오, 좋은 생각이구나."

도운이 듣고 있는 사이 주거니 받거니 하며 이야기가 너무 크게 번져 나갔다.

결국 도운은 두 사람을 저지하고 나섰다.

"잠깐만, 잠깐만요."

벌써 약혼식 때 입을 드레스를 고민하고 있던 소희가 대체 왜 그러냐는 듯 돌아보았다.

차마 기대에 찬 눈을 마주볼 수 없어 도운은 공 회장에게 눈길을 돌리며 말했다.

"…저는 지금 결혼 생각이 없습니다."

공 회장은 익히 예상했다는 눈빛이었다. 침착하게 스테이크를 마저 먹으며 공 회장은 대답했다.

"지금 하라는 거 아니다."

"하지만…."

재차 도운이 말을 꺼내 보았지만 공 회장은 말허리를 싹둑 잘랐다.

"나 혼자서는 절대 너를 호적에 올릴 수가 없다."

단도직입적인 말에 도운의 눈빛이 흔들렸다.

그것을 포착한 공 회장은 거침없이 말을 이어 나갔다.

"그게 무슨 뜻인지는 너도 알고 있겠지. 이 기회를 놓치면 내가 죽고 난 다음 너는 그룹에서 빈털터리로 쫓겨나게 될 거다."

"아버지…."

다급해진 도운이 공 회장을 아버지라고 불렀다.

드문 일이었기에 공 회장은 아들을 빤히 바라보았다.

"…건강하시잖아요."

부디 동의해달라는 듯 간절한 눈빛의 아들.

공 회장은 시선을 피하며 대답했다.

"약은 꾸준히 먹고 있다만, 언제 재발할지 모르는 게 부정맥이야. 그래서 대비를 미리미리 해야 하는 거고."

공 회장의 말은 전부 부인할 수 없는 현실이었다. 도운의 머릿속에 파노라마처럼 지난했던 세월이 지나갔다. 바람의 언덕 사업에 몇 년을 꼬박 쏟아 부은 것은 전부 그룹에서 입지를 다지기 위해서였다.

하지만 그 파노라마의 끝에 떠오른 것은 세원의 얼굴이었다.

"이상하네."

질색하는 도운을 보며 불길한 마음이 든 소희가 선수를 쳤다.

"거기 내려가서 여자라도 생긴 거 아니지?"

농담처럼 던진 말에 도운의 얼굴이 굳어졌다.

도운의 반응에 더 놀란 것은 소희였다. 하지만 감정을 숨기고 소희는 웃었다.

"…괜찮아. 나도 유럽에서 내내 혼자였다고는 하지 않을게. 시간 줄 테니까 정리해."

자존심을 지키고 싶었기에 굳이 던진 말이었다.

"그래, 아무도 없는 곳에 내려가서 외로웠을 수도 있으니 너무 괘념치 말거라."

공 회장이 소희를 거들었다. 예비 며느리를 향한 그의 시선은 아주 따스했다.

도운을 향해서도 그는 친절하게, 하지만 단호하게 말했다.

"오늘은 아무 말 말고 일단 먹자."

"…."

결국 도운은 하고 싶었던 말을 삼킨 채 억지로 음식을 입안에 집어넣었다.

모래알을 씹는 것처럼 불편했다. 아무 대답도 하지 않았으니 괜찮다고 스스로를 다잡으면서도 세원에게 큰 잘못을 저지르는 기분이었다.

무엇보다 두려웠던 건, 후계자가 될 수 있다는 말에 흔들리는 자기 자신이었다.

식사를 마친 도운은 소희를 태우고 호텔로 향했다.

발렛 주차를 위해 호텔 직원이 달려왔지만 도운은 시동을 끄지 않고 안전벨트도 풀지 않았다.

직원이 눈치껏 물러나자 안전벨트를 풀고 차에서 내리려던 소희는 그제야 도운을 돌아보았다.

"안 내려?"

"난 이 호텔 아니야."

그제야 소희는 차 문에서 손을 떼었다.

"오빠 이러는 거 어색하다. 아까부터 말도 없고…."

소희는 쑤욱, 도운의 허벅지 위로 손을 올리며 말했다.

"…올라가자. 옛날 생각나게 해줄게."

직접적인 도발이었다.

그러나 도운에겐 아무런 감흥도 느껴지지 않았다. 도운 자신도 조금은 놀란 게 사실이었다.

"…."

도운의 눈빛이 전혀 흔들리지 않자 소희는 결국 허벅지에서 손을 떼었다. 민망하고 씁쓸한 표정이 얼굴에 떠올랐다.

"소희야."

도운은 진지한 얼굴로 입을 열었다.

"나랑 왜 결혼하려는 거야?"

다정한 말투에 소희는 울컥 설움이 복받쳤다.

"난 항상 오빠랑 결혼하고 싶었어. 내가 여러 번 말했잖아."

"글쎄…."

도운은 묘한 웃음을 지었다.

"여행이 힘들었던 건 아니고?"

"뭐?"

발끈하는 데도 도운은 아랑곳하지 않고 말을 이어나갔다.

"생각해봐. 아까 아버지 말대로, 갑자기 내일 아버지가 돌아가시기라도 하면 난 아무것도 아니야. 그런데 나랑 결혼할 수 있어?"

"회장님 건강하실 거야. 아까 오빠 말대로."

소희는 힘주어 말했다.

도운은 지지 않고 소희의 눈빛을 마주 보았다.

"만약을 말하는 거야."

"만약 그렇게 되면…."

"최 회장님이 나랑 결혼시키지 않겠지."

도운의 말을 부정할 수 없기에 소희는 입을 다물었다. 분한 표정이었다.

역시나, 하는 얼굴로 도운은 다시 앞을 보았다.

"그러니까 나랑 결혼하지 마."

단호한 도운의 태도에 소희는 발작하듯 맞받아쳤다.

"그러니까 나랑 결혼해. 하루라도 빨리."

무슨 소리냐는 듯 돌아보는 도운의 표정은 차가웠다.

"일단 결혼하고 나면 무를 수 없으니까, 공남그룹에서 쫓겨나더라도 우리 그룹 사위로 살면 되잖아."

소희의 당돌한 말에 도운은 피식 웃음이 나왔다.

"…첫째, 요즘 같은 세상에 이혼 당하는 건 일도 아니야."

소희는 다급하게 말을 꺼냈다.

"우리 부모님은…."

"둘째."

도운은 바로 말을 끊으며 목소리를 높였다.

"그건 네가 못 참을 거야. 천하의 최소희 남편이 데릴사위라니."

소희는 억울해서 펄쩍 뛰었지만 반박할 틈도 주지 않고 도운은 차갑게 말했다.

"이제 내려."

더 나갔다간 오히려 싸움이 커질 것 같아 소희는 한 보 후퇴하기로 했다.

그러나 도운에 대한 확신만은 변하지 않았다.

소희는 문을 닫기 전에 기어코 한마디를 더 던졌다.

"…오빤 분명 다시 돌아올 거야."

소희가 차 문을 닫자 기다렸다는 듯 도운은 액셀러레이터를 밟았다.

부웅, 소리를 내며 떠나는 차를 소희는 망연히 바라보았다.

도운의 컨디션을 체크하는 것은 최 팀장의 주요 업무 중 하나였다.

임원회의를 마치고 내려온 도운의 상태가 영 좋지 않았는데, 그를 픽업해 사무실로 향하는 내내 마음이 불편했다.

도운은 사무실에 도착해 의자에 앉은 후에야 입을 열었다.

"…철거 준비는?"

오랜만에 묻는 사업 현안에 대한 질문이었다.

"문제없습니다."

최 팀장은 자신 있게 고개를 끄덕였다.

"장 탐정 보고는?"

"아직입니다."

도운은 생각에 잠겼다. 홍 검사와 관련해 남은 이슈를 머릿속에서 한꺼번에 정리하기 위해 필요한 시간이었다.

"…조사 마치는 대로 올라오라고 해."

어느 정도 생각을 정리한 도운이 말했다.

"알겠습니다."

"아, 그리고…."

중요한 걸 잊었다는 듯 도운이 다시 입을 열었다.

"비서를 붙여준다는데, 필요한가?"

도운이 임원을 달았기 때문에 나온 말인 것 같았다.

최 팀장이 종종 업무가 과다하다고 느끼는 것은 사실이었다. 그러나 이제 와서 새로운 인물이 재개발 사업에 끼어드는 것은 더 에너지 소모가 큰 일로 느껴졌다.

잠시 대답 없이 서 있는 최 팀장의 뜻을 충분히 알아들었다는 듯 도운은 고개를 끄덕였다.

"…다행이네. 내가 벌써 필요 없다고 했거든."

이제 할 얘기가 다 끝났는지 도운은 책상 위에 산더미처럼 쌓인 서류를 검토하기 시작했다.

여러 장 넘겨본 다음에야 도운은 최 팀장이 아직 서 있다는 것을 깨달았다.

더 할 말이 남았냐는 듯 자신을 바라보자 최 팀장은 용기를 냈다.

"임원회의는…."

"아!"

도운은 그와 관련해 한마디도 하지 않았다는 게 생각났지만 다시 그 생각을 하니 머리가 아파오는 것 같았다.

"…별거 없었어."

최 팀장은 단번에 거짓말이라는 것을 알았다. 동시에 결코 그에 대해 말할 생각이 없다는 것도.

그래서 순순히 목례를 하고 사무실을 나서려던 참이었다. 도운이 최 팀장의 뒤에 대고 말했다.

"이 중에 제일 급한 게 뭐지?"

돌아보니 도운은 책상 위 서류들을 가리켰다.

질문의 정확한 의도를 파악하지 못한 최 팀장을 보며 도운은 숨길 생각을 버리고 말했다.

"컨디션이 영 안 좋아서. 빨리 들어가서 쉬고 싶어."

전에는 이런 적이 없었기에 최 팀장은 불길한 예감을 느꼈다. 가장 다급한 결재 서류를 골라 따로 놓은 후 말했다.

"…오늘은 일단 이것만 해주시면 됩니다."

대답할 겨를도 없이 도운은 서류를 펼쳐 들었다.

잠시 도운을 지켜보다가 최 팀장은 조용히 문을 닫고 나왔다.

'무슨 일이 있긴 있는 것 같은데….'

이미 머릿속으로 본사에 연락을 넣어볼 인맥을 꼽아보고 있었다.

최 팀장이 골라준 서류를 검토하는 데는 정확히 삼십 분이 걸렸다.

드디어 마지막 서류에 서명을 마친 도운은 재빨리 사무실을 빠져 나왔다.

최 팀장은 통화 중이었기에 손으로만 인사를 건넸고, 다른 직원들에게는 눈웃음으로 인사를 대신했다.

그러나 세원의 집으로 향하는 도운의 얼굴에는 웃음기가 사라져 있었다.

자신의 계획에 빈틈이 있다고 생각해본 적은 없었다. 바람의 언덕 사업을 통해 회사에서 어느 정도 자리를 잡으면 아버지가 돌아가시더라도 쉽게 내쳐지지 않을 것 같았다.

아니, 오히려 후계자가 되는 것이 더 위험할 수도 있었다. 호적에 오르는 것을 전혀 생각해 본 적이 없다면 거짓말이겠지만, 적어도 욕심내본 적은 없었다.

'왜 바로 거절하지 못했을까.'

도운은 스스로 질문을 던져보았다. 무엇보다 아버지의 말을 거절하는 모습 자체를 상상하기 어려웠다. 그만큼 도운에게 아버지는 유일한 핏줄이고 유일한 버팀목이었다.

이런 저런 생각을 거듭하다 보니 어느새 세원의 집 앞이었다.

익숙한 바이크 소리를 듣고 세원이 먼저 대문을 열고 나왔다. 예상치 못한 도운의 이른 귀가에 누구보다도 반가운 얼굴을 했다.

"일찍 왔네요? 빨래 널고 있었어요."

세원의 얼굴을 보자 도운은 구름이 걷히듯 시름이 사라지는 것 같았다.

한 가지 생각이 머릿속에 떠올랐다. 아버지와 세원이 함께 만나는 풍경. 오늘처럼 어색하고 답답한 자리가 아닌, 소박하지만 정다울 모습이 눈에 선했다.

대문을 활짝 열며 세원이 말했다.

"치즈 케이크는…?"

"아!"

그제야 잊고 있던 케이크를 떠올렸다.

세원은 장난스럽게 눈을 흘기곤 다시 평상 위 빨랫감으로 향했다.

도운은 미안함과 반가움이 섞인 마음으로 성큼성큼 다가가 세원을 뒤에서 와락 끌어안았다.

"…다음에 꼭 사다줄게."

"괜찮아요."

대답을 했는데도 도운은 한참 동안 세원을 놓아주지 않았다.

이상하다고 생각할 때쯤 도운이 먼저 말을 꺼냈다.

"보고 싶었어."

만 24시간도 떨어져 있지 않았건만 그렇게 말하는 도운이 세원은 애틋했다.

"…나도요."

애정이 담긴 목소리에 이끌리듯 도운이 세원의 입술로 다가들었다.

세원도 입술을 열어 도운을 받아들였다. 도운만큼이나 그녀도 걱정하며 기다렸으니까.

마당에서 시작된 두 사람의 키스는 도운이 부엌 안으로 세원을 밀어 붙일 때까지 끝날 줄을 몰랐다.

끼익, 부엌의 낡은 나무문이 쿵 닫히고 나서야 도운은 입술을 떼었다.

불이 꺼진 부엌은 문이 닫히자 단숨에 어둑어둑해졌다. 문틈으로 새어 들어오는 햇살만이 세원의 실루엣을 비추었다.

도운은 어둠 속에서 세원을 잠시 바라보다 목걸이로 손을 뻗었다.

목걸이는 도운의 움직임을 따라 햇빛에 반사되어 영롱하게 빛났다.

세원은 목걸이를 쥔 도운의 손을 소중하게 마주잡았다. 그리곤 자연스럽게 끌어다가 자신의 목 뒤로 둘렀다.

쏙 도운의 품에 안긴 세원은 잠시 그의 가슴에 얼굴을 대고 심장 소리를 들었다. 좁은 부엌 안에는 두 사람의 숨소리만 가득했다.

소희의 직접적인 도발에는 꿈쩍도 하지 않았다. 그러나 지금 세원과는 몸을 붙이고 서 있는 것만으로 한껏 달아올랐다.

도운을 느낀 세원이 눈을 들었다.

여전히 도운은 아무 말도 하지 않았다. 분명 세원은 뒤로 물러나고 고개를 가로저을 테니까. 가라앉힐 시간을 가진 후 부엌을 나가면 그만이었다.

그러나 세원은 뒤로 물러서지 않았다. 오히려 한 걸음 더 다가왔다.

도운이 입을 열었지만 목소리는 나오지 않았다. 그 전에 세원이 까치발을 해서 도운의 입을 막았던 것이다.

세원은 도운에게 키스하며 천천히 그의 셔츠 단추를 하나씩 풀었다.

이윽고 모든 단추가 풀렸을 때, 도운도 어깨를 잡고 있던 손을 내려 세원의 가슴을 움켜쥐었다.

"하…."

도운의 움직임에 세원이 입술을 떼고 밭은 숨을 내뱉었다. 풀어헤쳐진 셔츠 속으로 손을 넣은 세원은 다시 그를 세게 껴안았다.

도운은 자신에게 안긴 세원의 등으로 손을 뻗어 주욱, 원피스 지퍼를 내렸다. 뽀얀 어깨가 햇빛을 받아 반짝였다. 허리를 굽혀 세원의 어깨에 키스하며 도운은 원피스를 더 잡아 내렸다.

힘없이 아래로 떨어지는 원피스 자락을 세원이 잡아들었다. 별 뜻 없는 반사적인 행동이었지만 그런 세원을 보고 도운은 잠시 똑바로 섰다.

두 사람의 눈빛이 어둠 속에서 부딪혔다.

긴장된 숨소리가 좁은 공간을 메웠다.

이윽고 세원은 결심을 한 듯 원피스를 잡고 있는 손에 힘을 풀었다. 사라락, 작은 소리를 내며 원피스가 바닥으로 떨어졌다.

"…진짜 여기서 해도 돼?"

침묵을 깨고 도운이 진지한 표정으로 물었다.

도운답지 않은 질문에 세원은 긴장을 풀고 웃어버렸다.

"무서워요?"

세원답지 않은 도발에 도운은 발끈하는 표정으로 번쩍 안아 올렸다.

"…무르기 없어."

도운은 그대로 세원을 선반 쪽으로 밀어붙였다. 그 바람에 빈 바구니들이 부엌 바닥으로 투두둑 떨어졌다. 그러나 두 사람은 그것들에 눈길을 주지 않았다. 부엌의 빛은 서로를 바라보기에도 부족했기 때문이었다.

〈2권에서 계속〉